Retrouvailles à Mesa Falls

Un sentiment inoubliable

JOANNE ROCK

Retrouvailles à Mesa Falls

Traduction française de
ROSA BACHIR

PASSIONS

HARLEQUIN

Collection : PASSIONS

Ce roman a déjà été publié en 2020

Titre original :
HEARTBREAKER

HARPERCOLLINS FRANCE
83-85, boulevard Vincent-Auriol, 75646 PARIS CEDEX 13
Service Clients — https://www.harlequin.fr/contenu/contactez-nous
ISBN 978-2-2805-2035-5 — ISSN 1950-2761

Édité par HarperCollins France.
Composition et mise en pages Nord Compo.
Imprimé en juillet 2025 par CPI Black Print (Barcelone)
en utilisant 100% d'électricité renouvelable.
Dépôt légal : août 2025.

FSC MIXTE Papier FSC® C159065

Pour limiter l'empreinte environnementale de ses livres, HarperCollins France s'engage à n'utiliser que du papier fabriqué à partir de bois provenant de forêts gérées durablement et de manière responsable.

1

Voilà six ans que Gage Striker ne s'était pas retrouvé dans la même pièce qu'Elena Rollins. Après leur rupture, ils n'avaient plus eu de contacts. Pas le moindre coup de fil. Ni le moindre message.

Pourtant, dès que son ancienne petite amie franchit le seuil de sa propriété, pour rejoindre une fête à laquelle elle n'était pas invitée, il ressentit sa présence, et tous ses sens furent en alerte.

Comment avait-elle réussi à entrer ? Il avait pourtant engagé une équipe de vigiles pour empêcher de telles intrusions. Beaucoup de célébrités étaient présentes ce soir, dans sa maison du Montana nichée au cœur du ranch Mesa Falls. Et ses invités étaient en droit d'attendre que leur vie privée soit protégée. Les responsables de cette négligence seraient sanctionnés. En attendant, Gage devait prendre le problème en charge. Ce qu'il ferait dès qu'il aurait repéré Elena.

Il se trouvait dans le grand vestibule, avec son ami et associé Weston Rivera. Plus loin, dans le grand salon, quelques personnes dansaient. Soudain, il y eut de l'agitation près de la porte d'entrée. L'une des vedettes les plus importantes de la soirée venait d'arriver avec son équipe. La star des réseaux sociaux, Chiara Campagna, était d'une beauté remarquable, avec ses longs cheveux noirs et ses grands yeux bruns, mais Gage ne lui accorda qu'une seconde d'attention.

La seule personne qu'il cherchait du regard était Elena.

Des invités se précipitèrent vers le vestibule, filmant avec leurs téléphones Chiara, qui accepta une fleur de magnolia d'un admirateur. Gage était étonné qu'elle soit au centre de toutes les attentions, puisque la concurrence était rude. Le service de relations publiques du ranch avait même invité des vedettes d'Hollywood, pour attirer l'attention des médias sur les initiatives environnementales du Mesa Falls.

Et aussi pour justifier le fait que les six propriétaires du domaine étaient tous présents ce week-end. En réalité, ils s'étaient retrouvés pour une réunion de crise. Les journaux à scandales s'intéressaient beaucoup trop au Mesa Falls, et ce, depuis que l'actrice Tabitha Barnes avait profité du gala de fin d'année du ranch pour porter des allégations explosives à l'encontre de l'un des anciens clients du ranch, Alonzo Salazar.

Au grand désarroi de Gage, Elena était récemment devenue journaliste spécialisée en divertissement. Il la soupçonnait d'avoir choisi cette branche uniquement pour avoir une chance de se venger de lui, après leur rupture houleuse. Les ragots à colporter ne manquaient pas en Californie, où Elena vivait. Pourtant, elle avait publié sur les réseaux sociaux une photo de son billet d'avion pour Missoula, dans le Montana. En légende, elle avait indiqué qu'elle comptait dénicher un scoop sur l'affaire Salazar.

Gage était au courant de sa venue depuis une semaine.

Au prix d'un effort, il reporta son attention sur son associé, et sur l'élégante jeune femme blonde à son bras. Gage ne la connaissait pas, mais Weston et elle semblaient très proches, s'il en jugeait par la façon dont Weston la tenait par la taille.

— Il y a plus d'invités que prévu, observa Gage en comptant grossièrement les gens présents dans le vestibule. Il nous faut des vigiles plus efficaces.

Puis, d'un ton plus aimable, il s'adressa à la cavalière de Weston.

— Je m'appelle Gage, au fait.

— April Stephens, répondit la jeune femme. Je vous remercie de m'avoir invitée. Votre maison est splendide.

— Merci.

Il avait apporté de la modernité à ce grand chalet de montagne. En temps normal, il y passait peu de temps puisque ses affaires l'obligeaient à voyager. Avec ses mille trois cents mètres carrés, la propriété était idéale pour accueillir des fêtes comme celle-ci.

— Je sais que ce n'est pas l'idée que tout le monde se fait d'une soirée agréable, dit-il à April. Si vous revenez en été, vous verrez que faire cuire quelques côtes de porc sur la terrasse et lancer des fers à cheval au bord de la piscine est davantage mon style.

À l'inverse de ses parents, il n'avait jamais cru que les apparences étaient essentielles. Il était peut-être né avec une cuillère en argent dans la bouche, mais il s'en était débarrassé dès qu'il avait compris qu'il y avait des inconvénients à être bien né. À présent, il possédait sa propre fortune. Il établissait ses propres règles. Bizarrement, il organisait des fêtes pour des gens aussi privilégiés que lui. Mais au moins, c'était lui qui décidait de tout à présent.

Weston se pencha vers Gage.

— J'ai besoin d'aide pour convaincre April de passer plus de temps ici.

Gage était surpris que son associé exprime si clairement son intérêt pour la jeune femme. Il connaissait Weston depuis l'adolescence, or jamais son ami n'avait fourni d'efforts pour impressionner une femme.

Gage répondit d'un signe de tête puis reporta son attention sur April.

— Il faut vraiment que vous reveniez au ranch quand il n'y aura pas autant d'animation, affirma-t-il.

Il claqua soudain des doigts, car il venait de se rappeler où il avait déjà vu la jeune femme.

— April ! Ça me revient, maintenant. Vous êtes l'enquêtrice financière. Comment avance votre dossier ?

April avait été engagée par le fils d'Alonzo Salazar pour enquêter sur les royalties empochées par Alonzo, amassées grâce à un roman à succès écrit sous un pseudonyme, et qui avait causé beaucoup de tort à l'actrice Tabitha Barnes et à sa famille.

— Il est clos, assura-t-elle. J'ai retrouvé assez d'éléments pour satisfaire mon client, et j'ai officiellement terminé ma mission ici. Je repars demain pour Denver.

Gage hocha la tête, comprenant qu'elle ne donnerait pas plus de détails. Demain, il demanderait à Devon Salazar une mise à jour sur le dossier. Les découvertes d'April pourraient peut-être permettre d'envoyer les médias dans une autre direction.

Cependant, cette pensée encourageante quitta aussitôt son esprit. Un étrange frisson venait de le saisir. Quand la sensation se transforma en vibration, il n'eut pas d'autre choix que de se retourner.

Et il se retrouva face à son ex-amante.

Elena Rollins avançait vers lui, moulée dans une robe bustier de soie et de velours. Ses cheveux châtain foncé étaient à moitié relevés, et quelques boucles brillantes recouvraient une épaule nue. Six ans s'étaient écoulés depuis leur rupture ; pourtant, il la trouvait toujours aussi renversante. L'espace d'un instant, il crut que le sourire qui étirait ses lèvres rouges lui était destiné.

Puis elle ouvrit grand les bras.

— April ! s'exclama-t-elle.

Elle salua chaleureusement la cavalière de Weston Rivera, lui donnant l'accolade comme si elles étaient de vieilles amies. Elena connaissait April Stephens ? Comment était-ce possible ?

Gage remarqua qu'Elena tenait un téléphone à bout de bras. Était-elle en train de diffuser des images de la fête sur Internet ? À cette pensée, la fureur l'envahit.

— Un sourire pour mes abonnés, enjoignit Elena à April.

Elle leva son téléphone pour qu'elles soient toutes les deux dans le cadre.

April hésita, ne souhaitant manifestement pas être sous les projecteurs.

— Vous n'étiez pas au courant du métier d'Elena ? lança Gage à April tout en retirant l'appareil des mains d'Elena et en le glissant dans la poche de sa veste. C'est une enquiquineuse professionnelle.

Elena le fusilla du regard. Ils restèrent immobiles, dans un silence tendu. Weston dit quelque chose à Gage – il ignorait quoi – puis s'éloigna avec April. À présent, Gage et son ex-petite amie étaient seuls, si l'on faisait abstraction des deux douzaines d'invités qui filmaient encore avec leurs téléphones les moindres mouvements de Chiara Campagna.

— Ce téléphone m'appartient, protesta Elena, levant le menton. Tu n'as aucun droit de me le prendre.

— Tu n'as aucun droit d'être ici, mais ça ne t'a pas empêchée de t'introduire dans ma propriété.

Elle le toisa, plissant ses jolis yeux noisette.

— Ma caméra tourne peut-être encore. Tu devrais me rendre mon téléphone. Si je fais une scène, ce sera une mauvaise publicité pour ton ranch.

Elle tendit la main, attendant qu'il obéisse.

— Si tu as un problème avec moi, Elena, pourquoi ne pas t'en plaindre aux vigiles que tu as convaincus de te laisser entrer ce soir ?

Il désigna d'un signe de tête les deux cerbères en costume gris postés de chaque côté de l'entrée.

— Tu es entrée illégalement, souligna-t-il.

La foule de gens autour d'eux diminua quand Chiara Campagna et son entourage se rendirent dans le grand salon. Au moins, il y aurait moins de public pour ce qu'Elena avait en tête.

— Tu me mets au défi, Gage ? demanda-t-elle d'une voix sensuelle.

Une voix qu'elle utilisait sans doute pour déstabiliser les hommes.

Ça ne marchait pas sur lui, pour sûr.

— Non, je te laisse un choix, rectifia-t-il.

Il refusait de lui offrir la confrontation qu'elle voulait manifestement enregistrer et partager avec ses abonnés.

— Tu peux parler en privé avec moi de ce que tu fais chez moi, ou tu peux laisser mes gardes te raccompagner. Quoi que tu décides, je peux te garantir qu'il n'y aura aucune caméra pour filmer la scène.

— Comme c'est dommage ! s'exclama-t-elle avec un soupir théâtral. Cela aurait pu ajouter un peu de piment à la situation.

Elle le toisa de pied en cap.

Si elle réussissait à le faire sortir de ses gonds, elle aurait gagné.

Contre toute attente, une envie de l'embrasser éperdument le saisit.

— Qu'est-ce que tu choisis, Elena ? insista-t-il d'une voix calme.

Elle leva les mains en signe de reddition.

— Emmène-moi dans ta tanière, Gage, et fais de moi ce que bon te semble.

Elle pencha la tête sur le côté, l'air songeur.

— Oh ! attends une minute, dit-elle.

Elle se mordilla la lèvre et secoua la tête.

— Tu ne recours plus à ton côté rebelle à présent, n'est-ce pas ? persifla-t-elle. Ton père y a veillé il y a longtemps, en payant toutes tes mauvaises fréquentations pour qu'elles laissent son précieux héritier tranquille.

Sa voix n'était plus du tout séductrice, et son regard était glacial. Le père de Gage l'avait payée pour qu'elle sorte de sa vie, et Gage avait toujours su qu'un jour Elena réglerait ses comptes.

Mais il n'avait pas prévu qu'elle serait aussi vindicative.

Elena suivit Gage d'un pas tremblant.

Avec son mètre quatre-vingt-cinq, Gage était assez impressionnant. Sa carrure était aussi imposante que jamais, et son smoking bien coupé mettait en valeur son large torse et ses bras puissants. Puisqu'elle marchait derrière lui, elle pouvait l'observer à loisir. Ses cheveux noirs, plus longs que par le passé, effleuraient le col de sa veste. Elle aperçut les tatouages sur ses avant-bras, juste sous les manchettes. Autrefois, elle adorait suivre les motifs complexes et colorés, lui demandant inlassablement de lui en expliquer le sens. Et il lui répondait de bonne grâce, avec cet accent néo-zélandais qui était un aphrodisiaque pour elle. Ou peut-être était-ce simplement Gage qui la charmait. S'il avait eu un accent texan ou bostonien, elle aurait sans doute trouvé cela tout aussi irrésistible.

Il lui faisait beaucoup d'effet, autrefois.

Et elle ne s'était pas préparée à l'effet qu'il lui faisait maintenant. Six années s'étaient écoulées depuis que leur relation s'était terminée brutalement. Gage avait cru son père, qui lui avait raconté qu'elle avait accepté un pot-de-vin pour quitter Gage. Elle avait été si furieuse que Gage la juge coupable d'office qu'elle n'avait pas pris la peine de le détromper. Elle s'était dit que, s'il la croyait capable de troquer leur histoire d'amour contre de l'argent, c'était qu'il ne la connaissait pas. Qu'il ne l'aimait pas.

Elle en avait conclu que leur rupture était une bonne chose. Elle s'était même mariée ensuite, mais son union avait tourné au désastre. Son époux, chef cuisinier ayant sa propre émission de télévision, avait eu une liaison avec son assistante pendant qu'Elena assistait à une conférence dans une autre ville. Un scénario tristement banal. Elena s'était retrouvée divorcée avant même d'avoir trente ans.

Pourtant, même l'infidélité de son mari ne l'avait pas autant bouleversée que le fait de revoir Gage ce soir. Une preuve de plus qu'elle n'aurait jamais dû épouser Tomas.

Elle chassa ces pensées de son esprit tandis que Gage la conduisait vers une aile calme, à l'autre bout de la maison. Le son de la musique s'évanouit lorsqu'ils empruntèrent un couloir en pierre grise, aux lumières tamisées et au plafond en bois clair. Les murs étaient presque nus. Même les sols n'étaient pas recouverts de tapis ; ses talons aiguilles résonnaient contre le parquet.

Ils entrèrent dans un grand salon. Ou peut-être était-ce un bureau ? L'immense table de verre aux pieds d'acier était peut-être un espace de travail. Un canapé en cuir était collé contre le mur opposé, face à une cheminée en pierre.

La décoration était aussi froide et peu accueillante que son hôte.

Gage ferma les portes et se tourna vers elle. La pièce était insonorisée ; ici, difficile d'imaginer qu'une fête bruyante avait lieu dans une autre partie de la maison.

— Tu veux bien me dire ce que tu fabriques ici ? demanda-t-il, le regard indéchiffrable. Ou tu préfères prendre un verre d'abord ?

Les angles de son visage étaient plus saillants que dans son souvenir. Sa mâchoire carrée était ombrée par une barbe de quelques jours soigneusement taillée.

Il se dirigea vers un minibar situé sous un écran de télévision.

— J'ai eu une année difficile, mais je ne me suis pas encore mise au bourbon, répondit-elle.

Ayant vu les ravages de la boisson sur sa mère, Elena ne buvait pas d'alcools forts.

Tandis qu'il se servait un verre, Elena se rappela le goût du bourbon préféré de Gage sur sa langue quand il l'embrassait. Le souvenir, si soudain et vivace qu'elle fut ébranlée, provoqua une onde de chaleur malvenue en elle.

— Finalement, dit-elle, songeant que cet homme et les souvenirs qu'il réveillait étaient bien plus dangereux que n'importe quel spiritueux, peut-être qu'un petit verre ne me ferait pas de mal.

Elle sentit son regard sur elle, mais n'osa pas lever les yeux vers lui. Pendant qu'elle tentait de se reprendre, elle fit mine d'avoir un intérêt soudain pour les flammes du feu de cheminée.

Elle entendit Gage lui préparer son verre puis refermer le minibar.

Il la rejoignit près de la cheminée.

— Tiens, dit-il. J'ai ajouté un glaçon pour l'adoucir un peu. Tu veux t'asseoir ?

— Non, merci.

Elle accepta le verre qu'il lui tendait, en prenant soin de ne pas effleurer sa main. Le moindre contact physique avec Gage la troublait beaucoup trop.

— Inutile de faire comme si c'était une visite de courtoisie, lâcha-t-elle.

Elle fit tourner le liquide dans son verre, respirant les odeurs de vanille grillée et de chêne fumé.

Mais aucune odeur ne restituait vraiment la saveur des baisers de Gage.

— Ce n'est pas mon intention, crois-moi, assura-t-il. Assieds-toi, lui enjoignit-il, désignant le canapé.

Ne voulant pas protester, elle alla prendre place sur le canapé. Il fit de même, laissant plus d'un mètre entre eux. Après avoir posé son verre sur le bord de la fenêtre, derrière le canapé, il se tourna vers elle.

— Tu veux bien me dire ce que tu fais là ? demanda-t-il, desserrant son nœud papillon.

— Tu as dit tout à l'heure que j'étais une enquiquineuse professionnelle, donc je suis presque sûre que tu sais déjà pourquoi je suis ici.

Sur ses comptes de réseaux sociaux, elle avait multiplié les publications sur son voyage dans le Montana, pensant qu'ainsi Gage finirait par être au courant de son arrivée imminente.

— En tant que journaliste spécialisée dans le divertissement, je compte dénicher ici le scoop que les lecteurs attendent au sujet d'Alonzo Salazar.

— Depuis quand travailles-tu pour la presse à scandales ?

— Depuis que mon ex-mari infidèle a fait bloquer nos avoirs pour me pourrir la vie. J'ai choisi un emploi qui me permettrait de gagner de l'argent rapidement, pour subvenir à mes besoins en attendant que la situation soit réglée.

Cette explication était loin de rendre compte des difficultés financières et émotionnelles dans lesquelles son divorce compliqué l'avait plongée. Dès qu'Elena avait appris l'infidélité de Tomas, elle avait quitté le domicile conjugal, pensant que son mari se comporterait en adulte. Grave erreur.

— Je suis navré pour ton divorce.

La compassion dans la voix de Gage semblait réelle. Il l'observa tout en buvant une gorgée d'alcool, puis reposa son verre.

Cependant, lorsqu'il reprit la parole, son ton changea.

— Mais il y a un million de façons pour l'une des femmes les plus brillantes que je connaisse de gagner sa vie. Pourquoi choisir de chambouler l'existence d'autres personnes pour gagner de l'argent ?

— Je ne te remercierai pas pour ce compliment ambigu, destiné à me faire culpabiliser.

La raison pour laquelle elle avait choisi cette activité ne le regardait pas.

— Pour ce que cela vaut, j'aime parler de gens qui méritent un blâme public.

— Tu ne peux tout de même pas suggérer que j'entre dans cette catégorie ? répliqua-t-il, l'air contrarié.

Gage Striker était un homme qui n'avait jamais connu un seul moment de doute. Un homme qui ne savait pas ce que cela faisait d'être condamné par l'opinion publique. De devoir se battre pour gagner sa respectabilité.

Elle décida d'éluder sa question. Elle n'était pas prête à s'engager dans une joute verbale avec lui.

Pas encore, du moins.

— Je pensais plutôt à Alonzo Salazar, dont le roman a gâché des vies, dit-elle. Cet homme a tiré profit des malheurs de personnes réelles.

Elle se tourna pour prendre son verre sur le rebord de la fenêtre. La soie de sa robe bruissa quand elle croisa les jambes.

Gage avait suivi ses mouvements du regard, remarqua-t-elle. Elle se sentit gênée.

Et troublée.

— Et pourtant, ton enquête t'a amenée jusque sur mon perron.

Il baissa la voix et se pencha vers elle.

— C'est une situation un peu trop pratique pour être une coïncidence, n'est-ce pas ?

Pour éviter de répondre, elle sirota son bourbon, laissant les saveurs se développer sur sa langue. Un soupçon de caramel. Une touche de fumée. Des notes de cerise. Tout cela lui rappela le dernier baiser que Gage lui avait donné.

Elle réprima l'envie de coller le verre contre son front. La présence de Gage et le souvenir de ses lèvres sur les siennes provoquaient une fièvre en elle.

— Ça n'a rien de pratique pour moi, répliqua-t-elle. Mon travail ici serait bien plus facile si n'avions pas un passé si... acrimonieux.

— Acrimonieux. C'est comme ça que tu appelles ça ?

— Je ne dirais pas que nous sommes amis. Et toi ?

Elle reposa son verre, s'avisant qu'elle ferait mieux de ne pas trop boire.

— Moi non plus. Et le fait que nous ne soyons pas amis est la raison pour laquelle tu es ici, Elena, quoi que tu en dises.

Son cœur s'emballa. Une part d'elle regretta de ne pas lui avoir dit exactement ce qu'elle pensait de lui lorsqu'elle l'avait quitté.

— Et quelle est cette raison, Gage, puisque tu sembles si bien me connaître ?

Elle crut voir une lueur dans son regard quand il répondit :

— Nous savons tous les deux que tu es ici pour te venger.

2

Gage se demanda si Elena allait le regarder dans les yeux et prétendre le contraire.

Elle était assise à côté de lui, dans cette robe rouge sang excitante, ses cheveux brillants recouvrant ses épaules tels les serpents de la Méduse. Elle était si attirante qu'il en oublia presque la menace qu'elle représentait. Une menace pour son nom, pour sa réputation, et pour tout ce qu'il avait bâti au ranch Mesa Falls au prix de tant d'efforts.

Elle décroisa et recroisa les jambes, la longue fente de sa robe révélant ses jambes fines. Les rubans de velours de ses sandales étaient noués autour de ses chevilles, attirant son regard vers ses jolis pieds ornés d'un vernis rouge carmin.

Elena était d'une beauté à couper le souffle même quand elle ne s'habillait pas en femme fatale. Ce soir, elle était particulièrement superbe, et il n'arrivait pas à la quitter des yeux. Hélas.

— Me venger de quoi, au juste ? finit-elle par demander.

— De l'affront que t'a fait ma famille, quand mon père t'a payée pour que tu me quittes. Tu étais furieuse contre lui.

Elle n'avait même pas cillé quand Gage lui avait demandé si elle avait accepté l'argent. Sa réponse positive – son menton levé avec défiance – avait éteint tous les sentiments qu'il avait pour elle.

— Tu étais folle de rage contre moi, aussi, ajouta-t-il.

Il n'avait jamais compris comment elle avait pu éprouver une telle colère envers lui, alors que c'était elle qui avait troqué leur relation contre de l'argent. Plus tard, il avait songé que son père avait peut-être menti à Elena et prétendu que Gage ne voulait plus d'elle dans sa vie. Mais lorsque cette idée lui était venue à l'esprit, Elena était partie depuis longtemps, et plus rien de tout cela n'avait eu d'importance.

Lorsqu'elle l'avait quitté, elle avait mis la moitié du monde entre eux. Elle était retournée en Californie, là où ils s'étaient rencontrés, tandis que lui était resté en Nouvelle-Zélande pour aider son père, alors en campagne pour décrocher un siège au Parlement et acquérir un statut plus important au sein de son parti. Pour le père de Gage, la politique avait toujours été très importante, car elle était pour lui un moyen de préserver les intérêts financiers de la famille Striker. Malheureusement, maintenant que la fortune de Gage dépassait celle de son père, leur relation semblait encore plus ténue.

— Cela fait six ans que nous avons rompu, lui rappela-t-elle, fixant ses ongles comme si la conversation l'ennuyait. J'ai tourné la page. J'ai épousé quelqu'un d'autre.

— Et ça t'a réussi, n'est-ce pas ?

Le silence qui s'ensuivit lui indiqua que la pique avait atteint sa cible. Mais il s'en voulut de sa mesquinerie. Il vit de la douleur passer dans son regard, avant qu'elle ne se ressaisisse.

— Je suis d'accord, j'ai été stupide d'épouser Tomas.

Il était surpris qu'elle le reconnaisse si aisément.

Elle s'adossa au canapé, se détendant légèrement.

— Mais ce que je veux dire, continua-t-elle, c'est que je n'aurais certainement pas concocté un plan pour me venger au bout de six ans.

— Je n'aurais pas dû faire de commentaire sur ton mariage. Mes excuses.

Elle inclina la tête avec la grâce d'une reine.

— Et je suis désolée de m'être introduite chez toi sous un faux nom. Mais compte tenu de notre passé, je me voyais mal te demander une invitation.

Il émit un petit rire sec, et s'efforça de focaliser son attention sur les flammes du feu et non sur la belle jeune femme assise à côté de lui.

— Et j'aurais sans doute refusé ta demande. Comme tu le sais, cela fait partie de mon travail de protéger l'intimité de mes invités. Ce qui veut dire : pas de journalistes people.

— Quoi qu'il en soit, j'ai besoin de récupérer mon téléphone.

Elle tendit la main, et il remarqua qu'elle ne portait pas d'alliance. Il n'y avait même pas de marque blanche sur son annulaire.

— Mes abonnés croiront qu'il y a eu un problème, puisque ma vidéo s'est brusquement interrompue.

— Alors, c'est qu'ils te sous-estiment largement. Tu es une femme pleine de ressources.

Ils s'étaient rencontrés peu de temps avant que la première entreprise de Gage n'entre en Bourse. À l'époque, il se consacrait entièrement à sa start-up, qui proposait différents outils pour assurer l'anonymat sur la Toile. Elena travaillait pour une entreprise concurrente, et elle avait démissionné car elle trouvait les produits de Gage meilleurs.

Elle était venue à son bureau pour le lui dire, offrant ses services d'influenceuse pour atteindre une cible jeune. À l'époque, elle avait une base d'abonnés qui la suivaient sur les réseaux sociaux pour ses astuces mode et beauté, et il n'avait pas compris en quoi cela pourrait l'aider. Elena lui avait appris qu'il ne fallait jamais sous-estimer une cible. Grâce à une vidéo astucieuse qu'elle avait publiée sur son blog, Gage avait gagné cinquante mille clients en une journée. Il avait offert à Elena un pourcentage, ainsi qu'un emploi. Au bout du compte, lorsqu'ils s'étaient séparés, il n'avait pas seulement perdu la femme qu'il aimait. Il avait aussi perdu une employée hors pair, puisqu'elle lui avait donné sa démission le jour de leur rupture.

— Alors que dois-je faire pour récupérer mon téléphone ? insista-t-elle. Ouvrons les négociations maintenant. Je n'ai pas de temps à perdre, et j'imagine que toi non plus.

Elle tendit le bras vers le bourbon qu'il lui avait servi, puis, comme si elle se ravisait, elle reposa la main dans son giron.

Il alla lui servir un verre d'eau et le lui apporta. Elle prit le verre en prenant soin de ne pas effleurer ses doigts. Étrangement, l'absence de contact physique rendit la tension sensuelle encore plus palpable.

— Merci.

— Si tu veux récupérer ton téléphone, commence par être honnête avec moi. Que fais-tu dans le Montana ?

Elle prit une longue gorgée d'eau avant de poser le verre à côté de son bourbon. Gage remarqua la touche de rouge à lèvres sur le cristal, ce qui le déconcentra un instant.

— J'ai été honnête avec toi, Gage. Je veux obtenir des réponses sur la fortune mal acquise d'Alonzo Salazar, et découvrir où sont passés les droits d'auteur de son livre. Je ne quitterai pas le ranch tant que je n'aurai pas récolté des informations, ou que je n'aurai pas une solide piste qui mène autre part.

Gage savait déjà qu'April Stephens avait trouvé des réponses. Mais il se garderait bien d'en informer Elena.

Car les secrets d'Alonzo étaient liés aux siens. Son ancien professeur avait été mêlé à une tragédie au pensionnat Dowdon, qui impliquait les six propriétaires du ranch, et dont ils avaient eu bien du mal à se remettre. Voilà pourquoi son objectif premier était de protéger le passé d'Alonzo. Donc, il n'allait certainement pas laisser Elena approcher April Stephens ce soir. Heureusement, l'enquêtrice quitterait le ranch demain dans la matinée.

Puisqu'il connaissait très bien Elena, il était prêt à la manipuler s'il le fallait.

— Donc tu es juste ici pour un scoop, résuma-t-il. Pas parce que tu avais envie de me revoir.

Il sut qu'il l'avait décontenancée lorsqu'il vit ses épaules se raidir légèrement. Était-elle attirée par lui ? Ou se préparait-elle seulement pour le prochain round ?

— Tu ne risques rien avec moi, Gage. Je l'ai promis à ton père, après tout.

Et voilà, elle montrait de nouveau les dents. Pour être franc, il lui était plus facile de la considérer comme une ennemie que comme une femme désargentée après un divorce médiatisé. Si elle vendait des articles aux tabloïds, cela voulait dire que ses finances n'étaient pas au beau fixe. L'Elena qu'il avait connue était pourtant une redoutable femme d'affaires.

— Et tu ne cherches pas à te venger de moi, déclara-t-il.

Il avait besoin qu'elle lui confirme ce point.

Ou peut-être voulait-il juste l'agacer.

Elle émit un petit rire, puis se leva et marcha vers la cheminée.

— Pour vouloir me venger, il faudrait que je ressente quelque chose pour toi, Gage, asséna-t-elle froidement.

Il faillit la croire. Mais quelque chose passa dans son regard. Une lueur fugace, mais qu'il était certain d'avoir vue. Et cette lueur prouvait qu'il ne lui était pas totalement indifférent.

Se levant à son tour, il la rejoignit devant le foyer de pierre. Les yeux rivés sur ses courbes féminines, il se rappela les milliers de fois où il l'avait caressée. Embrassée.

Les souvenirs qui l'assaillirent étaient plus brûlants que n'importe quel feu.

— Je ne te crois pas, Elena.

Elena eut le souffle coupé. Ce que Gage venait de dire l'avait sonnée.

Et il était bien trop près d'elle. Heureusement, elle lui tournait le dos. Elle ferma les yeux et s'efforça de contenir les picotements d'excitation qui la parcouraient. Le doigt de bourbon qu'elle avait bu dansait dans ses veines, semblant la réchauffer de part en part.

Elle n'était pas venue pour mener Gage en bateau. Mais elle ne pouvait pas se permettre de baisser la garde une seule seconde. Il fallait qu'elle écrive cet article sur Alonzo Salazar, afin de renflouer ses comptes. Si au passage elle incommodait Gage, tant mieux. Une vengeance ? Non. Mais au moins, elle montrerait à Gage qu'un Striker ne pouvait pas se servir de sa fortune pour se débarrasser de toutes les choses gênantes dans sa vie.

— Peu importe que tu me croies ou non, rétorqua-t-elle.

Elle effleura du bout de l'index la pierre grise autour de la cheminée. Tout était bon pour retarder le moment de le regarder.

— Tu ressens quelque chose pour moi, murmura-t-il.

Sa voix lui fit l'effet d'une caresse le long de son dos.

— Quelque chose qui n'est sans doute pas positif, mais je suis sûr à cent pour cent que tu n'es pas indifférente.

Il cherchait à la provoquer, elle le savait.

Le silence s'étira entre eux. Elle s'était essayée à la comédie autrefois, après avoir fui le taudis en plein désert de son père pour rejoindre Los Angeles à l'âge de dix-sept ans. Elle n'était pas très douée à l'époque, mais aujourd'hui elle était très motivée. Prenant une grande inspiration, elle se tourna vers Gage et le regarda droit dans les yeux.

— Navrée de te décevoir, mais je suis dans le Montana pour le travail, pas pour rallumer une flamme éteinte depuis longtemps. Alors, si tu as fini, je vais m'en aller.

Elle passa devant lui, mais au dernier moment il la retint par le coude.

— Attends.

Il relâcha rapidement son bras.

Parce qu'il ne voulait pas toucher la femme qui l'avait trahi ? Ou parce qu'il avait ressenti le même courant de désir qui l'avait traversée ?

Elle se retourna vers lui.

— Tu comptes vraiment rester en ville pour enquêter sur cette histoire ? demanda-t-il.

Sa voix avait perdu un peu de son hostilité.

— Oui. Je n'irai nulle part tant que je n'aurai pas de réponses.

Elle resterait au Mesa Falls aussi longtemps qu'elle pourrait se le permettre, en tout cas, car les chambres du grand chalet étaient chères. Elle doutait que Gage la chasse, étant donné les efforts que son service de relations publiques avait fournis pour promouvoir le Mesa Falls. Gage ne pouvait pas prendre le risque qu'elle fasse une mauvaise publicité à son ranch.

— Dans ce cas, dit-il, tu n'as qu'à séjourner chez moi.

Elle cligna des yeux, certaine d'avoir mal entendu.

— Je te demande pardon ?

— Si tu es si indifférente, ça ne devrait pas te poser de problème de vivre sous mon toit pendant que tu effectues tes recherches.

— Pour que tu puisses garder un œil sur moi pendant que j'enquête ? Pour être sûr que je ne trouve pas les réponses que je cherche ?

Il alla prendre leurs boissons. Il termina son bourbon, puis lui apporta son eau.

Tentant de garder son calme, elle serra le verre, appréciant sa fraîcheur contre sa paume. Elle ne se faisait pas d'illusions, Gage ne lui offrait pas son hospitalité par gentillesse.

— Je préfère refuser ton offre.

— Pourquoi dépenser ton énergie à trouver un moyen de te faufiler chez moi, alors que tu pourrais être mon invitée ? demanda-t-il d'un ton faussement raisonnable.

— Pourquoi ne pas me mettre dehors, tout simplement, comme tu as menacé de le faire tout à l'heure ?

Elle n'avait pas confiance en son offre. Parce qu'elle ne pouvait pas faire confiance à Gage.

— La publicité négative sur ma personne ne me gêne pas, dit-il. En revanche, je tiens à préserver la réputation du ranch.

Il se dirigea vers l'immense table qui semblait faire office de bureau. Retirant le téléphone d'Elena de la poche de son smoking, il le posa sur la surface en verre.

— Par conséquent, je ne voudrais pas que l'on te voie quitter le ranch entre deux vigiles. Mais pour répondre à ta précédente question, ce serait en effet pratique pour moi de connaître tes allées et venues pendant ton séjour au Mesa Falls.

— Donc, tu admets que tu me surveillerais ?

— Ce que tu fais de tes journées n'est pas vraiment secret, puisque tu publies des photos en ligne. Mais la réponse est oui. Si tu es sous mon toit, je resterai informé et je n'aurai pas à consulter les réseaux sociaux pour savoir ce que tu trames.

Il marquait un point. Maintenant qu'elle avait affirmé clairement qu'elle voulait des réponses sur Alonzo Salazar, il n'allait pas ignorer sa présence au ranch.

— D'ailleurs, continua-t-il, je serais à ta disposition vingt-quatre heures sur vingt-quatre, sept jours sur sept.

— Dans quel but ? demanda-t-elle froidement.

— À toi de me le dire. Je suppose que tu as des questions sur le Mesa Falls. Depuis peu, je me suis engagé à passer plus de temps ici, pour m'assurer que la mission du ranch est remplie.

— Et tu accepterais de répondre à mes questions ?

Elle vida son verre, imaginant ce que ce serait de vivre chez Gage pendant des jours.

Des semaines.

À cette perspective, elle eut le ventre noué. La désinvolture avec laquelle il avait évoqué leur relation l'avait profondément blessée. Pour la première fois, elle se demanda si elle avait bien fait de revenir dans le Montana et de rouvrir cette plaie.

— Je ne peux pas te le promettre. Je t'offre simplement la possibilité de me poser tes questions.

Il avança vers elle, lui retira son verre des mains et le posa sur le manteau de la cheminée.

— Qu'as-tu à perdre, Elena ? Si tu n'es pas venue pour te venger et que tu ne ressens plus rien pour moi, alors tu peux travailler sur ton article chez moi. Comme ça, tu n'auras pas à déjouer la vigilance de mes agents de sécurité. Et, oui, cela me permettra d'avoir une influence sur ton article.

Elle avait très envie de refuser. D'envoyer Gage au diable et de quitter cette maison.

Mais il l'avait mise au pied du mur. Et surtout, elle ne pouvait pas se permettre de décliner sa proposition. Lissant un pli invisible sur sa robe, elle s'avisa que cette offre était une opportunité bienvenue. Une chance de dénicher des informations sur la vie d'Alonzo Salazar et sur sa fortune cachée.

— Il y a plus courtois comme invitation, finit-elle par répondre. Mais je ne suis pas en position de faire la difficile.

Il hocha la tête, l'air satisfait.

— Excellent. Tu as pris une chambre au grand chalet ? J'enverrai quelqu'un chercher tes affaires.

Il sortit son propre téléphone de sa poche et tapa un message.

— Tout de suite ? s'étonna-t-elle.

Sa valise presque vide était un portrait de ses finances bien plus réaliste que la belle robe qu'elle avait achetée dans une boutique du coin pour une somme modique.

— Je suis sûr que tu es pressée de commencer ton enquête. Tu ne m'as pas dit que tes abonnés méritaient des réponses ?

Il l'avait manipulée afin qu'elle fasse ce qu'il voulait, c'était une certitude. Mais quelles étaient ses motivations réelles ?

— J'espère ne pas être devenue ta prisonnière dans cette maison retirée.

— Une perspective plaisante, mais non.

Il afficha un sourire presque carnassier.

— Tu peux, bien évidemment, aller et venir à ta guise. Mais fuir à la première occasion ne ressemble pas au comportement d'une femme indifférente à mon charme.

— Je voulais juste dire que j'aimerais aller chercher moi-même mes affaires au chalet.

Si Gage se mettait en tête d'enquêter sur elle, il n'y aurait pas grand-chose qu'elle pourrait lui cacher. Mais elle ne tenait vraiment pas à ce qu'il sache à quel point sa situation financière était difficile.

— Tu manquerais le reste de la fête alors que tu as fait tant d'efforts pour pouvoir y assister ?

Il secoua la tête et approcha d'elle.

— La soirée ne faisait que commencer, Elena. Allons nous amuser, et tu trouveras tes bagages dans ta suite quand tu seras prête à aller te coucher.

Il lui tendit galamment le bras. On aurait presque pu croire qu'il la courtisait. En réalité, il cherchait juste à la provoquer. À la tenter.

Il pensait qu'elle n'était pas indifférente à son charme ? Eh bien, il avait raison.

Elle avait l'impression qu'il ferait tout ce qui était en son pouvoir pour démontrer qu'elle mentait sur ce point. Mais puisqu'il avait déjà une si piètre opinion d'elle, elle n'était plus à cela près.

Elle avait réussi à s'introduire chez lui. Maintenant, à elle de profiter au maximum de cette occasion.

Elle glissa la main au creux de son bras, acceptant sans un mot son invitation.

Il plongea le regard dans le sien, et elle sentit un courant électrique jaillir entre eux. Détournant les yeux, elle vit son téléphone sur la table.

— Mon appareil-photo..., commença-t-elle.

— ... est confisqué pour le reste de la soirée.

Il posa la main sur la sienne.

— Il sera en sécurité ici, dans ta suite, à ton retour.

Désarçonnée, elle regarda autour d'elle.

— Ici ?

— Cette pièce sera ton bureau durant ton séjour. Ta chambre est juste à côté, précisa-t-il, désignant une porte au fond de la pièce.

— Je vois que tu as beaucoup de place pour moi, ironisa-t-elle.

Elle savait que Gage était devenu encore plus riche ces dernières années, et cette immense maison en était la preuve.

— Oui, en effet.

Il serra doucement sa main avant de la relâcher.

— Tu ne te rendras même pas compte que nous vivons sous le même toit.

Étant donné la façon dont son pouls s'affolait quand il était dans les parages, elle en doutait fort.

3

Plus tard ce soir-là, Elena se rendit dans la cuisine et se servit une assiette de fruits, dépitée. Cette soirée avait été un fiasco. Devenir une invitée officielle de la fête de Gage ne l'avait pas vraiment aidée dans son enquête.

Bien sûr, le fait que Gage l'ait suivie presque en permanence y était sûrement pour quelque chose. Poussant un soupir de frustration, elle versa un yaourt sur ses fraises et ses tranches d'ananas. Bien qu'il prétende le contraire, Gage comptait être davantage un chien de garde qu'un hôte.

Ce qui ne serait pas un problème si elle n'était pas si sensible à son charme. En l'occurrence, chaque fois qu'il était près d'elle, ses pensées s'éparpillaient telles des aigrettes de pissenlit dans une brise de printemps.

Elle prit quelques framboises sur l'un des plans de travail de la cuisine et les posa sur son assiette. Elle avait renoncé à chercher April Stephens, la femme qu'elle avait rencontrée dans la boutique où toutes les deux avaient trouvé leurs robes respectives, plus tôt dans la journée. April avait semblé être une source prometteuse pour obtenir davantage d'informations sur les propriétaires du ranch, puisqu'elle aussi était dans le Montana afin d'enquêter sur la fortune d'Alonzo Salazar.

Selon toute vraisemblance, la jeune femme avait déjà quitté la fête. Pour ce qui était des autres propriétaires, Elena avait repéré Weston Rivera en train de boire seul dans un petit salon. Son frère, Miles, avait eu une conversation animée avec Desmond

Pierce près de la piscine. Mais tous deux avaient cessé de parler dès qu'elle était apparue, aussi n'avait-elle rien pu entendre.

Quant à Gage, seul autre propriétaire présent ce soir, il n'était jamais loin d'elle. Il venait d'ailleurs d'arriver dans la cuisine, des flûtes de champagne à moitié vides dans une main.

Ayant retiré son nœud papillon depuis longtemps, il semblait délicieusement chiffonné. Le premier bouton de sa chemise était ouvert, et sa barbe naissante s'assombrissait à mesure que la soirée avançait. Elena remarqua que certaines femmes le suivaient du regard. C'était bon de savoir qu'elle n'était pas la seule à être captivée par son charme ténébreux et son physique d'athlète.

— Tu sais, les employés du service traiteur s'occupent aussi du nettoyage, fit-elle remarquer. C'est pour ça que tu les paies.

— Merci du tuyau, Elena. Mais quand on est piégé dans une pièce où la conversation tourne autour du rouge à lèvres qui a la plus longue tenue, le besoin de s'échapper par tous les moyens devient irrépressible.

Posant les flûtes dans l'évier, il avança jusqu'à elle.

— Je peux me joindre à toi ? demanda-t-il.

Il avait déjà pris un morceau de baguette, ne s'embarrassant pas d'un couteau pour le couper en deux. Elle réprima un sourire. Le père de Gage avait sûrement consacré beaucoup de temps et d'argent à l'éducation de son héritier, afin qu'il ait de bonnes manières et un certain savoir-être en société. Mais apparemment, Gage n'était pas totalement dompté.

— Seulement si nous parlons d'autre chose que de maquillage, répondit-elle, prenant une serviette en papier et se servant un verre d'eau. Moi aussi, j'ai eu mon compte de conversations insipides.

Cela la contrariait d'en avoir appris si peu sur les associés du ranch ou sur Alonzo Salazar. Mais elle pourrait peut-être obtenir des informations de son hôte.

La foule avait considérablement diminué. Seuls quelques invités dansaient encore dans le grand salon. Un chanteur de pop était en pleine conversation avec un mannequin européen à qui Elena n'avait parlé que brièvement. Ces gens ne correspondaient pas au type de personnes dont Gage s'entourait en temps normal. Mais cela s'expliquait : la fête avait été préparée par le service de relations publiques du ranch. Le but était de présenter le domaine aux jeunes influenceurs et d'attirer l'attention sur les pratiques écologiques du Mesa Falls.

Elle approuvait cette initiative. Toutefois, les invités étaient très différents de ceux qu'elle côtoyait habituellement. Ils semblaient tous si jeunes…

— Allons nous installer là-bas, suggéra Gage, désignant un coin repas près de fenêtres qui donnaient sur la piscine. Comme ça, je pourrai surveiller les choses jusqu'à ce que ces jeunes gens soient à court de carburant.

Elena prit place sur un banc rembourré. L'espace était confortable et calme.

Gage se glissa sur le banc à côté d'elle, plus près qu'elle ne l'aurait cru. Pour discuter ? Ou pour prouver qu'il lui faisait de l'effet ? Lui lançant un regard furtif, elle dut reconnaître qu'elle n'était plus capable de déchiffrer les nuances de son expression. Ou peut-être avait-il appris à masquer ses pensées depuis leur séparation. C'était sans nul doute un formidable atout dans les affaires.

— Alors, combien de temps restes-tu au ranch ? demanda-t-elle, dépliant sa serviette et la posant sur ses genoux. Est-ce que tu as toujours ta maison à Palo Alto ?

Lorsqu'elle l'avait rencontré, il venait d'acheter cette propriété. Ils avaient envisagé d'y emménager ensemble, mais peu après l'achat Gage l'avait emmenée en Nouvelle-Zélande pour faire la connaissance de sa famille. Et tout s'était écroulé.

— Oui, c'est toujours ma résidence principale. Mais Weston cherche quelqu'un pour gérer le ranch à plein temps.

Il lui proposa un morceau de pain, mais elle refusa d'un signe de tête.

Être assise si près de lui réveillait de vieux souvenirs. Son après-rasage était le même ; depuis qu'ils avaient rompu, la fragrance la tentait parfois dans ses rêves.

Plongeant quelques framboises dans son verre d'eau fraîche,

elle tenta de se recentrer sur leur conversation. Gage lui apprendrait peut-être des éléments intéressants.

— Weston va quitter le groupe ? demanda-t-elle.

Elle savait que Weston était le plus jeune des frères Rivera, tous deux associés du Mesa Falls. Weston avait divers investissements dans le pays – surtout des start-up à croissance rapide, qui avaient fait de lui un homme richissime. Miles Rivera, quant à lui, dirigeait le ranch familial situé dans les contreforts de la Sierra Nevada, en Californie.

— Non, il reste associé. Mais maintenant que nous commençons à attirer l'attention des tabloïds – il lui lança un regard appuyé –, Weston ne veut plus être le seul responsable de la sécurité et de la tranquillité des clients.

Ou alors il voulait s'assurer que les secrets de tous les propriétaires étaient bien gardés. Elle penchait pour la seconde hypothèse.

— Donc, tu vas vivre ici de façon permanente ? demanda-t-elle.

Elle avait du mal à imaginer Gage se retirer du monde, dans ce coin reculé du Montana. Il ne s'était peut-être pas lancé en politique comme son père l'aurait voulu, mais il avait une grande aisance en société. Elle le voyait davantage travailler dans une grande ville que dans un ranch isolé.

— Pour l'instant, oui, répondit-il. Nous verrons comment les choses vont évoluer dans les mois qui viennent, notamment l'intérêt des médias pour Alonzo.

Elle sirota son eau et regarda le spectacle qui se déroulait dans le vaste salon : deux jeunes hommes dansaient pour divertir les six ou sept jeunes femmes lovées dans les canapés de cuir. Ils tournoyaient sur la pointe de leurs chaussures de luxe et se déhanchaient, récoltant des cris et des sifflements d'approbation de leur public enthousiaste.

La D-J semblait indifférente et continuait à faire tourner ses disques. L'un de ses écouteurs avait glissé de son oreille.

— Si tu continues à donner des fêtes de ce genre, ta vie ici ne sera pas ennuyeuse, observa Elena d'un ton léger, stupéfiée par l'agilité des danseurs.

Gage secoua la tête.

— Je ne suis pas sûr que les batailles de danse soient très divertissantes. Et puis, j'aime la vie au ranch. N'oublie pas que j'ai grandi dans une ferme d'élevage, avant que mon père ne s'intéresse à la politique.

Justement, elle avait oublié ce détail. Mais maintenant, tout lui revenait en mémoire. Gage et elle avaient prévu de visiter la ferme de son enfance lorsqu'elle l'avait accompagné en Nouvelle-Zélande. Mais avant qu'ils en aient l'occasion, le père de Gage était intervenu pour reprocher à Elena sa relation avec son fils. Elle était rentrée aux États-Unis prématurément. Et seule.

Elle était encore perdue dans ses pensées quand une jeune femme, sans doute un membre du personnel du ranch, suggéra aux invités de la rejoindre dans une autre pièce, leur promettant des cadeaux de luxe et un essayage de chapeaux stetson personnalisés. Cela fonctionna, car le grand salon se vida rapidement.

— Et toi ? demanda Gage quand ils furent seuls. Comment vas-tu t'en sortir dans ces montagnes ? Ça n'a rien à voir avec ta vie citadine de Los Angeles.

— Compte tenu de mon actuel combat juridique avec mon ex-mari, prendre du temps pour faire le vide dans mon esprit et communier avec la nature me fera le plus grand bien.

— J'ai du mal à t'imaginer communier avec la nature.

— Je n'ai peut-être pas grandi dans une ferme d'élevage, mais j'ai passé mon enfance dans le désert californien, et je dormais à la belle étoile aussi souvent que dans ma chambre. C'était aussi une vie au grand air.

Ces bons souvenirs la firent sourire. Il lui avait fallu des années de thérapie pour retrouver les moments heureux parmi les nombreux moments tristes et effrayants avec ses parents alcooliques, mais elle y parvenait à présent.

— J'espère explorer tout ce que le ranch a à offrir.

Elle s'était essayée à plusieurs activités depuis qu'elle avait fui son foyer à dix-sept ans. Elle avait d'abord réalisé des tutoriels beauté, dont le succès avait attiré les publicitaires. Avec l'argent gagné, elle avait pu payer une partie de ses études. À l'époque où elle avait connu Gage, elle était devenue femme d'affaires. Et lorsqu'elle avait épousé Tomas, elle avait soutenu sa carrière.

À présent, elle était au creux de la vague. Elle ne savait pas encore ce qu'elle allait faire après ce séjour dans le Montana, mais elle avait une certitude : fuir ne lui avait pas réussi. Au fil des ans, elle avait laissé les autres dicter ses choix. Sa famille, d'abord. Puis le père dominateur de Gage. Enfin, son ex-mari. Dorénavant, elle allait prendre sa vie en main.

Pour de bon.

Une demi-heure plus tard, Gage conduisait Elena à sa suite, tout en s'interrogeant sur les changements qui s'étaient opérés en elle.

Ce n'était plus la femme qu'il avait fréquentée six ans plus tôt. Toutefois, ce n'était pas parce que son côté compétitif n'était plus visible qu'il avait forcément disparu. Elle avait eu beau justifier sa présence dans le Montana, il avait le sentiment qu'elle ne lui avait pas tout dit, et qu'elle était ici pour réparer un tort. Pour lui faire payer de ne pas l'avoir défendue face à son père.

Mais comment aurait-il pu prendre sa défense alors qu'elle lui avait caché son passé ? Lorsqu'il avait appris que le père d'Elena était recherché par la police, le ciel lui était tombé sur la tête. Elle avait passé une grande partie de son adolescence avec lui, en cavale. Sa mère était une alcoolique au comportement violent, qui avait fait plusieurs séjours en prison. Elena n'était en rien responsable des erreurs de ses parents, bien sûr. Mais il avait été blessé qu'elle ne lui ait rien confié de tout cela. C'était le détective privé engagé par le père de Gage qui avait tout découvert. Elena n'avait pas eu assez confiance en Gage pour lui révéler ses secrets. Une preuve du peu de considération qu'elle avait eu pour lui.

À présent, elle était de retour. Et il ne savait que penser. Une chose était sûre : elle était plus enivrante que n'importe quel bourbon. Elle marchait quelques mètres derrière lui ; pourtant, elle exerçait sur lui une attirance magnétique, qui le poussait inexorablement vers elle.

— Merci de m'avoir raccompagnée, dit-elle lorsqu'ils furent de retour dans le salon de sa suite.

Elle récupéra son téléphone, qu'il avait laissé sur la table de verre tout à l'heure.

Sa robe de soie et de velours bruissait à chacun de ses pas. Serrant les dents, il tenta de ne pas penser à ses jambes cachées sous l'étoffe.

Il ouvrit à la volée la porte de sa chambre.

— Tes affaires sont là, et il y a des serviettes dans la salle de bains, indiqua-t-il.

Remarquant le bouquet d'herbe d'ours sur la table de chevet, il hocha la tête, satisfait. Les jolies fleurs sauvages étaient protégées dans plusieurs régions, mais, grâce aux pratiques écologiques du ranch, elles poussaient en abondance sur le domaine. Bien que ses employés aient eu peu de temps pour préparer la chambre, ils avaient fait du bon travail.

Gage n'avait guère envie de s'attarder sur la raison pour laquelle il voulait faire plaisir à une femme qui avait menti pour passer le seuil de sa porte. Il se dit que ces fleurs étaient juste une branche d'olivier, une manière de l'amadouer afin qu'elle renonce à rédiger un article sur Alonzo Salazar.

— Comme elles sont belles ! s'extasia-t-elle, se penchant pour respirer le parfum des fleurs jaunes et blanches. Merci, Gage.

Si la chaleur dans sa voix ne l'avait pas troublé, la voir près du grand lit aurait suffi.

Elle retira la pince fantaisie qui retenait ses cheveux. Fasciné, il regarda la masse soyeuse retomber en cascade. Les boucles dansèrent et s'étalèrent autour de ses épaules quand elle se retourna vers lui.

Il savait bien qu'il devrait la laisser seule. Sans tarder.

Mais son esprit songeait déjà à un autre scénario pour finir cette soirée. Un scénario dans lequel il descendait la fermeture à glissière de sa robe fourreau. Le tissu glisserait sur ses courbes, et Gage pourrait caresser sa peau à loisir. Il pourrait découvrir si le sexe entre eux était toujours aussi explosif qu'autrefois. Leur lien charnel avait été très fort, si fort qu'il n'avait pas réussi à renouer une relation à long terme depuis leur rupture. Personne n'arrivait à la cheville d'Elena.

— Pas de quoi, dit-il, la bouche sèche. Si tu as besoin de quoi que ce soit…

De l'aide pour retirer sa robe. Un massage de la nuque. Des orgasmes multiples. Il avait beaucoup d'idées en tête.

— Non, j'ai tout ce qu'il me faut, dit-elle, posant son téléphone et la pince à cheveux sur la table de chevet. Merci de m'accueillir chez toi.

Il n'était plus si sûr d'avoir pris la bonne décision en l'invitant à séjourner chez lui. Car Elena pourrait bien lui faire perdre la tête. Et si elle y parvenait, il serait très facile pour elle de lui soutirer toutes les informations secrètes qu'il détenait sur les autres propriétaires du ranch.

Au prix d'un effort, il se rappela quelle était sa priorité.

— Ce n'est pas grand-chose, assura-t-il.

En réalité, il n'avait pas eu d'autre choix. Il s'était installé dans le Montana pour protéger son passé. Par conséquent, il devait surveiller Elena Rollins.

— Et je demanderai à l'un des employés de t'amener un véhicule tout-terrain demain, pour que tu puisses explorer les environs.

— Merci.

Elle sembla sincèrement touchée.

— J'annulerai mes rendez-vous de l'après-midi pour pouvoir t'accompagner, annonça-t-il.

Mais avant cela, il lui faudrait trouver un moyen de contenir son attirance pour elle.

Il espérait vraiment que c'était la fatigue qui l'empêchait de contrôler son attraction ce soir. Mais il avait le sentiment que ce n'était pas le cas.

Le sourire d'Elena s'évanouit, et il vit qu'elle était de nouveau sur ses gardes. Il ferait bien de l'imiter.

— Dans ce cas, je te verrai demain, conclut-elle, hochant la tête pour lui signifier que leur entrevue était close. Bonne nuit, Gage.

Il pivota sur ses talons et sortit de la chambre, pour éviter de faire quelque chose qu'il pourrait regretter.

Mais il savait déjà que cette nuit il ne rêverait que d'Elena.

[illegible]

[illegible]

[illegible] de sa chambre

[illegible] sur ses jambes et

[illegible] intimement avec

[illegible] des documents

[illegible] commande farcelue

[illegible] supposée « deux contraire »,

[illegible] Pendant qu'elle téléchargeait

[illegible] de son mariage avec Tomas, ses

[illegible] vers l'homme séduisant

[illegible]

[illegible] son dos, elle s'efforça

[illegible] encore ennuyées

[illegible]

4

Le lendemain, peu avant midi, Elena se surprit à vérifier l'heure pour la énième fois et marmonna un juron.

Recroquevillée sur la banquette du bow-window de sa chambre spacieuse, elle ajusta un plaid en cachemire sur ses jambes et s'ordonna de ne plus penser à son rendez-vous imminent avec Gage. Ce matin, alors qu'elle était censée rassembler des documents pour son avocat afin de répondre à la dernière demande farfelue de son ex-mari concernant leur supposée « dette commune », elle avait eu du mal à se concentrer. Pendant qu'elle téléchargeait des relevés bancaires datant de son mariage avec Tomas, ses pensées avaient plusieurs fois dérivé vers l'homme séduisant qui avait décidé d'être son hôte temporaire.

Retapant l'oreiller en soie placé derrière son dos, elle s'efforça de se détendre. Elle regarda par la fenêtre la splendide vue sur les montagnes Bitterroot, dont les sommets étaient encore enneigés bien qu'il y ait des signes de l'arrivée du printemps un peu partout. Elle devait l'admettre, elle se sentait très à l'aise dans la maison de Gage – physiquement, du moins. Les draps de coton égyptien, les épaisses serviettes de bain et les fleurs fraîchement coupées sur sa table de chevet y étaient sans doute pour quelque chose. Elle n'avait pas été entourée par un tel luxe depuis son séjour en Nouvelle-Zélande avec Gage. Et bien qu'elle ait rêvé de lui cette nuit, elle n'avait pas aussi bien dormi depuis des lustres.

Même durant sa brève année de mariage avec Tomas, lorsqu'ils étaient tous deux au sommet de leur carrière, elle avait économisé pour la maison qu'ils espéraient acheter, pour accueillir la famille que Tomas avait prétendu vouloir fonder. Par conséquent, elle ne s'était jamais offert les produits de luxe dont la maison de Gage regorgeait.

Elle envoya à son avocat un mail dont les pièces jointes constituaient la preuve que ce n'était pas elle qui avait accumulé la dette que Tomas voulait maintenant partager avec elle. Ils avaient beau être divorcés depuis des mois, Tomas trouvait encore des moyens d'enfreindre les clauses de leur accord, ou de prétendre qu'elle les avait enfreints, ce qui leur coûtait à tous les deux une fortune en frais de justice. Pire, la maîtresse de Tomas s'était installée dans l'ancienne maison d'Elena et y campait jour et nuit, pour être sûre qu'Elena ne puisse pas récupérer ne serait-ce qu'un torchon de vaisselle. Elena était donc au comble de la frustration.

À peine avait-elle envoyé le mail que son téléphone s'éclaira. Elle venait de recevoir un message de Gage.

Les prairies sont encore boueuses. J'ai des vêtements pour toi, pour que tu ne salisses pas les tiens. Je suis devant ta porte.

Elle passa doucement le pouce sur l'écran. S'accrocher à son hostilité envers Gage n'était pas facile quand il se montrait si prévenant.

Écartant le plaid, elle marcha en chaussettes sur l'épais tapis persan et alla ouvrir la porte à Gage. Son hôte portait une veste d'équitation couleur taupe au col en cuir marron. Avec son jean, ses bottes et son stetson beige, Gage Striker ressemblait à un parfait cow-boy américain. Un cow-boy très séduisant, de surcroît.

Mais ils n'étaient pas amis, se rappela-t-elle, et elle n'était pas vraiment une invitée, bien qu'elle apprécie sa belle suite. Elle devait maintenir quelques limites.

— Bonjour. J'apporte des cadeaux, annonça-t-il, brandissant une épaisse veste en jean doublée de laine de mouton.

Une grande boîte était posée devant lui.

— Tu es toujours partante pour visiter les terres du ranch ? demanda-t-il, observant son pantalon de yoga et son sweat-shirt déformé. Je vais être honnête, j'ai passé la moitié de la matinée à imaginer quelle excuse tu me donnerais pour te défiler.

Elle prit la veste, et ne fut pas surprise de lire le nom d'un créateur sur l'étiquette. De plus, le vêtement était à sa taille.

— Je ne devrais pas te laisser m'acheter, Gage. Les journalistes ne désapprouvent-ils pas les pots-de-vin ?

Il se raidit, mais se reprit rapidement. Il s'était sans doute souvenu d'un autre pot-de-vin : la somme d'argent que le père de Gage avait offerte à Elena pour qu'elle laisse la famille Striker tranquille. Cette pensée réveilla ses regrets, mais aussi sa colère.

— Les vrais journalistes, oui, répondit-il, ramassant la boîte à ses pieds. Les colporteurs de ragots, en revanche, les acceptent volontiers. Surtout ceux qui n'ont pas pensé à emporter les chaussures adéquates pour un printemps dans le Montana.

Serrant toujours la veste, elle le suivit jusqu'au canapé et s'assit, curieuse malgré elle de découvrir le contenu de la boîte.

— Tes employés m'espionnent déjà ? répliqua-t-elle. Ma collection de chaussures ne regarde personne.

Il retira son chapeau et s'assit sur le canapé à côté d'elle.

— Personne ne t'espionne, assura-t-il. Mais j'ai supposé que tu avais laissé tes bottes chez toi, à en juger par la taille de ta valise, que j'ai aperçue hier soir.

Il posa la boîte à côté d'elle.

— Vas-y, ouvre. Dis-moi si mon choix convient à l'influenceuse de mode réputée que tu es. Les bottes feront-elles l'affaire ? Ou auront-elles droit à une légende du style : « jamais de la vie » ?

Difficile de rester sur ses gardes quand il usait de son charme. Sa carrière d'influenceuse avait subi un sérieux coup de frein ces dernières années, lorsqu'elle s'était concentrée sur son mariage, mais elle essayait de la relancer. Prenant la boîte, elle la posa sur ses genoux et souleva le couvercle. L'odeur du cuir flotta dans l'air quand elle souleva le papier crépon et découvrit une paire de bottes d'équitation noires à revers bleu.

— Elles sont magnifiques, s'extasia-t-elle, passant la main sur le cuir somptueux. À présent, je peux aussi aller faire du cheval.

— C'est ce que j'ai pensé, renchérit-il, l'air satisfait. Tu disais vouloir communier avec la nature pendant ton séjour dans le Montana. Ces bottes t'y aideront.

Elle était surprise qu'il ait retenu ce qu'elle lui avait dit hier. Elle avait oublié qu'il savait écouter et observer.

Elle enfila la première botte, tandis que Gage lui préparait déjà la seconde.

— Tu es bien accommodant aujourd'hui, remarqua-t-elle en chaussant la seconde botte. Je m'interroge sur tes motivations.

Elle se leva et tendit le bras vers la veste, mais Gage la précéda. Il se leva à son tour et l'aida à enfiler le vêtement.

Il était si chevaleresque. Si prévenant.

Si séduisant.

— Plus vite je te fais visiter les environs, plus vite tu constateras qu'il n'y a rien ici qui constitue un scoop sur Alonzo.

Il mit soigneusement ses cheveux sur un côté avant de replier le col de la veste. Puis il posa les mains sur ses épaules quelques secondes, son geste mettant ses sens en alerte, bien malgré elle. Lorsqu'ils sortirent de la suite, son corps vibrait encore après ce bref contact.

— Alors, toutes ces petites attentions sont intéressées ? répliqua-t-elle, voulant désespérément dresser des murs entre Gage et elle.

— Elena.

Il avait dit son prénom avec tant de douceur qu'elle s'arrêta net. Elle se retourna vers lui et plongea son regard dans le sien.

— Nous nous sommes fait souffrir autrefois, mais c'était il y a longtemps, fit-il valoir.

Il semblait voir clair en elle. Pourtant, elle faisait tout pour le maintenir à distance, loin de l'endroit où elle cachait tous ses véritables sentiments.

— Je ne pense pas que nous ayons besoin de nous comporter en ennemis mortels à cause d'une rupture ancienne, Elena. Et toi ?

C'était une manœuvre habile. Si elle continuait de lui envoyer des piques, elle passerait pour une personne irritable et puérile.

— Je peux essayer de me contrôler, concéda-t-elle, baissant les yeux. Au moins pendant la visite du ranch. Si nous parlions de ton ancien mentor, plutôt ? Tu pourrais me raconter tout ce que tu sais sur Alonzo Salazar, un colporteur de ragots hors pair.

Gage réussit à reporter la conversation jusqu'à ce qu'Elena et lui se mettent en route. Ils étaient maintenant à bord d'un grand véhicule tout-terrain à deux places. Gage avait pris son temps pour ajuster le rétroviseur et aider Elena à attacher sa ceinture, tout en cherchant un moyen de répondre à sa question sur Alonzo.

Une fois qu'ils furent lancés sur la piste poussiéreuse qui longeait Kootenai Creek et la rivière Bitterroot, Elena agrippa l'arceau de sécurité et le transperça du regard.

— Pour un homme qui m'a promis d'être entièrement disponible pour mes questions, je te trouve bien silencieux au sujet d'Alonzo, observa-t-elle d'un ton léger.

Elle resserra l'écharpe rose qu'elle avait enroulée autour de sa tête pour retenir sa chevelure.

Ils rebondirent sur une colline rocheuse, et Gage fit une embardée pour rejoindre le lit de la rivière.

— J'ai dit que tu pouvais me poser des questions. Je ne t'ai pas garanti que je répondrais.

Après quelques instants, il ralentit et lui montra un balbuzard qui venait de quitter son perchoir. Le grand rapace émit une série de cris aigus et décrivit des cercles dans le ciel.

— Parce que mon père est un personnage public, j'ai appris à protéger ma vie privée et à être discret. Être plus communicatif me demande un effort, et il me faut un peu de temps.

— Tu essaies de déterminer quels éléments tu peux me révéler.

Pas de doute, elle était perspicace.

Elle observa le balbuzard qui alla se poser dans un pin ponderosa.

— Et si je t'aidais en te disant ce que je sais déjà ? suggéra-t-elle.

Elle l'observa de près. Une fois de plus, il eut l'impression qu'avec lui elle était constamment méfiante. Après la façon dont ils s'étaient séparés, il pouvait comprendre sa réserve. Mais cela signifiait qu'il devait être prudent, car elle pouvait lui lancer des piques acérées à tout moment.

— D'accord, dit-il, appuyant sur l'accélérateur pour monter jusqu'à une crête.

— Personne ne savait qu'Alonzo Salazar, professeur de lettres retraité ayant enseigné dans la prestigieuse école Dowdon, était l'auteur du livre à scandales *Hollywood Newlyweds*, qu'il a écrit sous le pseudonyme d'A.J. Sorensen. Mais l'identité de l'auteur a été révélée ici au ranch, lors d'une soirée promotionnelle à Noël dernier.

Elle sortit son téléphone de sa poche et prit un selfie, sans doute pour avoir des images de cette journée à publier sur Internet.

— La révélation a particulièrement marqué les esprits car elle a été faite par Tabitha Barnes, l'actrice dont la liaison était révélée dans le roman. Quand il a appris son infidélité, son mari, un metteur en scène en vue, a demandé le divorce. Il a aussi coupé tout lien avec la fille qu'il croyait être la sienne, car dans le livre il était précisé qu'elle était la fille de l'amant de Tabitha.

Compte tenu de ce que cette jeune fille avait traversé – elle avait été abandonnée et chassée de la maison de son enfance par l'homme qu'elle avait cru être son père –, on pouvait penser qu'Alonzo était une ordure. Mais Gage connaissait son professeur suffisamment bien pour savoir qu'il avait sans doute eu une bonne raison d'agir comme il l'avait fait.

— Exact, dit-il. Mais je tiens à préciser que je ne savais rien du nom de plume d'Alonzo avant ce soir-là. Les autres propriétaires du ranch non plus. Même ses fils n'étaient pas au courant.

Il ne savait toujours pas comment Alonzo avait réussi à garder le secret sur son livre toute sa vie durant. La vérité n'avait éclaté que plusieurs mois après sa mort.

Lorsqu'ils furent au sommet de la crête, qui offrait une vue imprenable sur la vallée de la rivière, Gage gara le véhicule au bord d'une clairière et coupa le moteur.

Elena détacha sa ceinture et se tourna vers lui. Autour d'eux, des oiseaux piaillaient.

— En supposant que ce soit vrai, ce dont je ne suis pas convaincue, pourquoi aucun des six propriétaires du ranch n'a émis un communiqué pour condamner ses actes ?

Elle pencha la tête et l'observa, l'air interrogateur. Ses longs cheveux châtains se répandirent sur son épaule, lui rappelant à quel point il avait envie de plonger les mains dans la masse soyeuse.

— Vous étiez tous des élèves d'Alonzo à Dowdon. Tu m'as

dit un jour qu'il était un mentor pour tes amis et toi ; alors, je sais que tu as du respect pour lui. Mais ça ne peut pas être bon pour le ranch d'être associé à ce genre de scandale. Pourquoi protéger Alonzo ?

Le directeur des relations publiques du ranch avait posé la même question. Hier, quand Gage avait discuté avec Weston, Miles et Desmond juste avant la soirée, tous s'étaient mis d'accord : moins ils en diraient, mieux cela vaudrait. Cependant, avec Elena, Gage devait adopter une autre stratégie. Il devait faire en sorte qu'elle reste dans le Montana, pour gagner du temps. Ce matin, il avait laissé plusieurs messages à Devon Salazar. Le fils d'Alonzo ne l'avait pas encore rappelé, mais peut-être accepterait-il de lui communiquer les découvertes d'April Stephens, l'enquêtrice qu'il avait engagée.

— Je te rappelle qu'il a présenté ce livre comme une fiction, et qu'il a modifié le nom de tous les protagonistes, argua-t-il. Selon moi, il ne cherchait à nuire à personne.

Il releva le bord de son chapeau pour sentir le soleil sur son visage, respirant l'air printanier pour l'aider à réprimer son désir pour Elena, qui couvait toujours en lui.

— Comme tu le sais, reprit-il, le livre était sorti depuis un an quand une journaliste d'Hollywood a décidé de retrouver à qui les personnages correspondaient dans la vraie vie. C'est là que la fascination pour cette histoire a commencé.

— C'est vrai, j'avais oublié. Je vais étudier la question de plus près. Je crois que la frénésie médiatique autour de ce livre a commencé quand nous étions ensemble.

Durant leur relation, ils avaient été si captivés l'un par l'autre qu'ils avaient vécu dans une bulle, passant leur temps à se parler et à faire l'amour.

— Pas étonnant que cette histoire ne nous ait pas trop marqués à l'époque, fit-il valoir.

Il n'arrivait toujours pas à comprendre comment Elena avait pu mettre un terme à une relation aussi intense que la leur, puis épouser quelqu'un d'autre. Jusqu'à l'annonce de ses fiançailles, il avait cru qu'elle reviendrait un jour auprès de lui.

— Oui, pas étonnant, approuva-t-elle.

Une esquisse de sourire passa sur ses traits.

— Alors, tes partenaires et toi avez décidé de ne pas vous prononcer tant que vous n'en saurez pas plus. Mais que se passera-t-il quand l'enquêtrice engagée par Devon Salazar révélera ce qu'il est advenu des droits d'auteur du livre ? Quelles qu'aient été les intentions d'Alonzo à l'origine, tu dois admettre que ce n'est pas très moral d'avoir profité financièrement des malheurs d'une famille.

Gage n'avait pas mesuré à quel point Elena connaissait son sujet, mais à l'évidence elle en savait beaucoup sur April Stephens et sur sa visite au ranch.

— À mon avis, il n'a pas tiré profit directement de ce livre, objecta-t-il. C'est pourquoi je ne me joins pas à la meute pour le condamner. Et tu ne le devrais pas non plus, tant que tu n'en sais pas plus.

— Tu es sérieusement en train de prétendre que tu es aussi ignorant que moi sur cette question ?

— J'en sais plus que toi seulement parce que je considérais Alonzo comme un ami, et que je connais son caractère. Ce n'était peut-être pas un bon père pour ses fils, mais je me plais à penser qu'il a essayé de compenser cette faille en étant une figure paternelle pour mes amis et moi.

Roulant des épaules, il s'apprêta à redémarrer.

— Et sur cette note, reprenons la route.

— Attends, dit-elle, posant la main sur la sienne. Pourquoi ne pas me dire des choses positives sur lui, alors ? Comment se fait-il que tes amis et toi soyez devenus si proches d'un ancien professeur de votre pensionnat ?

Sa main sur la sienne le troublait et l'empêchait de trouver une réponse à sa question. De toute façon, il n'avait pas envie de répondre.

Il serra sa main et la caressa doucement.

— C'est une conversation ou un interrogatoire ? esquiva-t-il. Si tu gardais quelques questions pour ce soir ? Tu pourrais me les poser autour d'un dîner.

Elle secoua la tête et retira sa main.

— Je n'ai pas le luxe de chercher des réponses juste quand l'envie m'en prend, Gage. Il s'agit de mon travail, et je ne serai pas payée tant que je n'aurai pas d'article.

Il remarqua qu'elle n'avait pas fait allusion à son invitation à dîner. Parce qu'elle n'avait pas envie de passer davantage de temps avec lui ? Ou parce qu'elle craignait de céder au désir qui couvait entre eux ?

— Plutôt mercenaire comme approche, commenta-t-il. Tu remarqueras que je ne parle à aucun autre journaliste ; alors, personne ne pourra vendre un article avant toi.

— Et si tu n'as pas les réponses dont j'ai besoin ?

Elle s'interrompit pour observer un troupeau de mouflons qui traversait la colline.

— Oh ! fit-elle, admirative. Comment s'appellent ces animaux ?

— Des mouflons. Tu n'en avais jamais vu ?

— Jamais. J'en ai peut-être vu des plus petits, sans cornes, mais j'ai cru que c'étaient des chèvres.

Elle se mit à enregistrer la scène avec son téléphone.

Il désigna les femelles à la tête du troupeau.

— De très grandes chèvres, alors, taquina-t-il.

Le sourire qui se peignit sur ses lèvres le réjouit.

Hier soir, dans sa robe d'un rouge vif éclatant, elle était renversante, mais il la trouvait encore plus fascinante à cet instant. Elle ne portait aucun maquillage, mais sa bouche avait une jolie teinte rosée. Une boucle de cheveux dansait dans la brise et lui chatouillait la joue.

Il se pencha vers elle pour regarder l'écran de son téléphone.

Il respira son parfum frais aux notes de lavande, le même qu'autrefois. Et, comme si le souvenir olfactif avait été un déclencheur, d'autres souvenirs l'assaillirent. Il se revit, assis derrière Elena dans une baignoire pleine de pétales de rose. En train de longer la côte Pacifique avec elle, au volant de sa BMW Z8 Roadster, le bruit de l'océan se mêlant aux rires d'Elena. Il se remémora ces instants où il l'avait déshabillée dans l'ascenseur privé menant à leur suite au dernier étage à Seattle, lors d'un voyage d'affaires.

— Mais je ne suis pas experte en faune ! s'exclama-t-elle, l'arrachant à ses pensées. Comment aurais-je pu savoir ?

Elle arrêta l'enregistrement, puis reporta son attention sur lui et le surprit en train de l'observer.

L'espace d'un instant, le passé et le présent se mêlèrent. Il aimerait avoir encore le droit de la prendre dans ses bras et de l'embrasser... De lui faire tout oublier hormis les sensations qu'il faisait naître en elle...

Il l'entendit émettre un soupir. Puis elle prit la parole.

— Ce à quoi tu penses..., commença-t-elle.

Elle s'éclaircit la voix et reprit :

— Ce serait une erreur.

La détermination dans sa voix l'aida à se ressaisir. Se redressant sur son siège, il hocha la tête.

— Si nous sortions pour nous dégourdir les jambes ? proposa-t-il.

— Volontiers.

Il n'était pas sûr qu'il y ait assez d'air frais dans ces montagnes pour l'aider à oublier les lèvres d'Elena. Mais il ferait tout son possible pour les chasser de son esprit.

Elle ouvrit sa portière et descendit du véhicule avant qu'il puisse venir l'aider.

— Ça m'aidera à assouplir mes nouvelles bottes, dit-elle.

Fixer son attention sur les jambes d'Elena était presque aussi dangereux que de penser à leur liaison passée. Un feu brûlait déjà en lui, et il n'était pas sûr de pouvoir l'éteindre. Se maudissant pour son manque de concentration, il sortit du véhicule.

— Allons par là, suggéra-t-il, montrant une piste qui menait à la crique.

Il retira sa veste et son stetson, et les lança sur le plateau du tout-terrain.

— Le temps se réchauffe, remarqua-t-il.

Lorsqu'il retroussa ses manches, Elena observa ses tatouages, et il se rappela sa fascination pour les motifs sombres gravés sur sa peau. Elle semblait aussi captivée que par le passé, et Gage songea que le tatoueur qui avait réalisé ce travail remarquable en Nouvelle-Zélande mériterait une prime.

C'était un soulagement de savoir qu'il n'était pas le seul à lutter contre son attirance.

— Je peux te poser une question ? demanda-t-elle.

— Tant que ça ne concerne pas Alonzo.

— Non, rassure-toi. Nous n'avons jamais reparlé du jour où j'ai quitté la Nouvelle-Zélande. Mais il y a une question que je me suis toujours posée.

Il se tendit, devinant qu'il n'allait pas apprécier la suite. Lui qui avait cru qu'elle luttait contre leur ancienne attirance, il s'était trompé.

— C'était le deuxième jour le plus horrible de ma vie, avoua-t-il. Je ne m'en souviens pas très bien.

Cela ne suffit pas à la décourager. Elle leva le menton et soutint son regard.

— Quand ton père t'a ordonné de rompre avec moi parce que ma famille serait une gêne pour les Striker, pourquoi ne m'en as-tu pas parlé ?

5

Elena était sur la défensive, mais elle était aussi excitée.

Les tatouages de Gage avaient réveillé les souvenirs de ces nuits de passion où il ondulait en elle, les bras appuyés de chaque côté de son corps. En voyant ses avant-bras, elle avait bien failli se pâmer. Alors, pour oublier son désir, elle avait fait appel au sentiment de trahison qu'elle éprouvait depuis si longtemps. Elle n'était pas fière d'avoir eu recours à ce procédé, mais elle était trop vulnérable face au pouvoir de séduction de Gage. Elle se protégeait comme elle le pouvait.

— Mon père est allé te trouver avant de m'apprendre ce qu'il savait sur toi, lui rappela-t-il calmement.

Il observa le troupeau de mouflons, puis passa devant elle et continua à marcher.

— Avant même que j'aie eu le temps d'enregistrer les informations qu'il venait de m'apprendre, il m'a porté le coup de grâce. Il m'a dit qu'il t'avait proposé de l'argent pour que tu sortes de ma vie, et que tu avais accepté cet argent.

Elle avait cru entendre des regrets dans sa voix. Regrettait-il de l'avoir perdue ? Ou regrettait-il qu'elle lui ait caché son passé pendant toute la durée de leur relation ?

Elle penchait pour la seconde hypothèse. Elle n'avait peut-être pas pris l'argent, mais elle avait sa part de responsabilités dans leur rupture. Elle avait fait ses valises avant même d'avoir parlé à Gage. Elle se rendait compte à présent que, déjà à l'époque, elle avait une attitude défensive. Pour éviter d'être quittée, elle était partie.

Elle accéléra le pas pour le rattraper.

— J'étais furieuse contre lui, avoua-t-elle, sortant son téléphone pour prendre d'autres photos des falaises qui s'élevaient au-dessus de la crique.

Elle était contente de pouvoir dépenser son énergie nerveuse en prenant des clichés, pendant cette conversation douloureuse.

— Et puis, je regrettais d'avoir attendu le moment parfait pour te parler de ma famille. Et parce que j'ai trop attendu, je n'ai pas eu la chance de te révéler mon histoire sous une lumière moins accablante.

Elle passa en mode vidéo et filma les mouflons qui descendaient vers la crique, espérant trouver un moyen de rendre la vidéo attrayante pour ses abonnés. Elle qui était autrefois une influenceuse en vue, elle était maintenant à la traîne dans ce marché très concurrentiel. Une chose de plus que son divorce lui avait coûtée : elle ne pouvait plus se permettre d'assister aux soirées et aux événements que les gens aimaient voir dans ses contenus.

— Ton père était en cavale. Y a-t-il un moyen de présenter ça sous un jour flatteur ? lâcha-t-il, descendant la colline en direction de la crique.

— Bien sûr que non. C'est un voleur, et il aurait dû se rendre il y a longtemps.

Elle n'avait pas revu son père depuis qu'elle avait quitté son foyer à dix-sept ans. Il vivait sans doute au Mexique à présent, libéré du fardeau d'élever une fille.

— Quand j'étais adolescente, il m'a convaincue qu'il ne pouvait pas se rendre, parce que ma mère nous avait abandonnés et qu'il n'y aurait personne pour s'occuper de moi s'il allait en prison.

— Ou, du moins, c'est ce qu'il t'a dit, souligna Gage.

Il continuait de descendre la pente, contournant les rochers et les arbres. Elena le suivit, remarquant que le bruit de l'eau était de plus en plus fort.

— Ton bien-être était-il vraiment sa priorité ? questionna-t-il. Alors qu'il est encore en cavale dix ans plus tard ?

— Non, bien sûr. Mais quand j'avais quinze ans et que je vivais chez lui, j'admets que je l'aidais à fuir la police. S'il était allé en prison, j'aurais été placée en foyer.

— Au lieu de m'avouer la vérité, tu as décidé de prendre le pot-de-vin que mon père t'a proposé.

Il secoua la tête. Manifestement, il pensait encore qu'elle avait sacrifié leur relation pour de l'argent.

N'était-ce pas précisément la raison pour laquelle elle avait choisi de le quitter ?

— Tu m'as clairement fait comprendre ce que tu pensais de moi, répliqua-t-elle, la colère montant en elle. Il était impossible que nous restions ensemble après ça.

Soudain, elle glissa sur des feuilles mortes et agrippa l'épaule de Gage pour ne pas tomber.

Il la saisit aussitôt par la taille et la maintint en équilibre. Elle sentit son cœur s'emballer. Gage était si près… Et il avait les mains posées sur elle. Sa virilité si tentante lui rappelait qu'elle avait délibérément épousé quelqu'un qui lui faisait moins d'effet, espérant qu'elle serait à l'abri des émotions fortes qui lui donnaient le sentiment d'être instable. Imprévisible.

— Ça va ? demanda-t-il.

Ses mains puissantes étaient toujours sur sa taille.

Elle resta immobile, ne sachant pas ce qui l'inquiétait le plus : le fait qu'il ne la lâche pas, ou le fait qu'il allait la lâcher. Parce qu'ils étaient sur une pente, son regard était au même niveau que le sien. Il était assez près pour qu'elle distingue la petite cicatrice au-dessus de son sourcil. Elle avait embrassé cette cicatrice et lui avait demandé son origine. Il lui avait raconté que c'était le résultat d'un accident lors d'une randonnée, qui remontait à son adolescence.

— Ça va, répondit-elle, la gorge sèche.

Elle tenta de se raccrocher à la colère qu'elle avait éprouvée un instant plus tôt.

— Je ne regardais pas où je mettais les pieds, c'est tout.

Il la lâcha enfin, mais ne recula pas. Il l'observa, comme s'il cherchait à déterminer si elle mentait ou non.

— Nous sommes presque arrivés, de toute façon, finit-il par dire. J'ai pensé que tu aimerais voir ça.

Il désigna d'un signe de tête un sentier qui semblait mener à une pente plus raide encore.

— Tu acceptes de me tenir la main pendant quelques mètres ? demanda-t-il.

Pourquoi prenait-il la peine de lui demander son avis alors qu'il avait une si piètre opinion d'elle ?

Il tendit la main, lui laissant le choix. Elle songea qu'elle était devenue très susceptible depuis leur rupture. Pas seulement avec lui, mais aussi avec Tomas. Elle n'avait pas toujours été ainsi – prête à sortir les griffes à tout moment.

Certes, elle aimerait se protéger contre la souffrance, mais elle ne voulait pas être le genre de personne qui prêtait de mauvaises intentions aux gens. Alors, sans un mot, elle posa la main dans la sienne.

Serrant sa paume, il la guida sur le court chemin menant à une clairière, depuis laquelle la crique était bien visible. L'eau se déversait le long d'épais rochers sombres et luisants, avec une telle force qu'une brume s'élevait au-dessus de la cascade.

— C'est splendide, s'émerveilla-t-elle.

Tenant toujours la main de Gage, elle se rappela une autre cascade qu'ils avaient admirée ensemble, sur la côte de Big Sur.

— La réponse du Montana à la Californie, commenta-t-elle.

Il se tourna vers elle, et le souvenir sembla flotter entre eux. Ils avaient été si heureux de faire ce voyage le long de la côte Pacifique, enivrés par leur amour tout neuf. Comme elle avait été naïve de croire que cet amour allait durer éternellement...

Elle était prête à parier que les pensées de Gage empruntaient le même chemin sombre, car il se rembrunit. Il répondit d'un bref signe de tête, puis pivota sur ses talons.

Il remonta le chemin escarpé, l'entraînant avec lui.

— J'ai un rendez-vous avec les autres propriétaires du ranch cet après-midi, lui apprit-il. Nous devrions repartir.

Tandis qu'elle grimpait à côté de lui, elle se dit que c'était une petite victoire d'avoir réussi à aller au bout de cet après-midi sans laisser son désir pour Gage la consumer. Mais le fait que Gage soit aussi affecté qu'elle par leurs souvenirs communs la perturbait.

Un sentiment de vide l'envahit. Elle espérait obtenir des informations sur le mystère Alonzo Salazar bientôt. Car ensuite, elle pourrait quitter le Montana, et Gage, pour de bon.

Gage gagna la bibliothèque, où la réunion des propriétaires aurait lieu. Il n'aurait pas été surpris qu'Elena le suive. Elle n'avait pas caché qu'elle était ici uniquement pour récolter des informations sur Alonzo Salazar.

Mais elle n'était pas dans les parages. Il composa le code de déverrouillage de la porte, une mesure de sécurité nécessaire : en tant que banquier d'affaires, il avait accès à des informations financières extrêmement sensibles. Elena regrettait-elle déjà sa décision de séjourner chez lui ? Lorsqu'ils étaient revenus de la cascade, ils n'avaient pas échangé un mot, et on aurait dit que leurs souvenirs communs les avaient accompagnés pendant tout le trajet de retour.

Bien malgré eux, leur passé semblait s'inviter dans chacune de leurs conversations. Lorsque Elena avait mentionné leur escapade sur la côte Pacifique, Gage n'aurait pas dû se sentir troublé. Mais il avait dû prendre une douche froide dès leur retour chez lui.

— Attends, Gage, j'arrive ! lança une voix familière derrière lui.

Gage se retourna. Desmond Pierce courait vers lui, la cravate un peu de travers. Hormis ce détail, il ressemblait à un acteur hollywoodien avec sa chemise bien coupée et ses cheveux parfaitement coiffés. Ses lunettes d'aviateur brillaient sous les lumières du couloir.

— Les lunettes, c'est pour cacher une gueule de bois ? demanda Gage, tenant la porte pour son ami.

— Pas du tout, répondit Desmond d'un ton placide, retirant lesdites lunettes et les glissant dans sa poche. Dans mon casino, je vois tous les soirs comment l'alcool influence les décisions de mes clients. Je suis sans doute le type le plus sobre que tu connaisses.

Il s'arrêta sur le seuil et maintint la porte ouverte.

— Miles arrive, il discute avec un agent de sécurité. Tu as bien fait d'engager des gardes pour les week-ends, avec toutes les célébrités qui vont et viennent au ranch.

Desmond possédait plusieurs casinos, et il passait la plupart de son temps dans son tout premier établissement, au bord du lac Tahoe, où il était voisin de deux autres propriétaires du ranch, Jonah Norlander et Alec Jacobsen. Ces derniers étaient absents ce week-end.

— Et Weston ? demanda Gage, actionnant une télécommande pour ouvrir les stores.

— Il a envoyé un message à Miles tout à l'heure.

Desmond se chargea d'allumer la cheminée au gaz.

— Wes est allé à Trapper Peak ce matin pour rejoindre April Stephens, partie en randonnée. Les choses ont dû bien se passer puisqu'ils sont maintenant ensemble dans un chalet, quelque part dans la montagne.

Gage marmonna un juron au moment où Miles, le frère aîné de Weston, apparaissait au bout du couloir. L'associé tapait sur son écran de téléphone tout en marchant.

— Wes ne peut pas venir, annonça-t-il d'une voix dédaigneuse. Il est amoureux.

— À t'entendre, c'est une maladie contagieuse, répondit Gage.

Il lui fit signe d'accélérer le pas et, lorsque Miles fut entré, il ferma la porte derrière lui et la verrouilla.

— L'effet est le même que pour une maladie contagieuse, marmonna Miles, rangeant son téléphone dans la poche de sa veste. Wes est en quarantaine toute la journée, et il ne peut pas assister à notre réunion.

Miles dirigeait le ranch Rivera, dans la partie californienne des montagnes de la Sierra Nevada. C'était une immense propriété, qui avait été autrefois un point de discorde entre les deux frères. Parce que Weston et son père ne s'étaient jamais entendus, c'était Miles qui avait hérité de la responsabilité du ranch. Wes était lésé, bien sûr, mais Gage avait toujours considéré que c'était Miles qui souffrait le plus de la situation, puisqu'il avait dû porter seul une lourde responsabilité familiale alors qu'il aurait pu avoir de l'aide. Gage savait ce que c'était que de porter le poids des attentes lorsqu'on était le seul héritier. Il n'avait jamais voulu de ce fardeau.

— Ce n'est pas une mauvaise chose, souligna Desmond, déjà installé sur l'un de quatre fauteuils clubs disposés autour d'une table basse. Cela pourrait nous être très utile de mieux connaître April Stephens, puisqu'elle a été engagée pour enquêter sur la fortune d'Alonzo.

Miles se servit un verre de bourbon avant de s'asseoir face à Desmond.

— Si Weston a appris les secrets de cette jeune femme, il ne m'en a pas parlé.

— C'est à Devon Salazar qu'elle rend des comptes, rappela Gage.

Il posa la carafe de bourbon et des verres sur un plateau, qu'il apporta sur la table basse.

— Inutile de demander à Wes de trahir la confiance d'April, puisque nous pouvons directement interroger le fils d'Alonzo, continua-t-il. Nous n'avons peut-être pas confiance en Devon, mais il nous doit la vérité, puisque c'est lui qui a lancé l'enquête qui a mené les médias jusqu'à nous.

— Alors, on patiente sans rien faire, c'est ça ? s'exclama Desmond. Ça ne me paraît pas très prudent, puisqu'il y a au ranch une journaliste people qui essaie activement d'apprendre tout ce qu'elle peut sur Alonzo.

Gage savait que Desmond et Miles attendaient une réponse de sa part.

Il prit son temps pour se servir un verre, puis se cala dans son fauteuil, les odeurs de cuir, de chêne et de vieux livres ne lui procurant pas le réconfort habituel.

— J'ai pris ce problème en charge, assura-t-il, avalant une gorgée de bourbon. J'ai passé tout l'après-midi avec Elena pour la détourner de son enquête.

— Pourquoi ne pas l'encourager à écrire sur un autre sujet ? suggéra Miles, fixant les flammes du feu de cheminée. Une journaliste people a sans doute d'autres options plus profitables qu'un article sur Alonzo. Il y a assez de célébrités au ranch pour que…

Desmond claqua des doigts.

— Présente-la à Chiara Campagna ! s'exclama-t-il. Offre-lui une occasion de rencontrer en privé l'une des personnalités les plus demandées du monde.

Miles ricana.

— La célébrité de Chiara Campagna n'est fondée sur rien, déclara-t-il.

— Il y a juste un petit problème, souligna Gage. Je ne connais pas Chiara.

Mais il se demandait déjà si Elena envisagerait de la rencontrer.

— Elle était ici hier soir pour une bonne raison, expliqua Desmond, sortant son téléphone de sa poche. C'est une très bonne amie d'Astrid, la femme de Jonah.

Jonah avait épousé son amour de lycée, un mannequin d'origine finlandaise, et le couple avait acheté une propriété au lac Tahoe, non loin du casino de Desmond. Jonah était le seul de leur groupe à s'être marié jusqu'ici. Il menait une vie normale, malgré la tragédie qui avait marqué leurs années au pensionnat. Lorsque leur ami Zach Eldridge s'était tué en sautant d'une falaise, lors d'une randonnée à cheval, leur vie à tous avait changé à jamais. Grâce au père influent de Gage, l'affaire n'était pas parue dans la presse, mais elle les hantait tout de même. Gage avait été particulièrement touché ; à cause de l'intervention de son père, Zach n'avait pas eu droit à un hommage digne de ce nom au pensionnat. Le père de Gage n'avait pas voulu que le nom prestigieux des Striker soit associé à une mort que certains voyaient comme un suicide.

À l'époque, Alonzo Salazar était leur professeur principal, et il les avait aidés à gérer les conséquences du drame. Gage avait voulu quitter le pensionnat contre l'avis de son père, et c'était Alonzo qui l'avait convaincu de rester.

— En quoi cela nous aiderait ? demanda Miles.

— Jonah m'a dit que Chiara comptait rendre visite à Astrid

cette semaine, répondit Desmond tout en tapant un message. Gage n'a qu'à emmener la journaliste chez Jonah pendant quelques jours, pour qu'Astrid puisse la présenter à Chiara. Tout le monde y gagnera. Cela permettra d'éloigner cette jeune femme du ranch, et elle écrira un article qu'elle pourra vendre bien plus cher qu'un sujet sur Alonzo. Avec un peu de chance, après cela, elle rentrera à Los Angeles et oubliera le ranch et Alonzo.

C'était un bon plan, certes. Mais Gage préférerait éviter de passer plus de temps avec Elena.

— Il faut que je reste ici, insista-t-il.

C'était un argument que ses amis pourraient entendre, espérait-il.

— Maintenant que Weston a d'autres préoccupations, nous avions décidé que je le remplacerais en tant que responsable du ranch, souligna-t-il. Je ne peux tout de même pas partir un jour après avoir endossé ce nouveau rôle.

— Éloigner une journaliste insistante est plus important que d'être présent au Mesa Falls, rétorqua Miles, vidant son verre et le posant sur le plateau. Je peux rester ici jusqu'à ton retour.

Gage et Desmond le dévisagèrent, surpris.

— Et le ranch Rivera ? demanda Gage.

— J'emploie des gens compétents pour ne pas avoir à être présent à chaque seconde, répondit Miles.

Il se leva brusquement. On aurait dit que le sujet le mettait mal à l'aise et qu'il était impatient d'en changer.

— Je pense que le Mesa Falls peut se passer de responsable pendant trois jours, fit valoir Desmond.

— Sommes-nous sûrs qu'Astrid laissera Elena interviewer cette pseudo-célébrité ? marmonna Miles.

Gage réprima un sourire amusé. Manifestement, Miles n'appréciait pas cette nouvelle espèce de célébrités. Lui-même avait été sceptique, jusqu'à ce qu'Elena lui démontre le pouvoir des réseaux sociaux. Il mesurait l'influence que des personnes comme Chiara Campagna pouvaient avoir sur l'opinion publique.

Desmond brandit son téléphone.

— Astrid vient de me répondre, elle est d'accord. Chiara se rend chez elle pour voir leur bébé. Gage, tu peux aller le voir aussi.

— Ah, oui, il y a un bébé.

Gage n'avait pas eu l'intention de dire cela à voix haute. En vérité, il avait complètement oublié que Jonah était récemment devenu père.

— Quelqu'un d'autre a vu ce bébé ? demanda-t-il.

— C'est une petite fille, précisa Desmond. Elle s'appelle Katja, et Jonah est fou d'elle. Tu aurais déjà dû leur rendre visite.

— Qu'est-ce que tu as contre les bébés ? demanda Miles, l'air un peu plus joyeux maintenant que c'était Gage qui se retrouvait sur la sellette.

— Rien, dit-il, se levant et terminant son verre de bourbon. C'est juste une chose de plus que Zach n'aura jamais. Je sais que nous essayons tous de ne pas parler de lui ou du drame, mais ces grandes étapes de la vie ravivent la blessure. Vous comprenez ce que je veux dire ?

Aucun d'eux ne répondit, car la réponse était évidente. Bien sûr, ils comprenaient. Le tic-tac de l'horloge de grand-père emplit le silence.

Gage posa son verre sur le manteau de la cheminée.

— C'est une bonne idée d'envoyer Elena au lac Tahoe, dit-il enfin.

Ne restait plus qu'à la convaincre d'y aller avec lui.

— Je vais téléphoner à Astrid avant notre départ et, dès qu'elle me confirmera que Chiara est d'accord pour donner une interview à Elena, je ferai préparer le jet privé.

Desmond hocha la tête.

— Tu peux séjourner au casino plutôt que chez Jonah, si tu préfères. Je te laisserai une villa à disposition.

— Merci, Desmond. J'accepte volontiers ta proposition.

Gage aurait sûrement besoin de mettre un peu de distance entre Jonah et lui. Car la paternité de son ami serait un rappel trop vif de tout ce que Zach n'aurait jamais.

Bien évidemment, partager une maison avec Elena présenterait des problèmes d'une autre nature. Mais il préférait affronter son désir pour elle plutôt que de penser à son ami disparu.

Pendant qu'elle se faisait maquiller avant d'assister à une première à Hollywood, Chiara Campagna réfléchissait à son prochain voyage. Elle venait de rentrer du Montana et était maintenant impatiente de se rendre au lac Tahoe, où elle retrouverait son amie Astrid. Chiara pouvait compter sur les doigts d'une main les personnes qui avaient contribué à faire d'elle une reine des réseaux sociaux, et l'ancien top-modèle Astrid Norlander en faisait partie.

Elle navigua sur son téléphone pendant que le maquilleur ajoutait des bijoux le long de sa tempe, assortis à sa robe à sequins. Elle cherchait des informations sur Elena Rollins, la jeune femme qu'Astrid souhaitait lui présenter. Chiara avait reconnu le visage d'Elena ; si sa mémoire était bonne, c'était une influenceuse beauté qui avait délaissé son profil durant son bref mariage avec un célèbre chef cuisinier. Une erreur que Chiara n'avait pas l'intention de commettre ; elle n'abandonnerait jamais ses activités pour soutenir la carrière de quelqu'un d'autre. Adolescente, elle avait eu pour ambition de devenir une artiste reconnue grâce à ses collages. Elle avait dû renoncer à ses rêves et avait fini par créer de belles pièces avec des objets de récupération. Mais au moins, elle avait découvert une autre manière d'employer sa créativité.

— Pouvez-vous lever le menton ? demanda le maquilleur. Je vais ajouter un peu d'illuminateur sur vos pommettes.

Chiara éteignit l'écran de son téléphone et bougea docilement la tête. Elle était déjà en train de planifier son séjour à Tahoe. Elle présenterait cela à ses abonnés comme un week-end de détente entre filles, et prévoirait des activités photogéniques. Sur le plan professionnel, tout irait bien.

Cependant, Astrid avait mentionné qu'Elena serait accompagnée par Gage Striker. Chiara croiserait donc à nouveau le chemin de deux des propriétaires du ranch : Jonah et Gage. Bien qu'elle adore Astrid, Chiara avait un grief de longue date contre les six associés du Mesa Falls. Ils avaient tous été amis avec Zach Eldridge, un garçon qu'elle adorait et qu'elle avait perdu quand elle avait quinze ans et lui seize. Elle était peut-être l'une des rares personnes au monde à savoir que Zach faisait une randonnée à cheval avec ses six amis le jour de sa mort. Le père de Gage avait usé de son influence pour cacher le fait que son fils était présent lors du décès de Zach, mais Chiara avait tout de même réussi à découvrir la vérité.

Elle n'oublierait jamais le jour où elle s'était introduite sur le campus de Dowdon et où elle avait découvert ce qui était réellement arrivé à Zach, qui adorait l'art autant qu'elle. Elle avait questionné Gage et Miles séparément, exigeant qu'ils lui disent la vérité, mais tous deux lui avaient fourni des réponses similaires qui avaient semblé répétées. Elle avait pleuré. Supplié. Elle s'était donnée en spectacle par amour pour son ami, voulant désespérément comprendre ce qui s'était passé le jour du drame.

Elle savait que Zach était perturbé par quelque chose cette semaine-là. Il n'était pas lui-même lors du dernier spectacle artistique de l'école, un événement commun à l'internat de filles qu'elle fréquentait et au pensionnat de Dowdon.

Lorsqu'elle avait revu les amis de Zach chez Gage, quelques jours plus tôt, aucun d'eux n'avait semblé reconnaître Kara Marsh, la jeune fille qu'elle était avant de créer son personnage d'influenceuse. C'était peut-être une bonne chose : ils ne seraient pas sur leurs gardes en sa présence. Depuis Noël, les médias s'intéressaient à Alonzo Salazar et à ses liens avec les six propriétaires du Mesa Falls. Chiara sentait que les réponses sur ce qui était réellement arrivé à Zach étaient enfin sur le point d'être révélées. Afin de rendre hommage à la mémoire de Zach, elle devait tout faire pour que son histoire soit enfin dévoilée, et tant pis si des personnes devaient souffrir au passage.

6

Elena avait besoin de se changer les idées. Après avoir passé la journée avec Gage, elle était en proie à une foule de sentiments conflictuels. Mais lorsqu'elle s'installa dans le bureau de sa suite et alluma son ordinateur, elle constata que sa messagerie était pleine de mauvaises nouvelles.

Des notifications de mails de sa banque, de ses créanciers, de ses employeurs, s'affichaient sur l'écran les unes après les autres. Tandis qu'elle parcourait les messages, elle se rendit compte que sa situation financière avait empiré. La femme qui sous-louait son appartement lui avait fait un chèque en bois. Par conséquent, les chèques qu'Elena avait faits ensuite avaient été refusés. Les nouvelles ne semblaient pas meilleures sur le plan professionnel : deux journaux lui demandaient de lui envoyer rapidement un article sur Alonzo. Elle était sûre de pouvoir en retirer un bon prix, mais, puisqu'elle n'avait encore aucun texte à proposer, elle n'avait aucun espoir d'être payée avant un bon moment.

Pour couronner le tout, son nombre d'abonnés avait encore diminué, ce qui signifiait que ses pages sur les réseaux sociaux seraient moins attractives pour les publicitaires. Même si elle ne voyait pas d'inconvénient à retourner dans le monde des affaires et à occuper un emploi similaire à celui qu'elle avait exercé dans l'une des sociétés de Gage, elle savait aussi que ses chances sur le marché du travail avaient également baissé. Que valait une experte en médias sociaux sans abonnés ? Pas grand-chose.

Fixant les flammes qui s'élevaient dans l'élégante cheminée

en pierre, Elena sentit une soudaine tension pulser dans sa tête. Tous ces déboires lui rappelaient qu'elle aurait dû se montrer plus agressive lors de son divorce. Les actifs qu'elle possédait en commun avec Tomas étaient gelés. De plus, son ex-mari refusait de lui rendre ses affaires personnelles, ce qui achevait de lui gâcher la vie.

Lorsqu'on frappa à la porte, elle accueillit volontiers cette distraction.

— Oui ? répondit-elle.

Elle essuya ses yeux humides. Il fallait qu'elle se ressaisisse. Elle ne pouvait pas changer le passé... avec son ex-mari, ou avec Gage.

— C'est Gage. Je peux te parler un instant ?

Sa voix grave s'infiltra en elle, lui rappelant de douces confidences sur l'oreiller. Elle était résolue à maintenir un mur entre Gage et elle, mais la tâche n'était pas facile.

Refermant son ordinateur portable, elle soupira, puis se leva.

— Bien sûr, entre.

Elle espérait que le ton de sa voix avait semblé léger. Gai. Comme si tout allait bien, et que son monde n'était pas en train de s'effondrer.

Gage ouvrit la porte et entra. Elle remarqua aussitôt ses larges épaules, moulées dans une chemise gris anthracite. Le tissu épousait ses muscles fermes, et les manches retroussées exposaient ses tatouages noirs. Il lui fallut un instant pour réussir à reporter son attention sur son visage. Ses yeux noisette la parcouraient ; il l'observait tout aussi intensément qu'elle.

Une nouvelle bouffée d'excitation l'envahit. Apparemment, plus elle le voyait, plus les réactions de son corps étaient fortes. Elle resta debout devant le bureau, afin de laisser plusieurs mètres entre Gage et elle.

— Je suis désolé de te déranger, dit-il, avançant vers elle. Tout va bien ?

— À merveille, mentit-elle.

Elle n'avait aucune envie de montrer sa vulnérabilité, encore moins à Gage.

— Je relisais une partie de mes recherches sur Alonzo, expliqua-t-elle.

Elle avait joué la carte la plus susceptible de le tenir à distance.

— Dans ce cas, je serai bref.

Il s'arrêta près de la cheminée, croisa les bras et appuya une épaule contre le mur en pierre.

— Je souhaitais te parler d'une opportunité professionnelle.

Que voulait-il dire par là ? songea-t-elle, intriguée.

— Je suis sûre que tu n'es pas venu pour m'offrir un emploi.

Elle se tourna pour lui faire face, mais resta derrière le bureau. Mieux valait ne pas approcher. Gage était trop séduisant, et elle sentait déjà sa résolution faiblir.

— Non, en effet, dit-il en souriant. Mais je dois voir Jonah Norlander, l'un des propriétaires du ranch, qui est marié à...

— Le monde entier sait qu'il a épousé Astrid Koskinen, l'ancien top-modèle. Ils viennent d'avoir leur premier enfant.

Elena était maintenant au comble de la curiosité, et elle était heureuse que ce sujet lui fasse oublier le sex-appeal du séduisant banquier d'affaires qui se tenait devant elle.

— Exact. Et, apparemment, Astrid est une amie proche de Chiara Campagna.

— C'est le cas, affirma-t-elle.

Elena avait étudié le nouveau paysage des influenceuses mode et beauté avant de revenir sur les réseaux sociaux, et elle savait que Chiara était une célébrité de tout premier plan.

— J'aurais aimé l'approcher hier soir, mais elle était déjà partie quand nous sommes retournés à la fête, après notre discussion. Elle est déjà retournée à Los Angeles, et j'ai vu sur son flux qu'elle assiste à une première à Hollywood ce soir.

Gage haussa les sourcils, l'air surpris.

— Dans ce cas, ce que j'ai à t'offrir éveillera peut-être ton intérêt. Chiara sera à Tahoe pour rendre visite à Astrid cette semaine, en même temps que je travaillerai avec Jonah. Si tu m'accompagnes, tu auras une occasion d'interviewer Chiara.

Sa proposition la stupéfiait. Et, en toute franchise, c'était une offre qui n'aurait pas pu mieux tomber. Mais son enthousiasme fut rapidement douché par ses doutes.

— Comment sais-tu qu'elle m'accordera une interview ?

— Eh bien, tu sais te montrer persuasive, et tu rencontreras Chiara dans la maison d'une amie en qui elle a confiance. Pourquoi refuserait-elle de te donner un entretien ?

— Parce que son temps vaut une fortune, voilà pourquoi. Elle ne va pas simplement le consacrer à quelqu'un comme moi, à moins que…

Ses soupçons se renforcèrent lorsqu'elle s'avisa que Gage s'intéressait très peu à l'univers de la mode et de la beauté. Il n'était pas logique qu'il lui vende cette rencontre comme une opportunité professionnelle, à moins qu'il n'ait une raison très précise de le faire.

— Elle fait une faveur personnelle aux propriétaires du Mesa Falls, avança-t-elle.

Glissant nonchalamment une main dans sa poche, il avança vers le bureau.

— Il est bien plus probable qu'elle soit à Tahoe pour voir le bébé d'Astrid, mais tu es libre de penser ce que tu veux.

Il passa la main sur le plateau en verre du bureau, puis plongea le regard dans le sien.

— Tu m'as dit que tu enquêtais sur l'affaire Alonzo Salazar pour dénicher un scoop, alors j'ai pensé que, peut-être, l'occasion de discuter avec Chiara dans ce genre de cadre serait alléchante.

Chiara Campagna était la star des médias sociaux en ce moment. Si Elena pouvait l'interviewer, les journaux se battraient pour acheter son travail, et le tarif serait sans doute supérieur à celui qu'elle obtiendrait pour un article sur Alonzo Salazar.

— Où est le piège ? insista-t-elle.

Elle était certaine que cette occasion en or n'était pas une simple coïncidence.

— Il n'y en a pas. Simplement, je considère que tu devrais faire un article sur quelqu'un qui est un personnage public par choix, et non sur Alonzo, qui n'a jamais recherché la notoriété et qui l'a même évitée, puisqu'il a écrit son roman sous un nom de plume.

Il désigna son ordinateur portable sur le bureau.

— Mais si tu préfères continuer à chercher de sales histoires sur mon ancien professeur, vas-y, je t'en prie.

Il fit quelques pas, comme s'il s'apprêtait à sortir de la pièce.

— Attends, dit-elle, posant la main sur son bras.

Il se figea, et elle sentit son cœur s'affoler.

L'espace d'un instant, ils se regardèrent, et ce fut comme si un monde de possibilités s'ouvrait entre eux. Elle résista au besoin insensé de caresser sa peau, et s'obligea à retirer sa main.

— C'est une offre que je ne peux pas refuser, avoua-t-elle.

Elle avait besoin de cette opportunité, pour payer son loyer et mettre fin à des mois de vaches maigres.

— Si tu veux bien m'emmener à Tahoe avec toi, je te serai reconnaissante de me présenter à Chiara.

Elle vit ses épaules se détendre légèrement.

— Bien, dit-il, hochant la tête. Tu pourras faire tes bagages demain matin. J'aimerais que nous partions vers midi.

— Je serai prête, assura-t-elle.

Pour une fois, ils étaient d'accord sur quelque chose.

— Combien de temps resterons-nous à Tahoe ?

— Trois jours, cela devrait être suffisant pour moi.

Il était tout près d'elle à présent. Si près qu'elle pouvait sentir le parfum de son après-rasage.

— Est-ce que cela te suffira aussi ? demanda-t-il.

Elle prit une profonde inspiration, laissant les notes de bois de cèdre taquiner ses sens. Ce qui n'était pas très sage. Mais le fait que Gage lui offre cette occasion de retrouver un peu d'indépendance financière, à un moment où elle se sentait particulièrement vulnérable, mettait à mal ses bonnes résolutions.

Ce cadeau était peut-être destiné à détourner son attention du mystère Alonzo Salazar, mais c'était tout de même un cadeau. Et elle éprouvait de la gratitude envers Gage.

— Trois jours, c'est très bien, répondit-elle.

Durant ce voyage, le plus difficile serait sans doute de réprimer son attirance pour lui.

— Excellent. Je vais prévenir le pilote que nous serons deux passagers.

— Merci.

Elle s'enlaça la taille, en partie pour être sûre qu'elle n'allait pas le toucher à nouveau. Le souvenir de sa peau sous ses doigts était gravé à jamais dans son esprit.

— J'apprécie ton invitation, Gage.

Son prénom semblait si intime quand elle le prononçait... Peut-être était-ce parce qu'ils étaient seuls, et que la nuit était tombée. Ou peut-être parce qu'un lit se trouvait dans la pièce adjacente.

Il s'attarda un instant sur ses lèvres, et elle sentit sa bouche s'assécher. Il lui semblait que leur dernier baiser remontait à une éternité ; pourtant, elle se rappelait avec une précision parfaite la tendresse infinie avec laquelle il avait savouré ses lèvres, mêlée à son désir enfiévré.

Elle était sur le point de perdre le contrôle sur ses émotions. Heureusement, Gage recula d'un pas.

— Pas de quoi, dit-il, glissant les mains dans ses poches. Je ferais mieux de te laisser, il se fait tard.

— Oui. Bonsoir, Gage.

Il se dirigea vers la porte d'un pas sûr et rapide. Était-il en train de fuir les mêmes pensées séductrices qui la taraudaient ? Elle ne pouvait pas en être certaine, mais elle savait que, durant ces trois jours ensemble à Tahoe, ils risquaient d'être tentés.

Néanmoins, peut-être qu'entre les affaires de Gage, son interview avec Chiara et le fait de côtoyer de jeunes parents et leur bébé ils seraient trop occupés pour céder au désir qui brûlait entre eux. Elle devrait simplement éviter de se retrouver seule avec lui, dans la mesure du possible.

Le vol jusqu'à Tahoe durait deux heures, et Gage faisait de son mieux pour se concentrer sur son travail. Après avoir failli embrasser Elena hier – il avait envie de l'embrasser chaque fois qu'il était près d'elle –, il avait pensé qu'il valait mieux garder ses distances pendant toute la durée du trajet. Un choix sage : avec son splendide tailleur jupe d'un vert émeraude et sa masse de cheveux châtains ramenés sur le sommet de sa tête, Elena ressemblait tout à fait à la femme d'affaires irrésistible de son souvenir.

Les choses avaient bien commencé : Elena et lui s'étaient installés à des côtés opposés de l'avion. Pendant une heure, il ne l'avait pas entendue et avait supposé qu'elle travaillait, tout comme lui.

Mais à présent, elle était en appel vidéo avec une amie, et quelque chose dans le ton de sa voix l'inquiétait. Elle semblait bouleversée.

Levant les yeux de sa tablette, il constata qu'elle était toujours installée à la station de travail, à l'avant de l'avion. Son ordinateur portable était ouvert, et elle était en pleine conversation avec une femme qu'il ne connaissait pas.

Elle lança un regard par-dessus son épaule et le surprit en train de l'observer. Il se sentit un peu coupable de l'espionner, mais cette culpabilité disparut aussitôt quand il remarqua ses yeux rougis.

Il déboucla sa ceinture et alla la rejoindre. Mais lorsqu'il arriva près d'elle, elle coupa la communication avec son amie et referma le clapet de son ordinateur.

— Tout va bien ? s'enquit-il.

Il avait envie de la toucher, de la réconforter comme il le pouvait, mais il ne voulait pas la brusquer.

— Tu as besoin de quelque chose ? demanda-t-il.

— Non, merci, dit-elle, prenant des mouchoirs dans son sac. Tout va bien.

— Elena, insista-t-il, s'agenouillant devant elle pour mieux voir son visage, à l'évidence, ça ne va pas. Que se passe-t-il ?

Elle se pinça l'arête du nez pendant un instant, puis tapota ses yeux avec un mouchoir. Elle semblait reprendre le contrôle sur ses émotions.

— Je parlais avec une amie à moi, qui vit à Los Angeles. Elle m'a proposé de m'aider à récupérer quelques affaires dans la maison que j'occupais avec Tomas, mais apparemment la nouvelle fiancée de mon ex a refusé de la laisser entrer.

Elle s'essuya le coin des yeux à nouveau.

— C'est une situation que beaucoup de gens connaissent quand ils se séparent. Je ne sais pas pourquoi je me laisse atteindre.

— Ces affaires sont-elles légalement à toi ? demanda-t-il, se rappelant qu'elle s'était séparée de son mari un an plus tôt.

Elle répondit d'un signe de tête positif.

— Elles sont listées dans les documents de votre divorce, alors ?

Manifestement, c'était un sujet dont elle n'avait pas envie de parler. Néanmoins, elle répondit :

— Oui, mais j'attendais le bon moment pour retourner dans cette maison. J'essayais d'éviter la fiancée de mon ex.

— Il me semble avoir lu quelque part qu'il a fait sa demande en mariage à son assistante pendant son émission culinaire.

Il détestait cet homme sans même le connaître, puisqu'il avait fait du mal à Elena.

— À mon avis, continua-t-il, il voulait surtout faire le buzz. Mais tu es légalement propriétaire de tes biens, Elena. Il n'y a pas à être diplomate avec des gens qui nient tes droits.

L'avion entra dans une zone de turbulences, et Gage dut s'agripper aux bras du siège pour ne pas tomber.

— Je le sais bien. Mais je ne voulais pas affronter la femme qui s'est infiltrée dans ma vie, et qui a fait semblant d'être mon amie jusqu'à ce week-end où elle a couché avec mon mari.

Elle poussa un petit cri quand ils traversèrent un autre trou d'air, plaquant ses mains sur les siennes. Elle lui lança un bref regard, puis retira ses mains pour les poser sur l'assise de son siège.

— C'est une histoire tristement banale, dit-elle. Bien loin de ce que j'avais imaginé. Je croyais que Tomas allait finir par se comporter en homme digne et qu'il m'enverrait mes affaires, mais maintenant je pense qu'il traîne des pieds dans l'espoir que je renonce. Sa nouvelle fiancée est malveillante et, hélas, elle fait la même taille que moi.

Elle secoua la tête, manifestement contrariée, et une boucle brune s'échappa de son chignon. La mèche s'accrocha sur ses cils, et Gage ne put s'empêcher de l'écarter doucement pour la replacer derrière son oreille. Ses cheveux soyeux brillaient sous l'éclairage tamisé de la cabine.

— Donc, ton amie n'a pas pu entrer dans ton ancien foyer conjugal pour récupérer tes affaires ?

Il voulait être sûr d'avoir bien compris, car il réfléchissait déjà à une manière d'aider Elena.

Cela le rendait fou de penser qu'elle devait vivre sans ses effets personnels depuis des mois, tout cela parce qu'elle voulait se comporter de manière raisonnable. Il savait que sa situation financière s'était dégradée après son divorce, mais il avait cru que sa détermination et ses talents lui avaient permis de rebondir. Voilà pourquoi il n'avait pas compris qu'elle soit venue dans le Montana avec si peu de bagages, elle qui tenait autrefois un blog de mode à succès. Du temps de leur relation, ses placards étaient pleins de pièces de créateur.

À présent, elle n'avait même pas de bottes pour un week-end à la montagne. Qu'elle l'admette ou non, Gage avait le sentiment qu'elle avait de sérieux problèmes d'argent.

— C'est cela, répondit-elle, confirmant ses suppositions.

Elle semblait moins bouleversée maintenant qu'elle avait eu quelques minutes pour se ressaisir.

— Ce qui me prouve qu'il est grand temps que je me rende dans cette maison moi-même, dit-elle. J'ai enfin cessé de croire que la situation se réglerait toute seule.

Gage l'étudia, intrigué par cette facette de sa personnalité qu'il ne connaissait pas. Elle avait toujours été si sûre d'elle. Si farouchement investie dans tout ce qu'elle entreprenait.

Il se rendit compte qu'il la regardait depuis un peu trop longtemps, et qu'il était un peu trop près. Il avait encore les mains sur les bras de son siège. La fragrance de son parfum aux notes de lavande taquinait ses narines.

— Tu as besoin de quelque chose en attendant ? demanda-t-il. Y a-t-il quoi que ce soit que je puisse faire pour toi avant que tu ne rentres à Los Angeles ?

Il voulait l'aider à alléger le fardeau de ces mois de frustration. Sans parler du chagrin qui les avait sans doute précédés.

— Non. Merci.

Elle regarda ostensiblement par le hublot, comme si elle n'était pas prête à accepter la moindre faveur de sa part.

— Tu m'emmènes au lac Tahoe. C'est déjà beaucoup.

Elle ne se tourna pas vers lui, mais elle serra son siège plus fort. Un signe qu'il la troublait autant qu'elle le troublait.

Il s'installa sur le siège à côté d'elle tandis que le pilote amorçait la descente vers la côte nord-ouest du lac Tahoe. Il téléphonerait à un ami travaillant dans le domaine de la sécurité, et lui demanderait d'envoyer une équipe pour récupérer les biens d'Elena, à un moment où son ex-mari serait présent. Tout à l'heure, sur l'ordinateur d'Elena, il avait eu le temps de voir le nom de l'amie qui avait essayé de l'aider. Il pourrait la solliciter, afin qu'ils soient sûrs de ne prendre que ce qui appartenait à Elena – rapidement, légalement, et sans qu'Elena soit incommodée une minute de plus.

Il aimait l'idée de faire cette petite chose pour elle, bien qu'il ne lui ait toujours pas pardonné de l'avoir quitté en échange d'un pot-de-vin. Mais elle n'était pas la seule responsable de leur rupture douloureuse. C'était Gage qui avait décidé d'emmener Elena en Nouvelle-Zélande, alors qu'il savait que son père aimait se mêler de sa vie. Entre Elena et lui, les choses auraient peut-être été différentes si elle lui avait avoué son passé avant que le père de Gage ne s'en charge.

Bien sûr, il n'y avait aucun moyen d'en être certain.

Elena avait dû vivre avec les conséquences de ses actes après leur séparation. En l'aidant à reprendre ses biens, Gage avait le sentiment de se racheter pour le rôle qu'il avait joué dans leur rupture.

Mais l'aider de cette manière ne comblait pas son besoin de l'embrasser. De la caresser. De lui faire oublier son détestable ex-mari.

7

Trois heures plus tard, Elena était confortablement installée dans le salon de Jonah et d'Astrid Norlander. Située côté montagne, la maison offrait une superbe vue sur le lac Tahoe. Et l'hospitalité du couple avait presque fait oublier à Elena sa journée pénible.

— Veux-tu que nous nous installions dehors pour attendre Chiara ? lui suggéra Astrid.

La jeune femme désigna l'immense terrasse derrière la baie vitrée. De grands canapés étaient disposés autour d'une table, au centre de laquelle trônait une cheminée portative. Beauté finlandaise élancée, Astrid avait des yeux d'un bleu éthéré et des cheveux couleur platine qui lui arrivaient aux épaules. Elle ne portait pas la moindre trace de maquillage ; pourtant, elle était d'une beauté si renversante qu'il était difficile de ne pas la dévisager. Elle n'avait pas tardé à sympathiser avec Elena et à la tutoyer.

— Il y a des parasols chauffants et des couvertures, mais avec ce soleil je pense que nous n'en aurons pas besoin, dit-elle avec son charmant accent.

— Oui, allons dehors, approuva Elena.

Elle se leva et prit son cocktail Spritzer sur la table basse. La boisson peu alcoolisée, mélange de vin blanc et d'eau pétillante, était parfaite pour la rendre plus sociable sans l'enivrer.

Astrid ajouta quelques tranches d'orange à son eau pétillante, puis enfila des sabots fourrés.

— Les hommes semblent absorbés par leur match, fit remarquer Elena.

Jonah et Gage étaient assis au bar qui séparait la cuisine du salon, les yeux rivés sur l'écran plat suspendu au-dessus de la cheminée. Un match de basket-ball universitaire battait son plein.

— Ils étaient tous les deux étudiants à UCLA, lui rappela Astrid tout en ouvrant la baie vitrée. Je crois que Gage a programmé l'heure de son vol en fonction du début du match !

Elena sourit, se rappelant avoir assisté à quelques matchs avec Gage autrefois. À l'époque, il travaillait énormément, et elle aimait le voir se détendre pendant quelques heures.

— Ça ne m'étonnerait pas du tout, répondit-elle, sortant sur la terrasse.

— Ton tailleur est superbe, commenta Astrid en touchant sa manche. Est-ce que le styliste est quelqu'un que je connais ?

— C'est un ensemble que j'ai fait moi-même, avoua-t-elle, flattée.

Elle jeta un coup d'œil aux manchettes et aux boutons, qu'elle avait dénichés dans un magasin de déstockage.

— Vraiment ? s'étonna Astrid, observant de plus près la veste cintrée. Il y a tellement de détails uniques. Tu as un talent fou.

Elena scruta le visage de la jeune femme, se demandant si elle avait dit cela uniquement par politesse. Mais puisqu'elle ne vit qu'un intérêt véritable dans le regard d'Astrid, elle répondit :

— Quand j'alimentais mon blog de manière régulière, je créais des pièces que j'avais envie de porter mais que je ne trouvais nulle part. J'ai fait quelques vidéos où j'explique comment choisir des étoffes et récupérer des échantillons de tissu chez les tailleurs.

Elle avait travaillé dur pour faire prospérer son blog et créer des liens avec ses abonnés. Aujourd'hui, elle regrettait d'avoir mis ses activités de côté durant son mariage. Pourquoi avait-elle consacré tout son temps à soutenir la carrière de Tomas, au lieu d'être fidèle aux gens qui avaient été loyaux envers elle ? Pourquoi n'avait-elle pas trouvé un équilibre entre la carrière de Tomas et la sienne ?

— Tu es très douée, affirma Astrid, agitant l'index vers elle pour appuyer son propos.

Soudain, elle se figea.

— Une seconde, dit-elle. Est-ce que tu as entendu le bébé pleurer ?

La jeune maman sortit son téléphone de sa poche pour consulter le flux vidéo de la chambre d'enfant. Elle l'avait déjà consulté à plusieurs reprises depuis l'arrivée d'Elena et de Gage. Cette fois encore, c'était une fausse alerte : Katja dormait toujours.

— Tout va bien ? demanda Elena, s'appuyant contre l'élégant garde-corps en bois et métal qui entourait la terrasse.

Les sommets des montagnes étaient encore enneigés, mais le soleil réchauffait l'air printanier, et la brise transportait le doux parfum des végétaux alentour.

— Oui, tout va bien, répondit Astrid.

La jeune femme posa le téléphone sur la table de marbre.

— Chiara est arrivée, et je viens de lui ouvrir le portail. Ça t'ennuie si je vais l'accueillir ? Je n'en ai que pour une minute. Je suis impatiente de te la présenter.

— Non, bien sûr, je t'en prie.

Pendant qu'Astrid retournait à l'intérieur de la maison, Elena fit quelques pas sur le plancher en bois de la terrasse surélevée.

Regardant par la baie vitrée, elle aperçut Gage, qui croisa son regard. Peut-être parce qu'il avait remarqué qu'elle était seule, il la rejoignit quelques secondes plus tard. Il portait un costume noir ainsi qu'un T-shirt aux rayures grises et blanches qui mettait son torse en valeur. Elena brûlait de passer la main sur ses muscles saillants. En plus de son attirance manifeste pour lui, elle éprouvait maintenant de la gratitude à son égard, après la façon dont il s'était comporté avec elle aujourd'hui. Quand elle avait appris que son amie Zoe n'avait pas pu récupérer ses affaires dans son ancienne maison à cause de la nouvelle compagne de Tomas, elle avait accusé le coup. Pire, elle avait bien failli fondre en larmes devant Gage.

Heureusement, il avait fait preuve d'une extrême douceur. Il avait écouté ses explications, sans la juger, et lui avait permis de dépasser sa colère pour se concentrer sur leur séjour au lac Tahoe.

— Tout se passe bien ? s'enquit-il. Veux-tu autre chose à boire en plus de ton vin ?

— C'est davantage une eau pétillante qu'un verre de vin, en fait. Mais je te remercie de t'occuper de moi.

Elle appréciait sa sollicitude. Il savait qu'elle buvait très peu d'alcool en général. Le bourbon qu'elle avait pris chez lui le premier soir était une exception notable, mais elle avait eu des circonstances atténuantes.

D'un autre côté, le comportement de Gage la désarçonnait. Elle ignorait comment gérer leur nouvelle relation. Entre sa gentillesse dans l'avion et le fait qu'il ait organisé une interview avec la femme qui, à elle seule, pouvait relancer la carrière d'Elena sur les réseaux sociaux, elle ne pouvait plus se dire que Gage était son ennemi.

— Astrid est allée accueillir Chiara, dit-elle. Merci encore d'avoir organisé cette rencontre.

Elle observa les montagnes au loin et sirota sa boisson, savourant son effet rafraîchissant. Avec Gage près d'elle, elle n'aurait certainement pas besoin du chauffage de terrasse pour éviter d'avoir froid. Lorsque Gage effleura son épaule avec la sienne, des picotements d'excitation la parcoururent.

— Pas de quoi, répondit-il. Nous resterons assez longtemps pour que tu obtiennes ce dont tu as besoin, nous verrons le bébé, et ensuite nous retournerons au casino.

Tout à l'heure, ils avaient déposé leurs affaires dans une élégante maison de quatre chambres que Desmond avait mise à leur disposition, avant de rejoindre la maison de Jonah dans une Land Rover de location.

Bien qu'ils soient seuls sur la terrasse, Gage se pencha vers elle et murmura :

— Tu peux me donner le signal quand tu seras prête à partir.

— Quel est le signal ?

Elle entendit la voix d'Astrid dans le salon. Leur hôtesse allait bientôt les rejoindre.

— Celui que tu veux, dit-il.

Il l'observa de son regard sombre, si intensément que son cœur s'affola.

— Un clin d'œil, peut-être. Ou alors, tu pourrais lâcher tes cheveux. Je le remarquerai, certainement.

Au prix d'un effort, elle réprima le frisson que ses paroles avaient fait naître en elle.

— Ce ne serait pas une bonne idée, et je suis sûre que tu le sais déjà.

Derrière eux, elle entendit la baie coulissante s'ouvrir.

— Alors je devrai me contenter d'un long regard enfiévré, chuchota-t-il. Dès que j'aurai reçu ton signal, nous partirons.

Elle aimerait se dire qu'il ne faisait que la taquiner. Ou qu'il cherchait à l'agacer. Mais son regard suggérait le contraire.

Soudain, il se retourna pour saluer Chiara Campagna.

Elena fit de même et s'efforça d'adopter un comportement professionnel. Malgré tout, l'excitation que le petit flirt entre Gage et elle avait provoquée ne s'évanouit pas.

Elle ne diminua pas non plus quand Gage retourna dans la maison pour laisser Elena faire connaissance avec Chiara. Ni quand elle fut plongée dans une conversation avec l'une des icônes mode et beauté les plus célèbres de sa génération. Toutefois, même si ses pensées revenaient très souvent à Gage Striker, Elena considérait que les scénarios qu'il lui avait suggérés n'étaient que des fantasmes insensés, qui n'avaient aucune place dans la vie réelle.

Installé dans un fauteuil inclinable en cuir, dans le salon de Jonah, Gage observait Elena, qui était encore sur la terrasse en compagnie de Chiara. Cette dernière était en train de prendre une photo d'Elena et elle avec son téléphone.

Puisqu'il ne voyait que le profil d'Elena, il lui était difficile de déchiffrer son expression. Il savait qu'il l'avait désarçonnée en exprimant son désir pour elle ; toutefois, elle savait sûrement qu'elle l'attirait. Depuis qu'elle était arrivée au Mesa Falls, ils avaient réprimé cette attraction mutuelle, comme s'ils avaient besoin de temps pour se jauger après toutes ces années. Mais maintenant, il était certain de désirer Elena aussi fort qu'autrefois, en dépit de leur rupture houleuse.

Il ne pouvait plus prétendre le contraire.

— Elle ne va pas s'envoler, ironisa Jonah.

Installé dans le fauteuil voisin de celui de Gage, il devait parler fort pour couvrir le son du téléviseur.

— Tu n'arrêtes pas de regarder Elena depuis que nous sommes assis, ajouta son ami.

Pris la main dans le sac.

Tandis que Jonah baissait le son du téléviseur, Gage reporta son attention sur le match

— L'arrivée d'Elena au Mesa Falls est une complication inattendue, avoua-t-il. Je ne m'attendais pas à devoir gérer le ranch à la place de Weston, et je m'attendais encore moins à me retrouver nez à nez avec mon ex.

Il connaissait Jonah depuis qu'ils avaient treize ans. Ils s'étaient rencontrés de la même manière que les autres propriétaires du Mesa Falls : à l'internat Dowdon, où ils étaient camarades de chambre. Quatre d'entre eux partageaient une chambre au bout du couloir, et trois autres la chambre d'en face. Sept amis. Six avaient terminé le lycée, le septième n'avait pas eu cette chance. Et aujourd'hui, les six hommes possédaient et dirigeaient le ranch ensemble, une façon de rendre hommage à celui qu'ils avaient perdu.

Jonah émit un son incrédule. Portant un vieux T-shirt de leur université en l'honneur du match, il n'avait pas beaucoup changé depuis leurs jeunes années, excepté que ses cheveux blond foncé étaient coupés plus court, et que des phrases en finlandais étaient tatouées sur ses biceps.

— Si j'en crois la façon dont vous vous regardez tous les deux, elle ne restera pas une ex très longtemps.

— Les premières amours ne s'oublient pas.

Gage prit sa bière artisanale sur la petite table placée entre leurs fauteuils et en but une gorgée. Si seulement il pouvait étancher sa soif d'Elena aussi aisément…

Jonah s'avança sur son fauteuil et posa les pieds au sol.

— Ça ne t'inquiète pas de nouer une relation avec une femme qui cherche activement à remettre le nom d'Alonzo en une des journaux à scandales ?

— Qui a parlé de relation ? rétorqua Gage.

La question de Jonah le perturbait. Son ami semblait sous-entendre qu'il était en train de trahir la mémoire de l'homme qui les avait aidés à surmonter leur terrible traumatisme.

— Je n'ai pas d'autre choix que de la surveiller, argua-t-il. Il faut que je sois toujours près d'elle, pour éviter que la situation nous échappe. Mais je ne peux pas faire comme si mon attirance pour elle n'existait pas.

— Appelle ça comme tu veux. Mais une chose est sûre, Elena Rollins est une source d'ennuis pour le ranch, tu le sais aussi bien que moi, affirma Jonah.

— C'est précisément pour cette raison que nous avons organisé cette interview avec Chiara aujourd'hui, lui rappela Gage.

Il ne se sentait pas coupable d'avoir proposé ce voyage à Elena pour détourner son attention. L'interview de Chiara serait bien plus lucrative pour elle qu'un scoop sur Alonzo. Cette solution était profitable pour tout le monde.

— Je prends toutes les précautions possibles, mais je ne peux pas l'empêcher de découvrir la vérité sur Alonzo si elle est déterminée à mener son enquête, avertit-il.

— Si nous connaissions toute la vérité, nous pourrions nous préparer aux conséquences, fit valoir Jonah.

Soudain, des pleurs d'enfant se firent entendre. Contre toute attente, Jonah afficha un grand sourire.

— Le devoir m'appelle. Si tu veux bien m'excuser.

Gage le regarda traverser le salon et monter les marches de l'escalier deux par deux. Un instant plus tard, Astrid courut rejoindre son mari.

Leur investissement commun envers leur bébé rappela à Gage qu'autrefois il avait nourri de grands espoirs concernant son avenir avec Elena. Ils avaient imaginé leur maison idéale, discutant décoration et architecture pendant les repas ou entre deux rendez-vous d'affaires. Ils avaient même envisagé de fonder une famille.

Ils avaient parlé de presque tous les sujets, hormis du passé d'Elena. Et parce qu'elle ne lui avait rien confié sur sa famille, Gage avait été pris de court lorsque son propre père s'était chargé de tout lui raconter. Gage avait à peine eu le temps de digérer les informations qu'Elena avait déjà pris un avion pour sortir de sa vie. À présent, il savait qu'il ne devait rien attendre de sérieux avec elle.

Cela dit, ils pourraient partager une liaison charnelle. Simple et sans attaches.

La baie coulissante s'ouvrit à nouveau, et Chiara et Elena entrèrent dans le salon, interrompant le fil de ses pensées. Chiara montrait à Elena une photo sur son téléphone. Il entendit la fin de leur conversation, qui portait sur les différentes techniques pour teindre des kimonos en soie.

Elena lui lança un bref regard. Après leur échange tout à l'heure sur la terrasse, il était si excité que ce simple contact visuel fut aussi tentant qu'une caresse. Il espérait avoir envahi les pensées d'Elena comme elle avait envahi les siennes.

— Gage, vous voulez bien prendre une photo de nous près de la cheminée ? demanda Chiara en lui tendant son téléphone. J'en ai pris quelques-unes dehors, mais je tiens absolument à avoir des clichés du tailleur d'Elena.

— Volontiers.

Il était surpris que la jeune femme se rappelle son prénom. Lors de la soirée qu'il avait donnée chez lui, ils n'avaient pas été officiellement présentés. Mais il était heureux de constater que Chiara semblait ravie de sa rencontre avec Elena.

— C'est une très belle veste, commenta-t-il tout en réglant le zoom de l'appareil.

Bien entendu, il avait remarqué le splendide tailleur jupe d'Elena. Pourtant, il avait eu l'intention de se concentrer sur le travail et non sur elle durant leur séjour ici. Mais à l'évidence, il n'y arrivait pas. Et maintenant qu'il s'était autorisé à envisager une liaison avec elle, il ne pouvait plus la quitter des yeux.

Le blazer croisé était très cintré, mettant la taille fine d'Elena en valeur. Dans cette tenue très féminine, elle mettait tous ses sens en émoi, même à travers l'appareil-photo du téléphone. Il prit quelques clichés, puis rendit l'appareil à sa propriétaire.

Chiara le rangea dans la poche de son long cardigan blanc, qu'elle avait associé à un pantalon en suédine marron et à des escarpins argentés.

— Vous saviez qu'Elena l'avait créé elle-même ? demanda-t-elle. Je suis impressionnée. Le choix du tissu, l'ajout astucieux d'armatures dans les coutures.

Gage ignorait qu'Elena avait des talents de styliste. Il ne cessait de découvrir des nouvelles facettes de sa personnalité. C'était même à se demander s'il l'avait jamais vraiment connue.

Mais il comptait bien combler ses lacunes.

Avant qu'il puisse répondre à Chiara, leurs hôtes revinrent dans le salon.

— Les amis, nous aimerions vous présenter quelqu'un, annonça Jonah.

Astrid tenait dans ses bras leur bébé, enveloppé dans une couverture blanche. Seule une petite partie de son visage était visible.

L'expression de pur bonheur sur le visage de Jonah le frappa. Son ami regardait sa fille avec une fierté toute paternelle. Bien que Gage n'ait pas songé au mariage depuis six ans, il comprenait que l'on puisse avoir envie de s'unir à une personne en qui on avait entièrement confiance. Et combien de fois croisait-on une personne de ce genre dans sa vie ?

Chiara et Elena se précipitèrent vers Astrid, et parlèrent au bébé en roucoulant et en exprimant leur admiration.

Gage s'approcha et donna une tape dans le dos de Jonah.

— Félicitations, mon gars. Je suis très heureux pour toi.

— Merci.

Son ami se pencha vers lui et murmura :

— Je suis encore mort de peur à l'idée de mal faire. Mais si j'en crois les autres parents avec qui j'ai discuté, ce sentiment ne va pas me quitter avant au moins dix-huit ans.

Le père de Gage n'avait pas été si inquiet pour l'éducation de son fils. Il l'avait envoyé faire ses études aux États-Unis pour être sûr que ses écarts de conduite – des tentatives d'adolescent pour capter l'attention – ne ternissent pas la réputation de leur famille. Alonzo Salazar avait davantage été un père pour Gage que l'homme qui l'avait engendré.

— Le fait que tu aies peur de ne pas être un bon parent prouve que tu en es un, assura Gage tout en regardant Astrid confier le bébé à Elena.

Voir Elena porter la petite fille, avec cette expression de tendresse et de fascination mêlées, lui fit l'effet d'un coup de poing. C'était comme un rappel de la famille qu'Elena et lui auraient pu avoir et qu'ils n'avaient jamais eue.

Malgré cela, il ne put détourner les yeux. Comme hypnotisé, il l'observait encore quinze minutes plus tard quand Astrid et Jonah allèrent dans la cuisine pour s'occuper du dîner. Chiara les suivit, laissant Gage seul avec Elena et le bébé dans le salon.

— Tu aimerais la porter ? demanda Elena en approchant de lui. Tu as bien plus d'expérience que moi avec les enfants, avec tous tes cousins qui sont déjà parents.

Ses paroles le transportèrent dans le passé. Lorsqu'il l'avait emmenée en Nouvelle-Zélande, elle avait rencontré la plupart de ses proches lors d'une fête de famille. Sa mère avait insisté pour organiser une grande réception dans la demeure familiale et avait invité la moitié de la ville. La présenter à tout le monde avait été une grande étape pour lui.

Il prit le bébé des bras d'Elena, effleurant son sein de manière purement fortuite. Une vague de désir l'envahit aussitôt. Se penchant vers elle, il murmura :

— J'espère que tu comptes me donner le signal bientôt.

Elle recula d'un pas.

— Tu parles comme si je te donnais le feu vert pour bien davantage qu'une échappée, mais je ne t'ai donné aucune raison de penser que je suis assez folle pour reprendre notre liaison, Gage.

— Folle ou pas, tu ne peux pas nier qu'il y a un fort sentiment d'inachevé entre nous.

Il resserra la couverture autour des pieds de la petite fille. Elle sentait bon le shampoing pour bébé, et ses yeux bleus étaient bien ouverts.

Elena se mit à faire les cent pas le long de la baie vitrée.

— Peut-être, finit-elle par répondre. Mais j'ai promis à ton père que je te laisserais tranquille. Je ne peux tout de même pas trahir ma parole.

Et voilà. Une fois de plus, elle recourait à leur vieille querelle et s'en servait pour le tenir à distance.

— Ça ne t'a pas gênée de mentir à mes vigiles pour entrer dans ma maison, alors j'ai du mal à croire que tu t'inquiètes de ce que Nigel Striker pourrait penser de toi aujourd'hui.

Prenant conscience qu'il venait d'entrer dans son jeu, il décida de changer de tactique.

— Si le fait de revenir sur votre accord te dérange, je rembourserai mon père, pour te libérer de ce marché.

À ces mots, elle s'arrêta net et l'observa, interdite.

— Tu n'es pas sérieux, marmonna-t-elle.

Elle secoua la tête, comme si elle n'arrivait pas à croire ce qu'elle venait d'entendre.

— Au contraire, je suis on ne peut plus sérieux, Elena. J'ai déjà perdu trop de temps à ignorer une attirance qui refuse de disparaître. J'en ai assez de me mentir, de penser que ce qu'il y a entre nous mènera à autre chose qu'à une passion incendiaire.

Il avança vers elle, le bruit de ses bottes résonnant sur le sol de marbre.

— Et je crois qu'au fond de ton cœur tu le sais aussi bien que moi.

— Laisse mon cœur en dehors de ça, protesta-t-elle, le regard noir.

Il approcha encore, jusqu'à ce que la seule barrière entre eux soit le bébé qu'il portait dans ses bras.

— Comme tu voudras, concéda-t-il. Mais je prendrai le reste de ta personne dès que tu seras prête à me l'offrir.

Elle le dévisageait encore quand Astrid les informa que le dîner était servi.

Hélas, Gage savait déjà que le repas n'apaiserait en rien sa véritable faim.

8

Elena grimpa dans la Land Rover et boucla sa ceinture de sécurité. Gage et elle s'apprêtaient à regagner la maison prêtée par Desmond Pierce. Ces heures passées chez Astrid et Jonah avaient davantage été du plaisir que du travail, bien qu'Elena ait réalisé son interview de Chiara Campagna. Astrid et Chiara n'étaient pas seulement des femmes intelligentes, créatives et expertes en mode, elles étaient aussi très amusantes. La journée s'était bien mieux déroulée qu'Elena ne l'avait espéré.

Les seuls moments étranges étaient ceux qu'elle avait passés avec Gage. Lorsqu'il lui avait fait part de son attirance pour elle, elle avait été surprise. Certes, elle avait ressenti une certaine tension sexuelle entre eux lors de la soirée au ranch, mais elle avait cru que Gage était fermement opposé à l'idée de reprendre leur liaison. À présent, elle savait qu'elle s'était trompée, et elle ignorait comment réagir.

Plus étonnant encore, Gage avait proposé de rembourser son père. Il pensait encore que Nigel Striker l'avait payée pour sortir de la vie de son fils. Elle regrettait maintenant de n'avoir jamais dit la vérité à Gage. À l'époque, elle avait pensé qu'il se moquerait de savoir qu'elle n'avait pas pris l'argent, puisqu'il avait été si prompt à la croire coupable. Mais cette semaine l'avait obligée à revoir son point de vue – un point de vue formé sous le coup de l'émotion et de la colère. En vérité, elle aussi avait tiré des conclusions hâtives sur Gage, et cette prise de conscience n'était guère agréable.

— Tu as pu obtenir de Chiara tout ce dont tu avais besoin ? demanda-t-il tandis qu'il s'engageait sur la route principale. Ou est-ce que, toutes les deux, vous comptez vous revoir ?

Elena observa Gage dans l'habitacle sombre. Les ombres qui défilaient accentuaient les angles de son visage. Elle eut envie de déposer un baiser sur sa barbe naissante.

Mais que lui arrivait-il ? Apparemment, son corps se rebellait contre elle, pour toutes les fois où elle avait dressé des barrières entre Gage et elle. Elle s'efforça de se souvenir de la question qu'il avait posée.

— J'ai suffisamment de matière pour faire une série d'articles sur sa personnalité et sur son travail, mais contre toute attente c'est elle qui m'a demandé si nous pouvions nous revoir cette semaine, finit-elle par répondre.

Après deux années passées à se consacrer uniquement à la promotion de l'émission culinaire de son ex-mari, Elena arrivait difficilement à faire revivre sa propre marque. Mais cette soirée lui avait rappelé à quel point elle aimait ses activités de blogueuse et d'influenceuse. Elle avait encore beaucoup de choses à offrir à ses abonnés.

— On dirait que vous vous entendez bien, toutes les deux, commenta-t-il, l'air satisfait. Je suis content pour toi.

Sa réaction manifestement sincère la déroutait. Ils avaient été si souvent en désaccord cette semaine… Leur antagonisme était pour elle un point d'ancrage, qui l'aidait à rester forte face à son magnétisme indéniable. Mais ce soir, Gage avait changé les règles du jeu, et elle ignorait comment la situation allait évoluer. Elle n'était pas prête pour une relation sentimentale. Ni pour une liaison torride et passionnée.

Même si cette liaison pouvait se révéler très agréable.

Pour se changer les idées, elle alluma son téléphone et parcourut distraitement le réseau social sur lequel elle était le plus active.

Et elle faillit faire une attaque.

Bouche bée, elle fit défiler la page de son profil.

— Qu'y a-t-il ? demanda Gage. Tu veux que je m'arrête ?

— Non. Désolée. Tout va bien.

Elle regarda son nombre d'abonnés, rafraîchissant la page pour vérifier qu'il ne s'agissait pas d'une erreur.

— Mon nombre d'abonnés a plus que quadruplé ce soir...

— Qu'est-ce que tu as publié ?

— Absolument rien.

Elle cliqua sur les commentaires et trouva les publications de Chiara et d'Astrid.

— Mais Chiara et Astrid ont envoyé des photos de mon tailleur. Je n'en reviens pas.

Il y avait tant de commentaires qu'elle ne pourrait jamais répondre à tout le monde personnellement. En l'espace d'une soirée, son capital social avait grimpé en flèche. Elle avait désormais plus d'abonnés que lorsque son blog était au sommet de son succès, il y avait deux ans.

— Je suis heureux de l'apprendre.

Il s'engagea dans les collines qui surplombaient le lac.

— Étant donné ton succès, ton article sur Chiara vaudra-t-il plus cher ?

La soirée s'était rapidement rafraîchie une fois le soleil couché, et Elena se réjouissait que la voiture dispose de sièges chauffants. Elle posa le regard sur Gage, sa présence provoquant une onde de chaleur supplémentaire en elle.

— Tout à fait. Et je ne suis plus obligée de vendre rapidement mon interview de Chiara, puisque l'augmentation de mon audience me permettra d'avoir de nouvelles sources de revenus.

Cette rencontre avec Chiara et Astrid était un cadeau inestimable. Mais déjà, elle songeait à des moyens de maintenir et d'entretenir la croissance de son nombre d'abonnés.

De plus, penser aux affaires l'aidait à ne pas penser à la suite de la soirée avec Gage. Ils étaient maintenant dans l'allée de la maison. Elle devrait répondre à sa proposition. Lui dire clairement que céder à leur attirance mutuelle n'était pas une bonne idée, même si Gage occupait ses pensées bien trop souvent ces derniers jours.

La forêt de sapins qui encerclait la propriété les mettait à l'abri des regards, leur donnant l'illusion qu'ils étaient dans un endroit totalement isolé alors que le casino était proche. Gage lui avait appris que Desmond possédait neuf autres résidences comme celle-ci, en plus du complexe principal. Les suites de luxe du casino étaient clinquantes et modernes, tandis que les villas étaient destinées aux clients recherchant des lieux de villégiature discrets et retirés.

Gage actionna une télécommande pour ouvrir le vaste garage situé sur un côté de la maison. La lumière envahit l'espace et se répandit sur l'allée de pierre. Le garage était vide, à l'exception de deux kayaks et de deux vélos.

Elena s'apprêtait à ranger son téléphone dans son sac quand elle remarqua un nouveau message. Il provenait de Zoe, l'amie qui avait essayé de récupérer ses affaires personnelles chez Tomas ce matin. Elle cliqua sur le message pendant que Gage coupait le moteur et descendait du véhicule.

Il vint lui ouvrir la portière et lui offrit sa main. Ce geste courtois lui rappela qu'elle se montrait impolie, et elle renonça à consulter son téléphone.

— Mes excuses, dit-elle.

Nerveuse à la perspective de le toucher, elle hésita un instant, puis saisit sa main.

— J'ai reçu un message de mon amie de Los Angeles, celle qui a tenté de récupérer mes affaires dans mon ancienne maison. Je voulais la remercier pour ses efforts, même si sa mission n'a pas été fructueuse.

— Bien sûr, je comprends.

Maintenant qu'elle était debout, Gage lâcha sa main. Elle ressentit aussitôt un manque.

— La journée a été longue, dit-il, et tu as sans doute l'esprit occupé.

Elle devrait être soulagée que Gage n'ait pas reparlé de reprendre leur liaison. Mais après la gentillesse dont il avait fait preuve en organisant cette rencontre avec Chiara, elle était prise entre des sentiments contradictoires. Elle était heureuse que Gage lui laisse de l'espace, et en même temps elle pensait souvent à lui, à ses caresses, à ses baisers.

Difficile de fixer des limites dans ces conditions…

Ils entrèrent dans la maison, passant par un débarras avant d'arriver dans la cuisine. Tout à l'heure, ils n'étaient restés que le temps de déposer leurs bagages. À présent, Elena avait le temps d'observer la cuisine haut de gamme, aux placards en érable et aux équipements dernier cri. Des lampes industrielles se mariaient harmonieusement avec la décoration de style maison de campagne française, l'association de l'ancien et du moderne donnant du caractère à la pièce.

Le cuir rouge des tabourets de bar rehaussait les nuances naturelles des plans de travail en granite beige et du sol en travertin.

— Ton ami Desmond a beaucoup de goût, commenta-t-elle.

Elle retira ses chaussures et marcha pieds nus vers le plan de travail. Le granite était impeccable, et une odeur de produit nettoyant citronné flottait dans l'air. Le contraste avec les appartements miteux dans lesquels elle avait grandi était immense.

— C'est vrai, approuva Gage. Ses conseils ont été très utiles quand nous avons décidé d'élargir les activités de notre ranch d'élevage et d'en faire un lieu de séjour haut de gamme.

Il retira sa veste et la lança sur un tabouret de bar, puis ouvrit quelques placards.

— Est-ce que tu veux une boisson chaude avant d'aller te coucher ? proposa-t-il. Il y a plusieurs variétés de thé.

Bien qu'elle soit tentée de se réfugier dans sa chambre pour échapper à son attirance pour Gage, elle savait bien que la fuite ne ferait pas disparaître cette attraction.

— Un thé, c'est très bien. Merci.

Elle grimpa sur un tabouret de bar et posa son téléphone à l'envers sur le comptoir. Elle attendrait d'être dans sa chambre pour lire le message de Zoe. Pour l'instant, elle allait accorder à Gage toute son attention. Elle lui devait bien ça.

D'une manière ou d'une autre, elle devrait répondre à la proposition qu'il lui avait faite aujourd'hui. Elle ne dormirait pas tant que son offre sensuelle resterait en suspens, hantant son esprit. Taquinant ses sens.

Elle le regarda sortir deux tasses et une boîte de thé d'un

placard, fascinée par les tatouages visibles sur ses avant-bras. Ou peut-être était-ce Gage qui la fascinait.

Le simple fait de le voir marcher vers elle provoqua un frisson le long de sa colonne vertébrale.

— Alors, qu'est-ce que ton amie de Los Angeles a à te dire ? demanda-t-il, posant la boîte de thé près d'elle. N'hésite pas à lui répondre maintenant. De toute façon, l'eau ne bouillira pas avant quelques minutes, et je dois envoyer un message à Desmond pour le remercier de nous loger dans cette belle maison.

— Je n'ai pas encore lu son message, répondit-elle machinalement.

Elle retourna son téléphone pour parcourir le message de Zoe, en essayant d'oublier la présence de Gage.

D'oublier les longs regards incandescents qu'il lui avait envoyés ce soir.

Ce n'était pas chose facile, et il lui fallut quelques instants pour réussir à se concentrer. Mais lorsqu'elle finit par lire les mots de Zoe, elle ne leur trouva aucun sens.

J'ai tes affaires ! Toutes tes affaires, Elena ! Les photos, les souvenirs, les ustensiles de cuisine, les vêtements et les chaussures !

— Je ne comprends pas, murmura-t-elle, cliquant sur l'image jointe au SMS.

C'était une photo de Zoe, tout sourires, qui brandissait l'un des sacs de créateur vintage d'Elena. En arrière-plan, Elena distingua des portants pleins de vêtements.

— Comment a-t-elle réussi à reprendre mes affaires ? s'exclama-t-elle.

— Tout va bien ?

Il posa son propre téléphone sur le comptoir, puis alla retirer la bouilloire du feu.

— Je ne sais pas trop, dit-elle vaguement.

Elle lut la suite du message.

Les agents de sécurité que ton ami a envoyés ont fait des merveilles. Je n'ai pas eu à prononcer le moindre mot ! La fiancée de Tomas a fini par quitter la maison. Tomas a passé tout son temps à présenter ses excuses pendant que j'énumérais les affaires sur ta liste. Les agents ont aussi fait livrer ton scooter et ton vélo chez toi. Ton concierge les a rangés dans ta cave.

Ce message méritait d'être relu, mais Elena avait une petite idée de l'identité du mystérieux « ami » qui avait envoyé une équipe de sécurité pour épauler Zoe. Le seul ami qui l'avait vue au bord de l'effondrement ce matin, quand elle avait appris que Zoe avait échoué dans sa mission.

— Gage...

Ses doigts tremblaient quand elle posa son téléphone. Ses émotions étaient sens dessus dessous.

— Est-ce que tu as aidé à orchestrer la récupération de mes affaires dans mon ancienne maison ?

— Absolument, dit-il, apportant les tasses fumantes sur le bar. Je ne regrette pas du tout pas mon ingérence, et je le referais s'il le fallait.

Il soutint calmement son regard, puis choisit un sachet de thé et le plongea dans sa tasse.

Il avait sans doute téléphoné à Zoe sans qu'elle soit au courant. Il avait engagé des agents, les avait mis en contact avec Zoe, et avait tout coordonné pendant leur trajet en avion, supposa-t-elle. Avec les ressources à sa disposition, cela n'avait sans doute pas été difficile pour lui, mais il avait dû donner de son temps. Elle ne pourrait sans doute jamais lui rembourser le coût de cette mission.

Elle éprouva de la gratitude mais aussi de la tendresse pour Gage, qui avait tant fait pour elle aujourd'hui. Elle avait voulu maintenir des barrières entre eux, nier l'attirance brûlante qui le poussait vers lui chaque fois qu'ils étaient ensemble. Mais son acte si généreux venait d'abattre ses dernières défenses.

Elle n'était pas seulement reconnaissante. Elle était touchée.

— Merci, dit-elle.

Elle n'avait pas mesuré à quel point les mesquineries de Tomas avaient pesé sur son esprit jusqu'à cet instant. Elle se sentait plus légère et plus libre que depuis bien longtemps.

— Sincèrement, je ne te remercierai jamais assez d'avoir fait cela pour moi.

Gage fit glisser la boîte de thé vers elle, comme pour rediriger la conversation vers un sujet plus concret.

— Ce n'était vraiment pas grand-chose, et je suis heureux de t'avoir aidée.

« Pas grand-chose. » C'était sans doute l'euphémisme de l'année. Elle ne savait pas exactement ce qui avait poussé Gage à l'aider, mais elle était certaine qu'elle n'aurait pas retrouvé ses affaires sans son intervention.

Ses sentiments pour lui, qu'elle réprimait depuis des jours, revinrent en force, et se multiplièrent. Son attirance pour lui grandit, jusqu'à ce qu'il lui soit impossible de l'ignorer.

Alors, quand elle croisa le regard de Gage par-dessus les tasses fumantes, elle ne prit pas la peine de lui offrir un long regard brûlant. Au lieu de cela, elle se leva de son tabouret et contourna l'îlot pour le rejoindre. Elle en avait assez de nier son désir pour lui.

Plus tard, elle trouverait un moyen de gérer les conséquences de ce qu'elle s'apprêtait à faire. Mais pour l'heure, elle comptait s'abandonner à l'instant présent. Sans perdre plus de temps, elle se mit sur la pointe des pieds et l'embrassa.

Gage tenta de se rappeler que la gratitude n'était pas la même chose que le désir. Mais quand Elena noua les bras autour de son cou, pressant ses courbes contre lui et taquinant ses lèvres avec les siennes, il lui fut presque impossible de distinguer ces deux sentiments. L'espace d'un instant, il s'autorisa à respirer son doux parfum de lavande ; il avait envie de lécher chaque partie de son corps pour en trouver la source. Il savoura la caresse soyeuse de sa bouche, réprimant le besoin de mêler sa langue à la sienne.

Quand elle finit par reculer et l'observa, le regard assombri, il était à bout de souffle.

— Tu ne m'as pas rendu mon baiser. Tu me repousses ? demanda-t-elle, faisant la moue et penchant la tête pour l'observer. Après toutes ces tentatives de séduction pendant nos moments volés chez Jonah ?

Bon sang. Cette femme semblait capable d'allumer et d'éteindre sur commande le feu du désir qui brûlait en lui.

— Après la façon dont notre histoire s'est terminée la dernière fois, dit-il, il me semble que nous devons être parfaitement clairs sur ce que nous attendons l'un de l'autre, avant de laisser la passion annihiler toutes nos bonnes résolutions.

Il brûlait de la toucher. De lui retirer ses vêtements jusqu'au dernier, de passer les mains sur sa peau nue.

Il voulait la voir trembler de plaisir. La faire jouir rien qu'avec ses caresses et son souffle sur son point le plus sensible.

— Dans ce cas, je vais t'expliquer très, très clairement ce que je veux, dit-elle.

D'un geste lent, elle retira la pince qui retenait ses longs cheveux. Les mèches ondulées tombèrent en cascade le long de son dos.

— Je ne veux pas que cette nuit se termine de toute autre manière que dans un lit, et je compte sur toi, Gage, pour faire en sorte que cela se produise.

Stupéfié, il ne put que la dévisager pendant qu'elle posait la pince ornée de pierreries sur le comptoir. Il n'aurait pas cru qu'elle voudrait reprendre leur liaison dès ce soir. Mais il n'allait pas protester alors qu'un désir incandescent brillait dans ses jolis yeux.

Autrefois, il était tombé sous le charme de sa force et de sa passion. Les voir ressuscitées mettait en pièces ses dernières résistances.

— Tu peux compter sur moi, promit-il, se parlant davantage à lui-même qu'à elle.

Plongeant les mains dans sa longue et épaisse chevelure, il amena son visage vers lui pour lui donner le baiser dont il rêvait. Un long baiser, langoureux et profond.

Il lécha ses lèvres jusqu'à ce qu'elle les entrouvre, puis fit glisser sa langue sur la sienne. Les petits gémissements qu'elle laissa échapper l'encouragèrent à continuer, jusqu'à ce qu'elle chancelle et s'affaisse plus lourdement contre lui. Mais il n'interrompit pas cette étreinte tant attendue. Posant les lèvres sur sa gorge, il traça des cercles avec sa langue au creux de son cou.

Elle recula un peu pour l'observer, les pupilles dilatées, les yeux brillants de désir.

— Je crois que mes vêtements vont prendre feu si nous ne sommes pas nus bientôt, dit-elle.

— Il faut éviter cela.

Il déposa une série de baisers le long de sa clavicule tout en défaisant les boutons de sa veste, depuis le col jusqu'à sa taille cintrée. Puis il lui enleva son chemisier.

Lorsqu'il entrevit ses seins laiteux sous la dentelle bleu marine de son soutien-gorge, il en eut l'eau à la bouche. Il serra sa taille, appréciant le contact de ses courbes excitantes. Lentement, il fit glisser la bretelle de son soutien-gorge sur son épaule, le bonnet de dentelle révélant un téton engorgé et tentant. Il le captura entre ses lèvres, attirant Elena contre lui tandis qu'elle se cambrait et glissait les mains sous son T-shirt.

Elle se pressa contre son corps, effleurant de ses ongles ses muscles abdominaux pendant qu'il passait à son autre sein.

Elle tâcha de le déshabiller, mais sa respiration saccadée entravait ses efforts. Alors, il l'aida en passant son T-shirt par-dessus sa tête, le laissant tomber sur un tabouret de bar. Lui aussi était en feu à présent.

— Viens avec moi, ma belle.

Il se dirigea vers la chambre, et elle lui emboîta aussitôt le pas.

Elle retira son soutien-gorge tout en marchant, le laissant sur une console près de la porte de la suite.

— Maintenant que je me suis engagée dans cette liaison, je demande à avoir autant d'orgasmes que tu le jugeras possible.

Elle avança dans la chambre et lui lança un regard malicieux par-dessus son épaule. Ses beaux cheveux châtains lui arrivaient presque à la taille.

— Il faudra que tu me supplies pour que j'arrête, assura-t-il.

Il ferma la porte d'un mouvement du pied, pendant qu'Elena descendait la fermeture à glissière de sa jupe crayon.

Il s'empressa de retirer son pantalon, puis la rejoignit et posa les mains sur sa jupe, faisant glisser le tissu le long de ses hanches voluptueuses.

Encerclant sa taille d'un bras, il la fit pivoter de sorte qu'elle soit dos contre lui, et l'observa dans le miroir accroché au-dessus de la commode. Elle laissa retomber sa tête contre son épaule pendant qu'il suivait du bout des doigts le tracé de son slip de dentelle. Il embrassa ses cheveux, sans quitter leur reflet des yeux, et la sentit frissonner entre ses bras.

— Tu m'as manqué, lui chuchota-t-il à l'oreille, devinant à ses joues rosies qu'elle était déjà au bord de son premier orgasme.

Elle était délicieusement sensible, comme autrefois.

— Ça m'a manqué, ajouta-t-il, serrant son sexe à travers la dentelle.

Elle trembla fort, et ses tétons se durcirent.

— S'il te plaît, Gage, murmura-t-elle, ondulant des hanches.

Accédant à sa requête, il écarta le sous-vêtement, glissant la main entre ses replis intimes. Lentement, il se mit à tracer des cercles autour de son point sensible et moite.

Elle se figea, entrouvrit les lèvres. Elle agrippa sa cuisse, ses ongles s'enfonçant dans sa chair, jusqu'à ce que des convulsions exquises la traversent. La voir jouir provoqua une nouvelle vague de désir en lui, en même temps qu'un besoin de la protéger.

Quand les spasmes diminuèrent, elle se retourna vers lui. Sans attendre, il la porta pour l'emmener jusqu'au grand lit et la posa au centre du matelas avant d'aller chercher des préservatifs dans la salle de bains.

Lorsqu'il revint, Elena était adossée à la tête de lit en cuir. Tandis qu'il posait les protections sur la table de chevet, elle l'attira vers elle et noua les mains autour de son cou.

Elle était si diablement sexy...

Avec quelques difficultés, il ôta son caleçon. Elle se redressa sur le lit pour embrasser son torse et le mordiller pendant qu'il déroulait un préservatif sur lui.

Lorsqu'il eut terminé, il s'étendit sur elle et se positionna entre ses cuisses, tout en soutenant son regard. Il caressa sa joue, passa le pouce sur sa lèvre inférieure. Puis, enfin, il s'inséra en elle. Centimètre par centimètre, il se perdit entre ses replis secrets.

Elle enroula les jambes autour de lui et croisa les chevilles.

Ils ondulèrent ensemble, en parfaite synchronisation, comme deux personnes qui avaient mémorisé le corps de l'autre. Ils commencèrent lentement d'abord, puis accélèrent la cadence.

Après quelques instants, elle se mit à califourchon sur lui, ses longs cheveux caressant sur son torse. Puis elle se remit sur le dos et suivit avec ses mains le dessin de ses tatouages. Ses mouvements étaient à la fois excitants et familiers, lui rappelant des souvenirs qu'il n'était pas prêt à accueillir.

Au bout du compte, il captura ses mains et les plaqua sur l'oreiller de chaque côté de sa tête. Elle le laissa volontiers faire, roulant des hanches à chacun de ses mouvements. Lorsqu'il fut au bord de l'explosion, il se pencha et lécha son téton, jusqu'à ce qu'elle se raidisse entre ses bras. Alors, il s'enfonça profondément en elle, dans un dernier coup de reins puissant.

Ils jouirent au même moment, et une déferlante s'abattit sur lui. Il oublia tout, hormis ce qu'Elena provoquait en lui. Un plaisir fou.

Et un sentiment de plénitude.

Ce qui posait problème, songea-t-il lorsqu'il eut repris assez de forces pour se retirer. Il ne pouvait pas attendre d'Elena qu'elle lui apporte cette plénitude. Leur relation actuelle n'était pas de cette nature, et il ferait bien de ne pas mélanger le passé et le présent.

Malgré ses bonnes résolutions, il ne put s'empêcher de la serrer dans ses bras un long moment. Il se dit que c'était pour se préparer à la prochaine série d'orgasmes qu'il comptait lui donner.

Mais il savait bien qu'il se mentait à lui-même.

9

À son réveil, Elena savoura la douce caresse du soleil sur son visage. Son corps était à la fois douloureux et comblé, et les souvenirs de la soirée se mêlaient dans son esprit, depuis le premier baiser dans la cuisine jusqu'à la razzia nocturne dans le réfrigérateur et les ébats devant la cheminée.

Elle tendit le bras vers Gage, mais il n'était pas dans le lit. Sous ses doigts, elle sentit… des fleurs ?

Se frottant les yeux, elle découvrit une mer de pétales de rose sur l'oreiller de Gage ainsi que sur le sol de la suite. Elle remarqua aussi un message sur la couette. Deux mots écrits d'une main sûre et masculine.

Rejoins-moi.

Les pétales de rose traçaient un chemin vers la porte.

Une onde de chaleur se propagea en elle, bien que Gage et elle aient assouvi leur désir dans cette pièce à peine quelques heures plus tôt. Qu'y avait-il chez cet homme qui la captivait tant ? Écartant les draps, elle sortit du lit et se rendit dans la salle de bains. Lorsqu'elle revint dans la chambre, elle prit l'un des T-shirts de Gage, soigneusement rangés dans le premier tiroir de la commode, et le passa sur elle.

Elle espérait que l'ambiance ne serait pas embarrassante maintenant que le jour s'était levé, mais il était fort probable qu'elle le soit. Gage pensait toujours qu'elle avait accepté l'argent de Nigel Striker, six ans plus tôt. À l'époque, ni lui ni elle n'accordaient aisément leur confiance, et Gage n'allait pas davantage se fier à elle aujourd'hui, même s'ils venaient de partager une nuit torride.

Mais pour encore quelques instants, elle profiterait du moment présent. Et elle retirerait tout le bonheur qu'elle pourrait de ces jours avec lui.

Décrochant l'un des peignoirs dans la salle de bains, elle l'enfila par-dessus le T-shirt de Gage et suivit le chemin de pétales, qui se prolongeait dans le couloir. Elle noua ses cheveux avec un élastique et ramassa quelques pétales sur le parquet, les portant vers son visage pour respirer leur parfum. Sa mère lui avait appris à savourer tous les petits plaisirs de la vie. Elena n'avait pas beaucoup de souvenirs heureux de son enfance, mais elle s'accrochait à ceux qui n'étaient pas ternis par l'alcoolisme de ses parents. Ou par leurs disputes. Lorsque sa mère avait abandonné sa famille, les querelles et la violence avaient cessé, certes. Mais le vide qu'elle avait laissé était trop grand pour être comblé, quoi qu'Elena ait tenté d'y mettre. Le travail. L'ambition. Les relations.

Il était plus simple de profiter du présent, d'autant plus qu'elle ne pouvait pas changer le passé. Un passé qu'elle n'aurait pas dû cacher à Gage.

À partir de maintenant, elle allait assumer son histoire, qui avait fait d'elle la femme qu'elle était aujourd'hui. Une fois dans le salon, elle constata que le chemin de fleurs continuait jusqu'à la terrasse qui surplombait le lac. Elena sortit et découvrit un jacuzzi dont s'échappaient des nuages de vapeur.

Gage était installé dans le coin le plus éloigné, les bras étalés sur les bords du bassin. Elle remarqua ses muscles fermes et ses tatouages noirs, humides et brillants.

— Bonjour, beauté, dit-il d'un ton nonchalant.

Son accent néo-zélandais ne manquait jamais de la charmer.

— Je me suis dit que tu aimerais prendre un bain pour commencer la journée. La vue n'est pas trop mal.

Il désigna d'un signe de tête le lac que l'on distinguait à travers les sapins. Au loin, les montagnes étaient encore enneigées, mais des bourgeons pointaient déjà sur les branches des arbres. La vue était splendide, en effet, mais Elena préférait de loin admirer le corps nu de Gage.

— Il se trouve que j'ai quelques muscles endoloris, dit-elle. Un massage de jets pulsants me ferait du bien.

Elle retira son peignoir et le posa sur la banquette en bois qui entourait deux côtés du bassin. Elle s'apprêta à retirer son T-shirt, mais hésita.

— Quel est le niveau d'intimité ici ? demanda-t-elle, jetant un regard circulaire.

Les pupilles de Gage s'assombrirent avec une rapidité qui la flatta.

— Je crois que tu devrais garder le T-shirt, par sécurité.

— Comme tu veux.

Elle se glissa dans le bassin puis s'assit sur un siège.

— Tu as bien dormi ? demanda-t-elle.

— Parce que nous avons dormi ?

Il s'essuya les mains sur une serviette posée au bord du bassin puis saisit son téléphone.

— J'envoie juste un message au service de chambre, pour demander qu'on nous apporte le petit déjeuner pendant que nous sommes dans le jacuzzi.

Tandis qu'Elena observait la luxueuse propriété, elle prit conscience du contraste net entre son train de vie et celui de Gage. Elle savait que la fortune de Gage était encore plus impressionnante qu'autrefois. Il se déplaçait en jet privé. Il commandait des repas de chef d'un simple SMS. Pour lui, les voitures onéreuses et les destinations de vacances exotiques étaient la norme, tandis qu'Elena était pratiquement partie de rien. Les gens comme les parents de Gage verraient toujours son passé comme un handicap, un fardeau injuste pour leur fils. Et même si elle aimait sa vie comme elle était, elle serait toujours une étrangère dans le monde privilégié de Gage.

Rejetant la tête en arrière pour respirer l'air de la montagne, elle ferma les yeux et apprécia la sensation des jets contre ses épaules. Des bulles éclataient à la surface, envoyant sur son visage une brume légère. Des oiseaux piaillaient dans les arbres, et le bruit d'un moteur de bateau résonnait au loin. L'eau ondula quand Gage s'enfonça dans l'eau.

Les yeux toujours clos, elle le sentit s'asseoir à côté d'elle. Sa cuisse effleura la sienne, réveillant son désir.

— Comment veux-tu passer la journée ? lui chuchota-t-il à l'oreille.

Il l'embrassa dans le cou, et elle frissonna de plaisir.

— Garde en tête que j'ai envie de te choyer, ajouta-t-il.

La tentation de s'abandonner à ses caresses faillit la submerger. Mais ils ne pouvaient pas s'adonner au plaisir charnel indéfiniment. À un moment ou à un autre, il leur faudrait bien affronter leurs problèmes.

Pour commencer, il lui faudrait avouer à Gage qu'elle n'avait pas accepté l'argent de Nigel Striker. Cette pensée lui fit l'effet d'une douche froide, malgré la chaleur du bain à remous.

Elle rouvrit les yeux.

— Nous devrions discuter d'abord, déclara-t-elle. Hier soir, les choses sont allées très vite.

Gage recula un peu, l'air méfiant. Des gouttes d'eau s'accrochaient à sa barbe naissante.

— Je ne vois pas de quoi nous devrions discuter. La nuit dernière était un cadeau. Cette journée peut en être un aussi, si nous lui en donnons la possibilité.

Reporter une conversation pénible était très tentant. Mais Elena avait déjà fait ce choix par le passé, et elle le regrettait encore aujourd'hui.

Elle écarta une mèche de cheveux humides qui s'était échappée de son élastique.

— Il y a six ans, je me suis laissé piéger par l'idée de vivre au présent. Résultat, je ne t'ai jamais parlé de mon passé.

Parce qu'elle n'avait pas voulu ternir l'opinion que Gage avait d'elle, elle lui avait caché que son père était un homme en cavale.

— Et quand tu as fini par apprendre la vérité sur ma famille, ce n'était pas par moi. Je ne vais pas commettre cette erreur deux fois.

Gage s'adossa à la paroi du bassin, l'air soudain distant.

— Tu veux dire que tu me caches d'autres secrets ?

Elle se sentit coupable. Elle ne savait pas quelle était la meilleure manière d'aborder le sujet. Alors, sans préambule, elle avoua :

— Je n'ai pas pris le pot-de-vin que ton père m'a offert.

Il eut d'abord l'air surpris. Puis il se rembrunit.

— Mais de quoi parles-tu ?

— Ce jour-là, en Nouvelle-Zélande, avec ta famille, dit-elle lentement.

Elle se rappela la douleur provoquée par les mots cruels de Nigel Striker, puis par le jugement négatif que Gage avait porté sur elle.

— J'étais dévastée quand ton père m'a dit qu'il voulait me chasser de ta vie, moi qui avais pensé que...

Elle avait cru que Gage l'avait emmenée dans son pays d'origine pour la demander en mariage. La tournure des événements avait été si différente de ce qu'elle avait imaginé qu'elle n'avait pas réussi à garder la tête froide.

— J'avais cru que tout se passait très bien entre nous, reprit-elle.

— Tu n'étais pas la seule à être dévastée, Elena.

L'éclair de douleur qu'elle vit dans ses yeux était bien réel. Dire qu'elle aurait pu apaiser sa peine si elle avait réagi différemment...

— Mon père a été sans pitié, il t'a présentée comme une femme fourbe et manipulatrice. Mais rien de tout cela n'aurait compté si tu n'avais pas saisi cette occasion de sortir de ma vie de manière lucrative.

Était-il possible qu'inconsciemment elle ait saboté leur relation, bien plus que le père de Gage ne l'avait fait ? Le vrombissement du jacuzzi sembla monter en volume. Ou peut-être était-ce le bruit de sa conscience coupable.

— Je n'ai pas accepté l'argent, Gage. J'ai déchiré le chèque devant ton père.

Elle se redressa. Malgré les jets massants, elle ne se sentait plus du tout détendue.

Gage secoua la tête, l'air incrédule.

— Tu m'as laissé penser que tu l'avais accepté.

— Tu as immédiatement supposé que je l'avais accepté.

— Alors tu m'as menti ?

Elle ferma les yeux un bref instant.

— J'étais blessée et furieuse. Et je me disais que tu finirais par apprendre la vérité...

— Six ans après ?

Impossible de ne pas percevoir la colère dans sa voix. La désillusion.

— Maintenant que ça ne compte plus ? s'exclama-t-il. Alors que tu as *épousé* quelqu'un d'autre ?

Le vrombissement noya presque les paroles de Gage. Elena comprit enfin que ce n'était pas le bruit du jacuzzi. Elle se retourna et vit un quad qui traversait la pelouse.

Marmonnant un juron, Gage se leva, empoignant une serviette et l'enroulant autour de lui tandis que le quad approchait. Elena reconnut Desmond Pierce. L'ami de Gage arrêta son véhicule et approcha de la terrasse.

— Que se passe-t-il ? demanda Gage, allant à sa rencontre.

Desmond lança un bref regard à Elena avant de reporter son attention sur Gage.

— Weston a des nouvelles à nous annoncer. Nous avons rendez-vous au casino à midi. J'ai essayé de te téléphoner toute la matinée.

Desmond se tourna à nouveau vers elle.

— Désolé de vous avoir interrompus. Je crois que nous n'avons pas été officiellement présentés. Je m'appelle Desmond Pierce.

— Elena Rollins, répondit-elle.

Elle était à la fois frustrée et soulagée que sa conversation avec Gage se soit terminée de manière abrupte. Elle savait que ses associés du ranch passaient avant elle, surtout après ce qu'elle venait de lui confesser.

— Je vais aller m'habiller pour que vous puissiez parler en privé tous les deux, dit-elle.

Elle s'apprêta à se lever, tendant le bras vers son peignoir, mais Gage dépliait déjà une serviette pour elle.

— Nous continuerons notre conversation plus tard, lui murmura-t-il à l'oreille.

Son souffle caressa son cou lorsqu'il drapa la serviette autour d'elle.

— Je ne suis pas sûre qu'il y ait quelque chose à ajouter.

Ils avaient tous les deux commis des erreurs qui les avaient menés à cette situation. Il était impossible de revenir en arrière.

— Je préférerais que tu me parles de ce que Weston va t'apprendre. Je parie que ça concerne Alonzo Salazar.

Gage ne prit pas la peine de nier. Il empoigna le peignoir et le posa sur ses épaules.

— Heureusement pour toi, dit-il, ses mains s'attardant sur ses bras, tu as une toute nouvelle histoire à raconter, qui te rapportera bien plus d'argent que tout ce que tu pourrais dénicher sur mon ancien mentor.

Il la relâcha puis posa sur elle un regard enflammé.

— Je te rejoins dès que j'ai fini, promit-il.

Elena retourna à l'intérieur et ferma la baie coulissante derrière elle. Elle passa rapidement devant la cuisine, où des employés préparaient la table pour le petit déjeuner, puis trouva refuge sous une douche chaude. Tandis que l'eau s'écoulait sur elle, elle essaya de déterminer ce qu'elle allait faire.

Elle avait envie d'accepter la branche d'olivier de Gage – le fait qu'il lui ait présenté Chiara Campagna – et d'oublier toute l'affaire Alonzo Salazar. Mais l'ancien professeur de Gage était peut-être le même genre d'homme que Nigel Striker. Et si Alonzo était un homme sans scrupules, prêt à tout pour atteindre ses objectifs ?

Si tel était le cas, ses actes ne devraient pas rester impunis. Mais, pour Gage, Elena téléphonerait à Chiara et conviendrait d'un rendez-vous avec elle. Si elle se concentrait sur sa carrière et son avenir, cela l'aiderait peut-être à oublier les sentiments que Gage faisait naître en elle.

Lorsque Chiara Campagna vit le nom d'Elena Rollins s'afficher sur l'écran de son téléphone, elle se dépêcha de décrocher.

— Bonjour, Elena, dit-elle joyeusement, souhaitant mettre la jeune femme à l'aise. J'espère que tu es libre aujourd'hui. Puisque nous sommes encore à Tahoe toutes les deux, ce serait dommage de ne pas en profiter pour nous voir.

Elle regrettait de manipuler une jeune femme aussi gentille qu'Elena, mais elle ne pouvait se permettre de laisser passer sa chance d'en apprendre davantage sur Alonzo Salazar. Elena avait rassemblé de nombreuses informations sur lui et sur ses liens avec les associés du ranch Mesa Falls. Les six hommes en savaient plus sur la mort de Zach qu'ils ne voulaient l'admettre, et Chiara ne saurait jamais la vérité si elle ne cassait pas quelques œufs.

— En fait, répondit Elena, je suis libre pour quelques heures. Gage doit retrouver Jonah et Desmond Pierce au casino cet après-midi, alors je voulais vous proposer à Astrid et à toi de faire une balade.

— Astrid avait l'air épuisée quand je lui ai parlé ce matin.

Chiara déformait un peu la vérité, mais elle tenait à être seule avec Elena. Ainsi, il lui serait plus facile de lui soutirer des informations. Bien que le mari d'Astrid soit l'un des propriétaires du ranch, Chiara avait le sentiment que Jonah n'avait pas été aussi proche de Zach que Gage Striker.

— Si nous nous retrouvions au casino pour prendre un verre ? suggéra-t-elle.

Cela leur permettrait d'être proches du lieu où les associés si secrets allaient se réunir.

— Tu n'es pas envahie par tes fans dans des endroits de ce genre ? objecta Elena.

— Je demanderai à ma secrétaire de téléphoner d'abord, pour qu'on nous réserve un espace privé.

— D'accord, approuva Elena avec enthousiasme. Je te suis vraiment très reconnaissante de l'aide que tu m'as déjà apportée, Chiara. Je ne sais pas comment je pourrai te remercier un jour.

Chiara avait publié des photos d'Elena sur les réseaux sociaux hier, et elle savait que le nombre d'abonnés de la jeune femme avait explosé depuis. Ce qui était une bonne chose : puisque Elena éprouvait de la gratitude envers elle, elle aurait sans doute du mal à lui refuser une faveur, le moment venu.

— C'est un plaisir de mettre en avant mes amies talentueuses, affirma-t-elle, sincère. Cela dit, je dois t'avertir. Un grand nombre d'abonnés apporte autant de chagrins que de joies.

Personne ne la croyait quand elle disait cela. Mais en ce qui la concernait, être au sommet du monde des médias sociaux était parfois terrifiant. Car, lorsque l'on était tout en haut, on ne pouvait que redescendre. Chiara se posait chaque jour cette question : allait-elle chuter rapidement, ou son déclin serait-il une destruction lente et régulière de tout ce qu'elle avait gagné ces deux dernières années ?

Si son règne numérique était déjà en train de se terminer, raison de plus pour trouver rapidement des réponses sur la mort de Zach. Elle comptait bien se servir de son pouvoir et de son influence éphémères pour découvrir la vérité.

— C'est l'histoire de ma vie, Chiara, avoua Elena. Juste au moment où l'on est au comble du bonheur, le malheur vous tombe dessus. Malgré tout, je te remercie pour ton coup de pouce.

— Ce n'est vraiment pas grand-chose.

Chiara calculait déjà le temps qu'il lui faudrait pour se préparer.

— Je peux te retrouver au casino à partir de midi, à l'heure qui t'arrange, dit-elle. Nous pourrons faire les boutiques et discuter autour d'un déjeuner.

— Je t'envoie un message dès que je serai arrivée, conclut Elena avant de raccrocher.

Filant s'habiller, Chiara dicta quelques questions dans son téléphone, dont une sur le rôle que le père de Gage Striker avait joué pour s'assurer que la mort de Zach n'était pas associée à l'école Dowdon.

Elle choisit un tailleur-pantalon couleur champagne qu'un créateur lui avait fait parvenir la semaine dernière et l'enfila tout en envoyant un message à sa coiffeuse pour lui demander de venir la préparer. Un autre avantage de cette vie de luxe dont elle ne se sentait pas digne.

C'était sans doute mauvais signe qu'elle ne puisse pas simplement profiter de sa vie d'influenceuse de premier plan. Certes, elle empochait de gros chèques pour des contenus sponsorisés et des apparitions. Mais elle vivait avec un syndrome de l'imposteur constant, et une peur presque paralysante de se tromper. Elle se demandait toujours si la prochaine publication rémunérée qu'elle partagerait révélerait au monde qu'elle n'était qu'une vendue.

Sa psychothérapeute lui avait expliqué que la culpabilité du survivant était commune chez les gens qui avaient perdu un être cher. Surtout quand l'être cher était quelqu'un comme Zachary Eldridge, un garçon qui aurait dû devenir un artiste phénoménal. C'était lui qui lui avait donné ses meilleures idées pour ce qui deviendrait un jour son célèbre flux – présenté comme créatif et artistique, et pouvant plaire à un large public. Sans lui, elle avait l'impression d'être un escroc.

Parfois, elle espérait que sa chute arriverait bientôt. Quand elle ne serait plus sur le toit du monde, peut-être ne lutterait-elle plus chaque jour contre la sensation de ne pas être à sa place.

Dans l'une des salles de luxe du casino, Gage faisait les cent pas, en proie à la nervosité. Si Weston Rivera avait pris la peine d'organiser une réunion à six, ce qu'il leur annoncerait était sûrement important, songea-t-il. Il était le premier arrivé, et un employé était encore en train de vérifier les branchements avant la vidéoconférence avec Miles, Weston et Alec, les trois partenaires qui n'avaient pas pu venir en personne.

S'arrêtant près d'une table de billard, Gage fit rouler entre ses mains la boule de choc. Derrière la baie vitrée, le lac d'un bleu vif étincelait, tandis qu'à l'intérieur, dans la cheminée en pierre, des flammes réchauffaient la pièce. Sur une desserte en bois, quelques bouteilles de vin et d'alcool étaient posées, dont un bourbon du Kentucky, le préféré de Gage.

Il se servit un verre, en s'efforçant de ne pas penser à ce qu'Elena lui avait révélé ce matin. Peine perdue.

Elle avait refusé l'argent de son père.

Gage avait su qu'elle disait la vérité dès qu'elle avait prononcé les mots. Il aurait dû se douter qu'elle n'avait pas pris ce pot-de-vin. Peut-être pas sur le moment, lorsqu'il avait présumé le pire à son sujet et qu'elle l'avait quitté, furieuse. En réalité, elle n'avait pas été folle de rage contre le père de Gage, mais contre lui, pour avoir cru qu'elle pouvait être achetée.

Avalant une dose de bourbon, il se retourna juste au moment où Jonah et Desmond entraient dans la pièce. Desmond remercia l'employé du casino qui prit congé.

— Qu'est-ce que nous fabriquons ici ? tonna Gage, plus rudement qu'il ne l'avait voulu.

Jonah secoua la tête.

— Mon gars, c'est moi qui suis père d'un nouveau-né. Si quelqu'un doit être perturbé par cette réunion surprise, c'est bien moi.

— C'est vrai. Désolé, Jonah.

Gage était au milieu de la conversation la plus importante de sa vie quand il avait été interrompu ce matin, mais il ne le mentionna pas. Pour l'instant, il se concentrerait sur la raison de cette réunion.

Desmond alluma son ordinateur portable, dont le contenu s'afficha sur un grand écran de télévision au-dessus de la cheminée. Le téléviseur se divisa en trois fenêtres, une pour chacun des trois autres associés. Miles apparut en premier, suivi par Alec et Weston.

— On dirait que nous sommes tous là, observa Weston pendant que Gage et Jonah prenaient place sur un canapé de cuir. J'ai la permission de Devon Salazar pour vous révéler ces informations, qu'April a découvertes dans le cadre de son enquête sur les droits d'auteur d'Alonzo. Elle a appris que la majorité des revenus de son roman *Hollywood Newlyweds* a été consacrée au soutien et à l'éducation d'un adolescent de treize ans du nom de Matthew Cruz.

Jonah recracha la gorgée de café qu'il venait d'avaler.

Gage fut bouche bée.

Alonzo avait subvenu aux besoins d'un enfant ?

— Y a-t-il une raison de penser que c'est le fils d'Alonzo ? demanda Desmond. Est-ce que Devon a demandé un test ADN ?

— Matthew Cruz ne ressemble pas aux Salazar, répondit Weston.

Il tapa sur son propre ordinateur, et une photo d'un grand

préadolescent s'afficha sur le téléviseur. Avec ses cheveux blond foncé et ses yeux gris, il n'avait rien de commun avec Alonzo ou avec ses fils, Marcus et Devon, qui possédaient Salazar Media et avaient travaillé sur le marketing et la promotion du ranch Mesa Falls.

— Si ce gamin a treize ans, ça veut dire qu'il a été conçu pendant la pire année de notre vie, fit remarquer Alec, se penchant vers son ordinateur. L'enfant ressemble surtout à Jonah.

Jonah secoua la tête, l'air menaçant.

— Ne va pas sur ce terrain, avertit-il. Je suis encore sous le choc. Et puis, tu sais bien que, si le gamin était de n'importe lequel d'entre nous, Alonzo nous aurait botté les fesses si nous n'avions pas pris nos responsabilités.

— Pourquoi Alonzo aurait-il subvenu aux besoins d'un enfant qui n'était pas de sa famille ? interrogea Gage.

Il essayait de trouver du sens à une journée qui avait rapidement dégénéré, après avoir commencé par un chemin de pétales de rose...

— D'abord, nous nous assurons qu'Alonzo n'a pas de lien biologique avec cet enfant, déclara Weston. Devon contactera la tutrice de Matthew pour voir si elle accepte un test de paternité.

Apparemment, Weston en savait beaucoup sur le dossier. Ce qui n'était guère étonnant, puisque sa relation avec April, l'enquêtrice financière, était sur de bons rails.

— Qui est la tutrice ? demanda Desmond, appuyant une épaule contre le mur en pierre.

Weston cliqua sur son ordinateur, et un nouveau visage apparut sur l'écran.

— Nicole Cruz, dit-il. Elle a travaillé brièvement au ranch sous le nom de Nicole Smith, mais elle a été licenciée soudainement par un supérieur qui a prétendu qu'elle n'était pas assez performante. Quand j'ai essayé de retrouver la trace de cet incident, j'ai découvert que le supérieur en question avait démissionné le lendemain et qu'il était parti sans laisser d'adresse.

— Ce qui veut dire que le supérieur a peut-être menti. Ou alors, quelqu'un au ranch a fait pression sur Nicole pour qu'elle démissionne, souligna Miles. Est-ce que cette femme est la mère de cet adolescent ?

— Selon elle, non, répondit Weston. Quand elle s'est présentée à April il y a quelques semaines, elle a prétendu que Matthew était le fils de sa sœur, et que cette dernière était morte subitement sans avoir eu le temps de donner le nom du père. Pour l'instant, nous n'avons pas de photos de la mère. Nicole et Matthew ont disparu après que Nicole a été renvoyée de son poste au Mesa Falls.

— Alors, nous engageons quelqu'un pour retrouver la trace du gamin et de sa tutrice, en utilisant leur dernière adresse connue, suggéra Gage.

Il était impatient de commencer à reconstituer ce puzzle avec ses associés, avant que quelqu'un d'autre ne le fasse. Quelqu'un comme Elena. S'il lui demandait de ne pas révéler ces informations sensibles, accepterait-elle de garder le secret ? Malgré la nuit qu'ils avaient partagée, il ne pouvait pas en avoir la certitude.

— Mais peut-être que les Salazar s'en sont déjà chargés ? ajouta-t-il.

— À tout le moins, répondit Miles, nous devons interroger les gens du ranch pour savoir qui la connaissait. Je suis prêt à prendre quelques jours de congé, Gage, si tu veux que je vienne te prêter main-forte au Mesa Falls.

Gage se demanda qui était le plus surpris par ce commentaire. Weston recula de son écran comme si quelqu'un l'avait poussé. Jonah recracha encore son café. Et Desmond émit un long sifflement.

Miles marmonna un juron et s'agita sur son siège. Derrière lui, on distinguait les montagnes de la Sierra Nevada.

— Chacun d'entre vous a pris des jours de congé, argua-t-il. Je les ai bien mérités. Et puis, je compte demander au contremaître du Mesa Falls quelques conseils en matière d'écologie. J'aimerais mettre en œuvre des pratiques similaires ici, au ranch Rivera.

Si ses amis et lui avaient fondé le Mesa Falls, c'était entre autres pour mettre en avant le développement durable dans l'élevage de bétail.

Gage fut le premier à se remettre de sa surprise. Après tout, Miles lui avait déjà dit qu'il était prêt à le remplacer cette semaine.

— J'apprécierais ton aide, Miles, merci, dit-il. Elena Rollins devrait quitter le Montana bientôt, et elle renonce à écrire un article sur Alonzo Salazar.

Alors même qu'il prononçait ces mots, il se rendit compte qu'il n'avait pas envie qu'elle s'en aille. Malgré ce qu'elle lui avait révélé dans le jacuzzi ce matin. Quelque chose d'incroyable s'était produit entre eux hier soir, et il n'allait pas lui tourner le dos juste parce qu'elle avait bousculé ses convictions. Ils avaient été trop prompts à rompre six ans plus tôt. Et s'ils se contentaient d'une relation sans complications, cette fois ? Ils pourraient simplement passer des nuits torrides dans les bras l'un de l'autre, sans se préoccuper de l'avenir.

— Gage ? lança Desmond. Tu es encore avec nous ?

Mince. Il ne s'était pas rendu compte que ses pensées lui avaient fait perdre le fil de la conversation.

— Désolé.

Il n'avait pas l'habitude d'être distrait. Surtout pas à cause d'une femme. Dans son travail, il pouvait mener dix tâches en même temps. Mais quand il s'agissait d'Elena, ses émotions étaient à vif.

— Je me demandais simplement si je pouvais regagner le ranch bientôt. J'ai encore des choses à régler ici.

Jonah lui adressa un regard compatissant.

— Nous sommes en train de préparer une fête, lui apprit-il. Miles a suggéré que nous organisions une autre soirée avec des célébrités, et que nous fassions une déclaration pour présenter notre propre version de l'histoire concernant Alonzo. Si nous expliquons nous-même où est allé l'argent, peut-être que l'intérêt du public diminuera.

— Tu veux dire que nous allons mentir ? s'étonna Gage.

Il ne pouvait imaginer que ses amis s'abaissent à cela.

— Bien sûr que non, intervint Miles. Alonzo a consacré une partie des droits d'auteur de son livre à bâtir des infrastructures dans des quartiers défavorisés un peu partout dans le monde.

Nous avons des photos et des preuves concrètes de ses voyages, n'est-ce pas, Wes ?

— En effet, approuva Weston.

— Alors, nous organisons une fête, et nous montrons la vie secrète d'Alonzo en tant que philanthrope, résuma Gage.

Il n'était pas du tout d'humeur à faire la fête, mais tant pis.

Desmond se tourna vers lui.

— Tu penses qu'Elena serait d'accord pour nous aider ? demanda-t-il. Elle pourrait écrire la version que nous voulons diffuser à propos d'Alonzo.

Demander à Elena de raconter une histoire qui n'était pas l'entière vérité le mettait mal à l'aise. Il refusait de lui mentir, après la façon dont son père et lui l'avaient traitée six ans plus tôt.

— Je verrai ce que je peux faire, répondit-il, ne voulant rien promettre.

Qui plus est, s'il donnait à Elena l'occasion d'écrire un article de ce genre, elle n'aurait ensuite plus de raison de rester au ranch. Elle quitterait le Montana. Et elle le quitterait, lui.

Pour de bon, cette fois.

10

Dans la galerie du casino, Elena patientait pendant que Chiara terminait sa conversation avec la propriétaire d'une boutique de vêtements. Elle leva les yeux vers le premier étage de la galerie, où Gage était en réunion avec ses associés, dans l'une des salles de luxe de l'établissement.

Qu'y avait-il donc de si important pour qu'il ait dû écourter leur conversation ce matin ? Après l'arrivée de Desmond, Gage et lui s'étaient enfermés dans le petit salon et n'en étaient ressortis que pour se rendre au casino. Elena ne tenait pas rigueur à Gage pour ce manque de communication. Elle savait bien qu'il n'allait pas mettre en suspens ses affaires simplement parce qu'elle lui avait révélé un secret vieux de six ans. Toutefois, elle devait l'admettre, elle était impatiente de reprendre leur discussion, et de découvrir si son aveu allait changer un tant soit peu leur relation.

La voix de Chiara interrompit le cours de ses pensées.

— Elena, tu veux bien poser avec Mimi ? Comme ça, je pourrai vous taguer toutes les deux, et cela aidera Mimi à te retrouver, au cas où elle voudrait passer une commande de tes futures créations.

— Oui, bien sûr.

Chassant de son esprit ses préoccupations sentimentales, Elena se hâta de rejoindre les jeunes femmes. Apparemment, Chiara n'oubliait jamais son activité d'influenceuse. Elena était impressionnée… Pendant qu'elle rêvassait et pensait à Gage, Chiara avait fait la promotion de la future activité d'Elena. Chiara et Astrid lui avaient affirmé qu'elle avait un réel talent de styliste.

Elle posa avec la directrice autour d'un mannequin de plastique, et Chiara prit plusieurs clichés.

— Votre magasin est magnifique, conclut Chiara lorsqu'elle eut terminé la séance photo improvisée. Merci beaucoup pour cette visite.

Après avoir pris congé de la jeune femme, Chiara et Elena continuèrent leur exploration des boutiques, disposées en étoile autour d'une grande fontaine. L'eau s'échappait par la bouche d'un dragon des mers et se déversait dans un élégant bassin en marbre.

Elena jeta un autre coup d'œil vers le premier étage de la galerie, et constata que la porte de la salle demeurait close. Chiara avait suivi son regard.

— Si j'en crois Astrid, les associés du Mesa Falls se sont retrouvés pour parler d'un sujet hautement confidentiel, chuchota l'influenceuse, le regard pétillant comme si elles-mêmes partageaient un grand secret. D'habitude, les propriétaires du ranch refusent de parler d'Alonzo Salazar. Est-ce que tu as réussi à leur soutirer des confidences ?

Chiara étant une amie proche d'Astrid, Elena était un peu décontenancée par sa question. Elle prit un instant pour réfléchir à une réponse, tout en regardant distraitement un groupe de touristes en train de photographier le dragon de la fontaine.

— Pour être franche, ça ne me concerne plus. Je renonce à écrire un article sur cette histoire.

Jusqu'ici, elle avait préféré attendre de voir comment la situation avec Chiara évoluerait avant de prendre sa décision. Mais inconsciemment, elle avait déjà fait son choix. Et elle venait de l'exprimer.

— Quand j'ai commencé mes recherches, j'étais persuadée que c'était l'appât du gain qui avait poussé Salazar à écrire ce roman. Or, maintenant, je n'en suis plus si certaine.

— Vraiment ? s'étonna Chiara.

Sa nouvelle amie se décala pour ne pas être dans le champ des appareils photo des touristes, puis se pencha vers elle, écarquillant ses jolis yeux verts.

— Raconte ! lui enjoignit-elle.

L'intérêt manifeste de Chiara la rendait méfiante, sans qu'elle puisse expliquer pourquoi. Mais durant son adolescence avec un père alcoolique en cavale, elle avait appris à écouter son instinct. Voilà pourquoi elle décida d'opter pour la prudence.

— Les propriétaires du Mesa Falls prennent tous la défense de Salazar. Et pour moi, cela compte.

À nouveau, elle leva les yeux vers l'étage. Cette fois, elle vit Jonah et Desmond Pierce sortir de la salle.

— Je crois qu'ils ont terminé leur réunion, avança-t-elle.

Un employé du casino en uniforme alla parler à Desmond Pierce, qui sembla lui donner des instructions.

— Tu sais que les six associés étaient élèves dans un internat où Alonzo enseignait, n'est-ce pas ? demanda Chiara. J'étais dans un internat de filles proche de leur école, mais aucun d'eux ne se souvient de moi, on dirait.

Elena marqua un temps d'arrêt.

— Tu les connaissais quand vous étiez adolescents ? Est-ce qu'Astrid est au courant ?

— Je lui en ai parlé un jour, mais je ne suis pas sûre qu'elle s'en rappelle. En revanche, ça n'est pas si surprenant que les propriétaires du ranch ne se souviennent pas de moi. À l'époque, j'étais juste Kara Marsh, une adolescente ordinaire. J'étais trop grande, gauche, et j'étais très loin d'avoir l'assurance que j'ai aujourd'hui.

Bien qu'elle soit impatiente d'aller retrouver Gage et de l'attirer dans un coin tranquille pour terminer leur discussion, Elena ne pouvait nier qu'elle était très curieuse d'en savoir plus sur le lien qui unissait Chiara aux associés du ranch. Un lien que Gage ne connaissait pas, apparemment.

— Tu as changé de nom, alors ?

Les abonnés de Chiara étaient-ils au courant ?

— Non, Chiara est simplement mon nom de scène. Quand j'ai commencé mon activité, c'était plus facile d'avoir deux identités, pour séparer mon monde professionnel de ma vie privée.

Chiara désigna l'escalier d'un signe de la main.

— Si nous montions les rejoindre ? Tu dois être impatiente d'être avec Gage.

Cela se voyait-il tant que ça ? Oui, elle avait pensé à lui toute la journée, mais d'un autre côté elle craignait d'être dépassée par ses émotions. Elle avait eu du mal à déchiffrer la réaction de Gage ce matin, lorsqu'elle lui avait révélé son secret. Et elle éprouvait un peu d'appréhension à l'idée de le retrouver. Pour gagner du temps, elle posa une autre question à Chiara.

— Ça ne te dérange pas qu'ils ne se souviennent pas de toi ?

Le son de l'eau qui coulait dans la fontaine résonnait dans l'air. Un joyeux groupe de jeunes femmes, portant des T-shirts barrés des mots « Demoiselle d'honneur », passa devant elles, des boissons fruitées à la main.

— Pas vraiment. Je n'ai pas l'intention d'être Chiara Campagna toute ma vie, affirma-t-elle, consultant sa montre au cadran doré. Mais si tu changes d'avis à propos d'Alonzo et de ses rapports avec les associés du ranch, je suis partante pour étudier la question avec toi.

Stupéfaite par la tournure que la conversation avait prise, Elena suivit sa nouvelle amie qui montait déjà l'escalier.

Pourquoi Chiara voudrait-elle l'aider à déterrer un passé que les propriétaires du Mesa Falls voulaient manifestement garder secret ? La proposition de l'influenceuse la poussait à remettre en question son choix. Avait-elle accepté un peu trop facilement la demande de Gage, à savoir : renoncer au scoop Alonzo Salazar ? Il fallait qu'elle parle à Gage, pour en avoir le cœur net.

Chiara et elle allèrent saluer Jonah, puis Elena se dirigea vers la salle de luxe où la réunion avait eu lieu.

Calé dans un immense canapé incurvé en cuir, Gage tapait un message sur son téléphone. Sa veste noire ajustée mettait en valeur ses larges épaules. Un grand écran de télévision était accroché au-dessus d'une cheminée élégante et moderne, dans laquelle un feu était allumé. De chaque côté du foyer en pierre, de hautes fenêtres offraient une vue splendide sur le lac Tahoe. Le ciel sans nuages se reflétait dans l'eau d'un bleu éclatant.

Elena se sentit très nerveuse, tout à coup. Son attirance pour Gage et une foule d'autres émotions, qu'elle n'avait pas envie d'étudier de trop près, la submergeaient.

— Gage ?

Il se tourna aussitôt vers elle.

— Elena.

Elle vit ses épaules se détendre légèrement. Il ne lui sourit pas ; toutefois, il semblait soulagé de la voir.

Ou peut-être était-ce simplement le fruit de son imagination ?

— J'espère que je ne te dérange pas, dit-elle.

Elle serra son sac fourre-tout contre elle. Les fausses pierres de récupération qu'elle avait cousues sur le cuir s'enfoncèrent contre ses côtes.

— J'étais avec Chiara, expliqua-t-elle. Je l'ai retrouvée ici pour échanger des idées sur ma potentielle nouvelle activité.

Elle n'en revenait toujours pas que l'une des personnalités les plus connues du monde veuille l'aider à se lancer dans la mode. Chiara lui avait suggéré de commencer par créer une collection capsule, qu'elle pourrait présenter en tant qu'invitée d'une grande marque.

Elena n'avait jamais imaginé qu'elle pourrait exercer une activité de ce genre, mais elle serait folle de ne pas saisir l'occasion qui lui était offerte. En revanche, la seconde proposition de Chiara la mettait mal à l'aise. Elle n'avait plus très envie d'écrire un article sur Alonzo Salazar maintenant que ses sentiments pour Gage ne faisaient plus de doute.

— Je suis content que tu sois là, dit-il.

Il se leva, rangea son téléphone dans la poche de sa veste et avança vers elle. Même si elle n'arrivait pas à déchiffrer son expression, son regard intense la troubla.

— J'aurais dû t'accorder toute mon attention ce matin. Je suis désolé que nous ayons été interrompus.

Tandis qu'il approchait, son corps se mit à vibrer, comme chaque fois qu'il était près d'elle, mais les effets étaient plus prononcés cette fois, après la nuit enfiévrée qu'ils avaient partagée hier.

— Tu es un homme très occupé. Je l'ai compris dès le début, étant donné le mal que j'ai eu à obtenir un rendez-vous avec toi.

— Je suis peut-être occupé, mais j'ai annulé mes rendez-vous pour passer du temps avec toi cette semaine.

Il la parcourut du regard.

— Si nous dînions au casino ce soir, pour reprendre notre conversation de ce matin dans le jacuzzi ? suggéra-t-il.

Une bouffée de désir l'envahit, et elle sentit son pouls s'emballer.

— Il me tarde, dit-elle.

Et elle était sincère. Il fallait qu'ils mettent le passé à plat, une bonne fois pour toutes.

Et ensuite, il leur faudrait discuter du mystérieux Alonzo Salazar. Car, qu'elle décide ou non de publier un article à son sujet, elle commençait à penser que cet homme était au centre d'une histoire complexe, que Gage continuait de lui cacher.

Gage n'arrivait pas à quitter Elena des yeux. Cette femme le fascinait.

Il la regarda plonger sa fourchette à dessert dans la meringue recouverte de fruits de son *boccone dolce*. Sa robe de soirée scintillait sous la lumière des chandelles. L'étoffe couleur champagne moulait ses courbes et dévoilait une épaule. Lorsqu'ils étaient entrés dans le restaurant, Elena avait attiré tous les regards.

L'établissement était décoré comme un palais florentin, avec ses moulures au plafond, ses peintures néoclassiques et ses lustres travaillés. Des fresques ornaient les murs, entre les fenêtres qui offraient une vue sur le lac. Gage et elle étaient installés sur une estrade entourée de piliers, autour de laquelle des rideaux blancs étaient drapés, leur procurant un peu d'intimité.

Durant tout le repas, il avait pris son mal en patience. Après la révélation qu'elle lui avait faite ce matin, son esprit était en ébullition, mais il n'avait pas voulu la bombarder de questions. Alors, il s'était contenté de l'interroger sur ses projets professionnels. Elle comptait se consacrer à sa carrière d'influenceuse, tout en se lançant sérieusement dans le stylisme. Il lui avait proposé d'investir dans sa future entreprise, mais elle avait décliné son offre et avait redirigé la conversation sur lui, le questionnant sur sa décision de quitter sa banque d'investissement pour se concentrer sur ses investissements personnels. Maintenant, c'était à son tour de recentrer la discussion sur elle.

— Nous n'avons jamais parlé de ta famille quand nous étions en couple, fit-il remarquer, plongeant sa fourchette dans son gâteau aux noisettes.

Avec le recul, il se disait qu'il aurait dû la questionner davantage. Son manque de curiosité les avait desservis tous les deux.

— Quand j'ai appris que tu avais eu une jeunesse peu conventionnelle, je me suis demandé comment tu avais fait pour réussir professionnellement. Quand je t'ai rencontrée, tu avais déjà un grand sens des affaires.

Un serveur vint remplir leurs verres d'eau, et Elena mordit dans une framboise avant de répondre.

— Quand je t'ai raconté comment j'ai fondé mon blog, je ne t'ai dit que la vérité. Je rédigeais des chroniques sur mon envie de m'entourer de belles choses à moindre coût. Je montrais ce que je dénichais dans les marchés aux puces, comment je transformais des objets de récupération. Ces articles étaient très populaires, car beaucoup de gens aux revenus modestes ont envie de se créer un environnement agréable sans dépenser une fortune.

— Et les publicités sur ton blog payaient tes études ?

Elle lui avait expliqué qu'elle avait fondé son blog en partant de rien, mais à l'époque il avait cru qu'elle exagérait. Aujourd'hui, il savait qu'elle avait fui son foyer avant même d'être majeure, cumulant des emplois de serveuse pour payer son loyer. Et il mesurait à quel point elle avait dû travailler dur pour s'en sortir.

— Oui, je prenais des cours en ligne le soir, et je travaillais pendant la journée. J'alimentais mon blog pendant mes pauses.

Elle le regarda par-dessus le bord de son verre puis prit une gorgée d'eau.

— J'étais ambitieuse. Mais cette période était loin d'être aussi difficile que la vie avec mon père. Une fois que j'ai eu le contrôle sur ma propre existence, tout était moins angoissant.

— Comment ça ?

Pour lui, mener une vie d'adulte à dix-sept ans lui paraissait très effrayant.

Son propre père était un homme manipulateur et tyrannique. Nigel Striker n'avait jamais apprécié les amis de son fils, et il avait fait du mal à Elena. Mais au moins, Gage ne s'était jamais demandé comment il allait payer ses factures, tandis qu'Elena avait connu la pauvreté.

Elle piqua une fraise avec sa fourchette. Les deux violonistes qui jouaient depuis le début de la soirée passèrent d'un allegro complexe à une valse rythmée.

— Je n'avais plus à craindre qu'on m'expulse de chez moi pour cause de loyers impayés, dit-elle, tapotant ses lèvres avec sa serviette. Ou que la police embarque mon père et m'envoie en foyer d'accueil. Je me faisais confiance bien plus que je ne faisais confiance à mon père, et ça m'a grandement facilité la vie.

Gage termina son verre de zinfandel, que le sommelier lui avait conseillé avec son dessert, et réfléchit à ce qu'elle venait de dire. Il comprenait mieux pourquoi elle n'accordait pas aisément sa confiance, après la manière dont elle avait été élevée.

— En parlant de confiance, Elena, j'ai une question. Comment devrais-je m'y prendre pour que tu me fasses à nouveau confiance, étant donné que je t'ai prêté de mauvaises intentions il y a six ans ?

— Tu me crois, maintenant ? demanda-t-elle, haussant un sourcil. Parce que, dans le cas contraire, j'ai une photo du chèque déchiré quelque part. Je pensais que ton père te révélerait la vérité un jour, mais apparemment ça n'est jamais arrivé.

— Je n'ai pas besoin d'une preuve, Elena. Je n'aurais pas dû tirer de conclusions hâtives. Et le moment viendra où j'aurai une explication avec mon père. Mais pour l'instant, je dois gérer la crise de communication que le ranch traverse.

— Je comprends, dit-elle, repoussant son assiette à moitié entamée. Mais si tu veux savoir comment regagner ma confiance, il y a un moyen. Tu pourrais me donner des réponses honnêtes à propos d'Alonzo Salazar.

Le scandale autour d'Alonzo était la raison pour laquelle elle était venue dans le Montana. Et ce qu'elle venait de suggérer réveillait sa méfiance.

— Pourquoi ? Parce que tes abonnés méritent de connaître

la vérité ? demanda-t-il, incapable de contenir l'amertume dans sa voix.

— Non, répliqua-t-elle sans ciller. Parce que *je* la mérite.

Il avait saisi le message. S'il voulait avancer dans leur relation, il devait lui révéler des choses sur lui-même. Ils avaient évité les sujets sensibles lorsqu'ils se fréquentaient autrefois. Résultat : leur lien s'était brisé au premier obstacle.

Et aujourd'hui ? Il n'était pas certain d'être prêt pour une relation sérieuse. Les conséquences de leur rupture avaient été difficiles à supporter, pour tous les deux, et, s'il reprenait son histoire avec Elena, sa famille couperait sans doute les ponts avec lui. Il espérait ne pas en arriver là, car il ne voulait pas faire de peine à sa mère et à ses sœurs.

Mais rien ne l'obligeait à décider de son avenir maintenant. Il devait seulement décider s'il voulait ou non faire l'amour avec Elena une nuit encore.

Vu sous cet angle, le choix était simple. Serrant les dents, il s'apprêta à révéler la vérité la plus pénible de sa vie, en un minimum de mots.

— Alonzo Salazar était un mentor pour moi et pour tous mes associés du Mesa Falls. Et il a été là pour nous lorsqu'un de nos amis s'est tué en sautant d'une falaise, car nous nous sentions tous responsables de ce drame.

Elena perçut toute la douleur de Gage dans cette explication laconique.

Sous le choc, elle mit du temps à trouver une réponse et, pendant ce silence figé, le serveur leur apporta la note, ce qui mit fin à leur conversation. Gage régla l'addition, puis il l'aida à se lever. Il voulait sans doute attendre qu'ils soient seuls pour continuer une discussion qui avait pris une direction tout à fait inattendue. Il posa sur ses épaules son trench de satin – Mimi, la propriétaire du magasin rencontrée tout à l'heure, le lui avait offert après qu'Elena avait publié une photo du vêtement sur son blog.

Sans un mot, Gage et elle sortirent du casino et se dirigèrent vers le voiturier, qui leur amena rapidement la Land Rover. Ils effectuèrent le court trajet jusqu'à la résidence privée que Desmond leur prêtait et, une fois que Gage eut garé le véhicule dans le garage, il vint lui ouvrir sa portière.

— Je suis désolée pour ton ami, dit-elle doucement.

Elle avait dit ces mêmes mots au restaurant, mais elle n'était pas sûre qu'il les avait entendus. Il lui avait semblé distant, mais c'était peut-être parce qu'ils étaient dans un endroit public. Elle prit sa main entre les siennes.

— Merci, Elena. Je n'en avais jamais parlé à personne.

Un muscle tressauta dans sa mâchoire.

— Mais tu voulais savoir pourquoi je reste loyal envers Alonzo, reprit-il, et maintenant tu as l'explication.

Elle connaissait mal Gage, se rendit-elle compte. Six ans plus tôt, ils avaient cédé à leur attirance mutuelle, sans chercher à gratter la surface pour se découvrir vraiment. Gage était-il enfin prêt à dévoiler un peu de lui-même ?

— Je suis étonnée qu'une telle tragédie soit restée secrète toutes ces années.

D'autant plus que l'intérêt des médias s'était ravivé, depuis qu'Alonzo avait été identifié comme l'auteur du roman à succès *Hollywood Newlyweds*.

— Elle n'aurait pas dû rester secrète, dit-il.

Serrant doucement sa main, il la conduisit à l'intérieur de la maison et referma la porte derrière eux.

— C'est l'un des plus grands regrets de ma vie, avoua-t-il. Mon père a utilisé ses relations et sa fortune pour faire en sorte que la mort de Zach Eldridge ne ternisse pas notre image ou celle de l'école Dowdon. Mes cinq associés et moi étions tous présents quand il est mort.

L'amertume dans sa voix était palpable.

— Que s'est-il passé ce jour-là ? demanda-t-elle.

Il l'aida à retirer son manteau, sans doute parce que cela lui permettait d'échapper à son regard pendant quelques instants. Elle pouvait le comprendre. Le simple fait d'entendre cette histoire lui faisait froid dans le dos alors qu'elle ne connaissait même pas le jeune homme décédé. Au moins, les mains de Gage sur ses épaules lui procuraient une chaleur bienvenue.

Une fois dans le salon, Gage alluma un feu dans la cheminée, puis l'invita à s'asseoir à côté de lui sur le canapé. Il s'assit au bord de son siège, les coudes sur les genoux, le regard fixé sur les flammes.

— Il y avait des écuries dans notre pensionnat. Tous les sept, nous étions allés faire une randonnée à cheval. Nous aurions dû rentrer le soir, mais nous avons tardé et nous avons fini par passer la nuit dehors. Les adolescents rebelles que nous étions se fichaient pas mal de s'attirer des ennuis. Zach avait été bizarre toute la semaine. Il rencontrait un problème dans sa vie, et il nous avait dit que nous devions « nous conduire en hommes » et être présents pour lui.

Elena se rapprocha de lui sur le canapé, posant la main sur son bras.

— Quel genre de problème était-ce ?

— Qui sait ? Nous ne lui avons pas posé la question sur le moment. Nous avons juste bu les bouteilles d'alcool volées que nous avions apportées, et nous avons oublié nos soucis respectifs. Nous nous sommes enfoncés dans la montagne, jusqu'à ce que nous soyons perdus. Mais ça ne nous inquiétait pas.

Elle tenta d'imaginer Gage en jeune garçon rebelle, lorsqu'il n'avait pas encore canalisé toute son énergie dans la finance. Après avoir visité la maison élégante et impeccable de la famille Striker en Nouvelle-Zélande, elle s'était dit que la personnalité extravertie de Gage y avait sans doute été étouffée. Gage lui avait confié un jour que son père l'avait envoyé faire ses études aux États-Unis précisément pour qu'il n'embarrasse pas sa famille.

— Est-ce que vous avez pu l'interroger ensuite ? Vous vous êtes sans doute arrêtés pour la nuit ?

Il secoua la tête.

— Je me suis endormi tout de suite parce que j'avais trop bu. Je croyais que mes camarades aussi mais, plus tard, j'ai appris qu'Alec, Miles et Zach avaient passé une bonne partie de la nuit à discuter. Peut-être que Zach leur en a dit davantage.

Il déplaça sur la table basse une sculpture représentant un cerf, et passa distraitement la main sur les bois.

— Mais l'accident ne s'est produit que le lendemain, ajouta-t-il.

— L'accident ?

Lorsque Gage lui avait dit que son ami s'était tué, elle avait cru qu'il s'agissait d'un suicide. Avait-elle mal compris ?

— Certains d'entre nous voulaient faire des plongeons en sautant d'une falaise, mais il avait plu la veille, alors les conditions météo n'étaient pas favorables.

Il secoua la tête, le regard lointain.

— Je ne pensais pas qu'ils étaient sérieux. Je croyais qu'ils fanfaronnaient, que nous allions remonter à cheval et rentrer à l'internat.

Elle eut le ventre noué, car elle savait déjà que ce n'était pas ainsi que cela s'était terminé. Elle appuya la tempe contre son épaule pendant un instant, pour le soutenir comme elle le pouvait.

— Ce qui s'est passé ensuite a été l'objet de vifs débats après le drame.

Il fit glisser la sculpture en bois sur la table.

— Nous avons tous vu des psychologues dans les semaines qui ont suivi, grâce à l'intervention d'Alonzo. Et ces thérapeutes nous ont aidés à comprendre que l'esprit peut modifier le souvenir d'événements traumatisants pour les rendre... supportables.

Elle releva la tête et l'observa.

— Et toi, que penses-tu qu'il soit arrivé ?

Elle glissa le bras autour du sien.

— Je pense que Zach ne voulait pas se tuer, et qu'il voulait juste plonger dans la rivière. Je n'ai jamais considéré sa mort comme un suicide parce que ça ne lui ressemblait pas. Il repoussait les limites parce qu'il disait que les grands frissons « nourrissaient son art ».

Il haussa les épaules et pianota sur la table basse.

— Il aimait vivre dangereusement. Mais après ce saut, il n'est jamais remonté à la surface.

Elle eut le cœur serré.

— Est-ce que l'un de vous est allé à sa recherche ?

Elle se blottit contre Gage et frotta sa joue contre son épaule. Pour le réconforter mais aussi pour se réconforter elle-même.

— Nous y sommes tous allés. Weston est le seul à avoir sauté, ce qui aurait pu le tuer, lui aussi. Les autres et moi, nous avons descendu les rochers et nous nous sommes glissés dans l'eau. Nous l'avons cherché jusqu'à ce que nous soyons à bout de souffle, tout en sachant qu'il était déjà trop tard.

— Je suis vraiment navrée.

Elle ne pouvait imaginer quel traumatisme ces gamins de seize ans avaient subi.

— Mon père a montré sa vraie nature après le drame. Il a menacé de renoncer à financer une nouvelle bibliothèque si les communiqués de presse de l'école n'étaient pas conformes à ses souhaits.

Il ferma les yeux un instant. Quand il les rouvrit, une lueur de détermination brillait dans son regard.

— Nos noms et celui de l'école n'ont jamais été associés à l'accident. Nigel Striker était un salaud égoïste de premier ordre, mais Alonzo Salazar a fait tout ce qui était humainement possible pour nous aider à affronter la mort de notre ami.

Elle commençait à mieux comprendre pourquoi les associés du Mesa Falls étaient d'une loyauté indéfectible envers l'auteur d'*Hollywood Newlyweds*.

— Pas étonnant que vous teniez tant à protéger sa mémoire, observa-t-elle, passant la main sur le dos de Gage.

Elle sentit ses nœuds de tension se défaire un peu sous ses doigts.

— Ce n'était peut-être pas un bon parent pour ses fils, mais il a été le meilleur soutien qu'on puisse imaginer pour un groupe d'adolescents qui essayaient de tenir le choc. Il a trouvé des petits boulots à ceux d'entre nous qui avaient besoin d'une activité physique, et des causes à défendre pour ceux qui avaient besoin d'un exutoire pour leur colère. Weston est devenu sauveteur, et sauver les gens est devenu sa passion.

Il se tourna vers elle et posa la main sur sa joue.

— Quant à moi, Alonzo savait que je m'intéressais aux investissements, parce que j'avais mené à bien un projet qui consistait à investir dans une entreprise imaginaire. Il m'a ouvert un portefeuille d'actions virtuel et y a déposé quelques centaines de dollars. Il m'a dit que je pouvais les perdre si je le souhaitais, mais que, si je gagnais de l'argent, il voulait dix pour cent de tous mes gains.

— Vraiment ? Je croyais qu'il était professeur de lettres ?

Elle appuya le menton contre la main de Gage, savourant sa caresse. Elle sentait que lui aussi avait besoin d'une connexion physique.

— En effet, mais notre école mettait l'accent sur les cours transversaux. Alonzo était ami avec le professeur de gestion, et il était au courant du projet.

Il maqua un temps puis reprit :

— C'était une chance pour moi, je suppose. Je nous ai fait gagner une jolie somme cette année-là, et investir est devenu mon obsession.

— Et tes amis..., commença-t-elle, mais il l'interrompit en posant un doigt sur ses lèvres.

— Je crois que j'ai atteint ma limite en matière de confidences ce soir.

À son air sérieux, elle comprit à quel point cette conversation lui avait coûté.

Gage avait toujours l'index sur ses lèvres, qu'il fixait intensément. Il murmura :

— J'ai besoin de penser à autre chose... ou, mieux encore, de ne pas penser du tout.

Elena sentit sa respiration se raccourcir tandis qu'une onde de chaleur se propageait en elle. Gage promena doucement son index sur sa bouche, dans un mouvement de va-et-vient sensuel. Elle ferma les yeux et se focalisa sur les sensations qui la parcouraient, tout en songeant déjà à ce qui adviendrait ensuite.

— Dans ce cas, laisse-moi partager quelque chose avec toi, susurra-t-elle avant de mordiller doucement le bout de son doigt.

Lorsqu'elle rouvrit les yeux, elle remarqua que le regard de Gage s'était assombri.

C'était la seule réponse dont elle avait besoin. Sans un mot, elle se leva et se mit à baisser la fermeture Éclair sur le côté de sa robe. L'étoffe en tulle ornée de sequins glissa le long de son corps et tomba à ses pieds.

Le désir brut qui passa dans le regard de Gage suffit à allumer un feu qui monta de ses jambes jusqu'à son ventre et à ses seins.

Ne portant plus qu'un coordonné de dentelle couleur chair et ses sandales en cuir argenté, elle se cala entre ses genoux.

— Je ne sais pas pour toi...

Elle passa les mains sur ses épaules puissantes. Elle avait bien l'intention de lui faire tout oublier hormis elle.

— ... mais j'ai rêvé de ce moment toute la journée, conclut-elle.

11

Lorsqu'elle se glissa entre les bras de Gage, Elena eut le sentiment d'être à sa place.

Pour elle qui n'avait jamais vécu au même endroit plus de quelques mois jusqu'à ses dix-huit ans, ce sentiment était d'autant plus puissant. Mais elle tâcha de ne pas songer à son adolescence, pour éviter que l'émotion ne la submerge.

Elle reporta son attention sur les mains de Gage qui se posaient sur ses hanches. Elle s'abandonna à la chaleur de ses lèvres quand il déposa un baiser au creux de sa taille. Et elle savoura la caresse de son souffle sur la dentelle festonnée de son soutien-gorge. Elle se mit à déboutonner sa chemise blanche pendant qu'il effleurait ses côtes. Il dut l'aider avec ses boutons de manchettes, mais elle finit par réussir à retirer le vêtement, et admira avidement ses muscles hâlés.

Il la fit pivoter pour qu'elle lui tourne le dos, et ôta les épingles de ses cheveux, les mèches ondulées retombant en cascade avant qu'il ne les repousse sur un côté pour embrasser son cou.

L'espace d'un instant, elle fut captivée par leur reflet, visible dans un miroir accroché au mur face à eux. L'image de Gage contre elle, ses muscles ondoyant tandis qu'il la caressait, semblait tout droit sortie de ses fantasmes.

Du bout de l'index, elle suivit le dessin complexe des tatouages sur ses bras, tandis qu'un désir brûlant se propageait dans tout son corps. Il passa la langue juste sous son oreille, provoquant une nouvelle vague de picotements le long de sa colonne vertébrale.

— Prends-moi, ordonna-t-elle, plongeant la main dans ses cheveux et ramenant son visage vers elle. S'il te plaît.

Elle se retourna entre ses bras. Prenant son visage entre ses mains, elle l'attira contre elle et l'embrassa. Il goûta ses lèvres avec l'adresse et la finesse de quelqu'un qui connaissait son corps mieux qu'elle ne le connaissait elle-même. Bien vite, il enroula sa chevelure autour de sa main, faisant pivoter son visage dans un sens et dans l'autre pour approfondir le baiser. Elle tremblait déjà de plaisir, pourtant ils n'étaient pas encore nus.

D'un bras, il la souleva et la plaqua contre lui. Aussitôt, elle enroula les jambes autour de sa taille. Sans perdre un instant, il glissa les mains sous ses cuisses et la porta aisément jusqu'à la chambre. Chaque pas était un supplice exquis, car son sexe en érection se pressait contre son point le plus sensible.

Lorsqu'il l'eut déposée au centre de la couette moelleuse, elle dégrafa son soutien-gorge et le lança au sol, pendant que Gage débouclait sa ceinture et enlevait son pantalon. Une nouvelle vague d'excitation l'envahit, et le long regard torride que Gage posa sur elle menaça de la faire exploser de plaisir.

Passant un doigt sous l'élastique de son string de soie, il fit glisser le sous-vêtement le long de ses jambes. Tous deux étaient nus à présent. Il s'apprêta à enfiler un préservatif, mais elle écarta sa main pour le faire à sa place. Il frissonna pendant qu'elle déroulait la protection sur lui. Puis il s'étendit au-dessus d'elle.

Essoufflée, excitée, elle caressa avidement ses bras et son torse. Il se cala entre ses cuisses et, enfin, entra en elle. Les sensations qui la secouèrent étaient à la fois vives et douces. Serrant la couette entre ses mains, elle resta immobile, attendant que son corps s'adapte à Gage.

Quand il se mit à onduler, elle sut qu'elle ne tiendrait pas longtemps. Elle leva les yeux vers les siens et fut surprise de constater qu'il la fixait intensément. Le mélange d'émotions dans son regard la décontenança autant que les émotions qui se bousculaient en elle. Fermant les yeux, elle se focalisa sur les sensations physiques, plus faciles à appréhender.

Gage se pencha vers elle et lui murmura des mots tendres à

l'oreille. Puis il prit un téton engorgé entre ses lèvres et le suçota. Elle poussa un soupir de plaisir et plaqua les hanches contre lui.

Il alla plus loin en elle. Plus vite. Et elle ne put résister plus longtemps.

Un plaisir extrême la traversa de part en part, lui faisant tout oublier. Elle s'accrocha à Gage, enfonçant les mains dans ses épaules, ondulant avec lui jusqu'à ce qu'il ne puisse plus résister lui non plus. Lorsqu'il jouit à son tour, elle le sentit se raidir entre ses bras. Elle l'étreignit, savourant chaque seconde de ces instants, si parfaits que les mots ne pouvaient les décrire.

Lorsque les sensations se dissipèrent, Gage s'allongea à côté d'elle et l'amena contre lui. Une fois qu'elle eut repris son souffle, elle déposa quelques baisers sur son épaule et sa poitrine.

Gage était-il aussi réticent qu'elle à briser le silence ? À faire éclater cette bulle dans laquelle ils semblaient si bien se comprendre ? C'était une illusion, elle le savait, une impression trompeuse suscitée par toutes les merveilleuses choses qu'ils pouvaient faire naître l'un chez l'autre.

Mais si ce n'était pas une illusion ?

N'étant pas sûre de vouloir connaître la réponse, elle appuya le front contre son torse et écouta plutôt ses battements de cœur. Réguliers. Réconfortants.

Ce soir, elle allait profiter pleinement de ces moments. Le matin viendrait bien assez tôt pour s'infiltrer entre les liens qui les unissaient encore. Elle était redevable à Gage pour avoir changé sa vie. Ce n'étaient encore que les prémices, mais elle sentait que son monde était en train de bouger grâce à toutes ces nouvelles opportunités, qui ne seraient jamais survenues si Gage ne l'avait pas présentée à Chiara.

Demain, il serait bien assez tôt pour agir. Elle remercierait Gage, puis elle le laisserait libre de trouver une femme convenable, qui rendrait la famille Striker fière.

Seul petit problème : à l'idée de s'en aller, elle éprouvait déjà un immense sentiment de vide.

À bord de son jet privé, Gage s'enfonça dans son siège de cuir, se réjouissant une fois de plus qu'Elena ait accepté si volontiers de retourner au Mesa Falls avec lui.

Il avait craint qu'elle préfère rester au lac Tahoe pour le reste de la semaine, puisqu'elle s'était très bien entendue avec Chiara Campagna. Elena souhaitait sans nul doute explorer les opportunités professionnelles que cette nouvelle amitié offrait, et il ne pouvait guère le lui reprocher. Pourtant, elle avait choisi de rentrer dans le Montana avec lui dès aujourd'hui.

Elle était installée dans l'espace de travail à l'avant de l'appareil. Utilisant un logiciel de retouche photo, elle manipulait des images depuis une heure, testant des polices de caractères avec des graphiques et différents filtres. Il reconnaissait certains vêtements sur les clichés : des vêtements qu'elle avait trouvés dans les boutiques du casino, et d'autres qu'elle avait créés elle-même. Il y avait des gros plans d'ourlets, de coutures, d'épaulettes et de cols.

Dans une certaine mesure, occuper son temps en travaillant était la norme pour Elena Rollins. Mais Gage ne pouvait s'empêcher de s'interroger : travaillait-elle uniquement pour éviter de lui parler ? Pour éviter d'affronter ce qui était en train de se passer dans leur relation ?

Hier soir, après leurs ébats exceptionnels, il avait eu l'impression qu'elle prenait ses distances. Mais peut-être était-ce à cause des révélations qu'il lui avait faites sur son passé ?

Il déboucla sa ceinture et la rejoignit dans l'espace de travail pendant que l'avion amorçait sa descente.

— Sur quoi travailles-tu ? demanda-t-il.

Levant les yeux, elle écarta les cheveux qui lui barraient le visage. Le souvenir de ses boucles brunes glissant sur son torse nu menaça de lui faire oublier toutes ses bonnes intentions.

— Je crée une planche d'inspirations, qui pourra aussi servir de contenu créatif pour mon blog.

Elle s'adossa à son siège, tapotant son index orné de vernis rouge contre la souris. Gage s'installa sur le siège à côté d'elle.

— Maintenant que j'ai renoncé à vendre des articles aux

tabloïds, je dois faire en sorte que cette nouvelle source de revenus ne se tarisse pas.

— Si tu as besoin d'une aide financière, Elena, je peux t'accorder un prêt à des conditions très avantageuses.

Elle secoua la tête.

— Je te remercie, mais je préfère te dire non.

Elle s'agita sur son siège, effleurant sa jambe au passage. Elle se décala rapidement, comme pour éviter tout autre contact.

— Il y a un trop gros risque de conflit d'intérêts, précisa-t-elle.

Il voulut protester, mais se ravisa. S'il se sentait un peu vexé, c'était surtout parce qu'il avait le sentiment qu'elle s'éloignait de lui. Déjà.

Elle était de retour dans sa vie depuis quelques jours à peine. Ce n'était guère suffisant pour mettre leur passé à plat, encore moins pour penser à l'avenir. Il n'avait même pas eu assez de temps pour savourer le plaisir de partager à nouveau son lit avec elle.

— Tu changeras peut-être d'avis sur mon offre, si je te dis que j'ai un grand service à te demander.

Il aurait dû aborder la question hier soir, après lui avoir parlé de Zach. Mais quand Elena lui avait donné une occasion de mettre un terme à cette conversation douloureuse, et de se perdre dans son corps sensuel, il avait été incapable de la refuser.

— Gage Striker a besoin d'un service venant de *moi* ? s'exclama-t-elle avec un sourire plein d'autodérision. Je suis tout ouïe.

— Je ne vois pas en quoi c'est surprenant. Tu es une femme intelligente, une entrepreneuse sur le point d'ouvrir un nouveau chapitre excitant de sa vie.

Pendant un instant, seul le vrombissement du moteur emplit le silence.

— Merci, finit-elle par répondre.

Elle appuya le mot d'un petit signe de tête, et une mèche ondulée glissa sur son épaule. Son pull en cachemire rouge vif moulait ses courbes, le col en V attirant son attention vers un collier en argent dont le pendentif représentait l'initiale de son prénom accolée à une étoile en diamant.

— Comment puis-je t'aider ? demanda-t-elle.

— Hier, pendant la réunion que Desmond a organisée, il nous a dévoilé une information surprenante concernant les profits du livre d'Alonzo.

Puisqu'il avait cessé de douter d'elle, autant lui dire la vérité. Toute la vérité.

— Les fonds ont servi à subvenir aux besoins d'un garçon de treize ans.

L'air intrigué, elle se redressa sur son siège.

— Tu ne m'avais pas dit que l'accident remontait à quatorze ans ?

— Si.

Ses amis avaient sans doute passé une partie de la nuit à essayer de rassembler ce puzzle, mais Gage avait la conviction que cet enfant n'était pas celui d'Alonzo. Un test ADN le confirmerait sûrement bientôt.

— Et nous continuerons d'enquêter sur ce point. Mais puisque cet argent servait aussi à financer les projets humanitaires d'Alonzo, nous voulions mettre cela en avant. Nous espérons qu'en apportant une réponse concrète au public cela mettra un terme aux spéculations.

— Et ça ne vous dérange pas de ne révéler que la moitié de l'histoire ? demanda-t-elle.

Elle croisa les jambes, sa jupe crayon noire remontant sur son genou.

— Je pense qu'aucun de nous ne ressent l'obligation de justifier chaque dollar gagné par Alonzo.

Il détacha son regard de ses jolies jambes. Dommage qu'ils n'aient pas passé le vol dans la suite de luxe, à l'arrière de l'avion…

— Mais je me suis dit que j'allais te proposer d'écrire cet article en premier, puisque, au départ, tu étais venue dans le Montana pour dénicher un scoop sur Alonzo.

L'ironie de la situation ne lui avait guère échappé. Il avait emmené Elena au lac Tahoe dans l'espoir qu'elle se désintéresse du dossier Alonzo Salazar. À présent, il voulait qu'elle prolonge son séjour dans le Montana pour écrire un article sur son ancien professeur.

Il espérait aussi la convaincre de rester pour de bon.

Elle se mordilla la lèvre.

— Ce n'est pas comme si j'écrivais pour des journaux prestigieux, admit-elle d'un ton placide. J'accepte ta proposition, mais sache que je ferai don de ma rémunération à l'un des organismes caritatifs que soutenait Alonzo.

— Tu ferais ça ?

La générosité d'Elena était tout à son honneur. D'autant plus qu'elle avait besoin d'argent pour financer sa future activité de styliste.

Il n'avait pas oublié qu'elle était arrivée au ranch avec très peu d'affaires. Toutefois, le fait qu'il l'ait aidée à récupérer ses biens dans son ancienne maison lui faciliterait peut-être la vie.

— Je ne laisserai aucun de tes amis penser que j'essaie de gagner de l'argent avec… – elle baissa les yeux un bref instant – avec les épreuves que vous avez dû traverser tous les six.

Songer à Zach réveillait toujours une douleur sombre en lui. Cependant, le fait de se confier à Elena et la compassion qu'elle lui avait montrée apaisaient un peu sa peine.

— Très bien. Je te remercie, Elena. Tu pourrais envoyer ton article quelques heures avant que nous révélions ces informations publiquement, lors d'une fête similaire à celle à laquelle tu as assisté chez moi.

Il avait déjà envoyé un message au directeur des relations publiques du ranch. L'équipe de communicants distillerait des indices sur une annonce prochaine, afin que l'événement bénéficie d'une bonne couverture médiatique.

— Nous préparons une soirée pour samedi prochain, dit-il.

Dans un peu plus d'une semaine. S'il pouvait convaincre Elena de rester au ranch jusqu'à la fête, il trouverait peut-être un moyen d'abattre les barrières qu'elle dressait entre eux.

L'avion tangua légèrement quand le train d'atterrissage se déploya, provoquant une vibration sous leurs pieds. Par réflexe, Elena posa la main sur son avant-bras pour garder l'équilibre. Le contact physique la troubla autant que lui, il le vit dans ses yeux. Mais elle retira rapidement sa main.

— D'accord, conclut-elle.

Elle ferma son ordinateur et rassembla ses affaires.

— Durant cette semaine, j'emploierai mon temps à réfléchir à mon plan de développement avec Chiara, mais je resterai au ranch jusqu'à la fête. C'est une manière pour moi de te remercier de l'aide que tu m'as apportée ces derniers jours.

C'était gentil de sa part, mais ce n'était pas du tout ce qu'il attendait d'elle.

Durant ces prochains jours, il devrait trouver des moyens de lui montrer à quel point la vie avec lui pouvait être agréable. Pour l'instant, il se réjouissait qu'elle lui offre sa compagnie pendant une semaine supplémentaire.

— Merci, dit-il.

Il déposa un baiser sur sa main, respirant le parfum fruité de sa peau.

— Je l'avoue, je suis impatient de passer cette semaine avec toi, Elena. Et je compte bien profiter au maximum de chacune de ces journées.

Une semaine plus tard, Elena se trouvait dans un studio de mode de Garment District, à New York, avec Astrid et Chiara. Elle étudiait avec attention la dernière collection d'une célèbre styliste italienne, créée pour une maison de haute couture française renommée.

Des exemplaires de tous les vêtements présentés lors d'un défilé à Paris la semaine dernière étaient soigneusement rangés sur des portants, dans un grand espace ouvert aux immenses fenêtres. C'était une escapade entre filles parfaite, que Gage avait contribué à organiser. Il cherchait à lui rappeler qu'il y avait des avantages à poursuivre leur liaison. Et il se montrait si prévenant avec elle qu'elle ne pouvait rester indifférente.

Certes, il la choyait. Mais pas une fois, il ne lui avait dit qu'il l'aimait. Alors, mieux valait profiter de ce dernier cadeau avec ses amies, avant de retourner à sa vie plus terre à terre sur la côte Ouest. Seule.

— Je n'arrive pas à croire que tu aies réussi à nous faire entrer ici, Chiara, dit-elle avec un soupir d'envie.

Elle examina de plus près un pantalon en crêpe de Chine sexy, qui moulait les hanches et s'évasait dans un nuage de tulle.

— Et encore moins que nous ayons droit à une visite privée, ajouta-t-elle.

À côté d'elle, Astrid s'extasiait sur un pull en cachemire dont la taille était soulignée par des découpes.

Campée devant l'une des hautes fenêtres, Chiara observait la 38e Rue Ouest.

— Franchement, j'ai eu plus de mal à vous convaincre de me rejoindre toutes les deux qu'à persuader l'assistante de Noemi de nous accueillir, répliqua Chiara.

L'influenceuse reporta son attention sur Elena. Le maquillage parfait de ses yeux en amande rehaussait le vert sauge de ses iris.

— Astrid a une excuse en tant que jeune maman, mais je suis surprise d'avoir dû te forcer la main, Elena. D'autant plus que Noemi a très envie de voir tes croquis.

La perspective de rencontrer une vedette de la mode était certes excitante, mais aussi effrayante. Toutefois, la peur n'était pas la raison pour laquelle Elena avait hésité à faire ce voyage.

— J'avais très envie de venir, je t'assure. Mais mon séjour au Mesa Falls touche à sa fin, et cela m'ennuyait de manquer une journée avec Gage, avoua-t-elle.

Les journées étaient très agréables. Et les nuits étaient assez torrides pour alimenter ses fantasmes sensuels pour le restant de ses jours. Mais elle avait déjà eu une liaison charnelle avec Gage autrefois, et elle savait que cela ne suffirait pas à les unir sur le long terme. Cette semaine, elle s'était efforcée de protéger son cœur tout en savourant le plaisir d'être avec lui. Mais désormais, elle voulait davantage de lui.

Et elle avait le sentiment de mériter davantage, après s'être dévalorisée pendant trop longtemps – avec Gage, mais aussi pendant son mariage désastreux avec Tomas.

Astrid prit une jupe en soie sur un portant et la plaqua contre sa taille, le bas asymétrique effleurant ses chevilles.

— Gage t'adore, dit l'ancien mannequin d'un ton anodin. Je ne sais pas s'il s'en rend compte. En tout cas, je ne l'ai jamais vu regarder une femme comme il te regarde.

Elena eut le souffle coupé, et sa vue se brouilla, comme si elle était soudain privée d'oxygène. Les paroles d'Astrid lui avaient fait l'effet d'un coup de poing en plein plexus solaire.

Mais elle devait garder la tête froide. Astrid ne faisait qu'une supposition, s'avisa-t-elle.

Une fois qu'elle se fut ressaisie, elle passa au portant voisin. Il fallait qu'elle trouve une tenue pour la fête au ranch, qui aurait lieu demain. Ce n'était pas un gala de charité ou une soirée chic, juste une fête privée, avec un D-J et quelques invités triés sur le volet, parmi lesquels des célébrités d'Hollywood, des athlètes de niveau mondial, un coureur de Formule 1 et quelques poids lourds de l'industrie musicale.

Tous ces gens semblaient des candidats plus sûrs pour une histoire sérieuse que l'homme qui lui avait déjà brisé le cœur dans le passé, même si Astrid pensait le contraire.

— Gage et moi, nous nous connaissons depuis des années, et notre relation est compliquée, expliqua-t-elle. Mais quoi qu'il ressente pour moi, je passe après sa famille.

Astrid lui lança un regard intrigué et reposa une combinaison en jean sur le portant.

— Jonah a mentionné un jour que Nigel Striker était un salaud moralisateur, dit-elle. Ça m'avait frappée, puisque Jonah s'entend avec presque tout le monde.

Elena afficha un sourire triste. Chiara la rejoignit et sélectionna sans hésiter une robe aux teintes vert et turquoise ressemblant à un sari. Une écharpe assortie était enroulée autour du cintre.

— C'est tout à fait toi, Elena, annonça l'influenceuse. C'est une tenue renversante, et c'est exactement ce qu'il te faut pour la soirée de demain.

Chiara avait raison, la robe était très belle.

— Elle est magnifique, murmura-t-elle, passant la main sur le tissu. La question est : cette robe va-t-elle ouvrir un nouveau chapitre de ma vie, ou en clore un ?

Dire au revoir à Gage ne serait pas facile, mais en tout cas Elena tiendrait sa promesse. Elle enverrait à la presse son article, qui racontait l'histoire que les propriétaires du ranch souhaitaient diffuser au sujet d'Alonzo. Après cela, plus rien ne la retiendrait dans le Montana. Gage lui faisait peut-être la cour, mais cela ne signifiait pas qu'il l'aimait suffisamment pour rompre avec sa famille afin de vivre avec elle. Nigel Striker avait déjà prouvé qu'il était prêt à tout pour la chasser de la vie de son fils.

— Ce sera peut-être les deux à la fois, répondit Chiara. Mais tout se passera bien. Il n'y a rien de mal à s'en aller si une situation ne te convient pas, afin que tu puisses être disponible pour de nouvelles opportunités.

Évidemment, Chiara avait raison. Mais, aussi fou que cela puisse paraître, Elena espérait encore que les choses seraient différentes, cette fois. Gage lui avait confié un très grand secret. Il lui avait fait davantage confiance qu'à quiconque. Cela comptait, non ?

Qu'Astrid ait raison ou non sur les sentiments de Gage à son égard, Elena savait, sans l'ombre d'un doute, ce qu'elle ressentait pour lui. Et la peur qu'elle éprouvait à l'idée de le quitter à l'issue de la fête prouvait qu'elle avait atteint un point de non-retour.

Oui, elle était tombée amoureuse de Gage. Pour la seconde fois.

12

La surprise que Gage avait concoctée pour Elena prenait forme. Lorsque son rendez-vous avec le décorateur d'intérieur fut terminé, Gage alla voir les ouvriers qui étaient en train de transformer sa salle vidéo en un atelier de création. Le chantier avançait rapidement, ce qui le réjouissait : il comptait montrer la nouvelle pièce à Elena ce soir, après la fête. Pour expliquer la présence des ouvriers, Gage lui avait dit qu'ils installaient une salle de dégustation dans une autre aile de la maison, évitant ainsi d'autres questions sur son projet secret.

Il avait choyé Elena toute la semaine, espérant la convaincre de poursuivre leur liaison au-delà de son séjour dans le Montana. Il l'avait même encouragée à visiter New York avec ses amies, profitant de son absence pour faire faire des devis à plusieurs décorateurs réputés.

Celui qu'il avait choisi connaissait bien le blog d'Elena, et considérait qu'elle devrait donner son avis sur la décoration avant qu'ils n'avancent dans le projet. Un argument tout à fait valable. L'avenir d'Elena en tant que styliste était de plus en plus probable, et elle voudrait sûrement choisir les revêtements et les couleurs de l'atelier qu'il espérait créer pour elle. Si elle avait son propre espace ici, au ranch, mais aussi dans la maison qu'il possédait dans la Silicon Valley, elle serait sans doute plus encline à lui rendre visite dans ses deux domiciles aussi souvent que possible. Et elle verrait alors qu'elle était la seule femme avec laquelle il souhaitait partager sa vie.

Elena avait mené une enfance chaotique, avec un père qui la traînait de ville en ville pour échapper à la police et qui luttait contre ses démons. Gage espérait qu'elle comprendrait le sens du cadeau qu'il souhaitait lui faire : un endroit qu'elle pourrait toujours considérer comme son chez-elle.

Jetant un dernier regard aux nouvelles fenêtres, conçues pour apporter davantage de lumière naturelle, Gage remercia le chef des travaux et alla inspecter l'extérieur de la maison, pour s'assurer que les ouvriers n'abîmaient pas la pelouse et les jardins.

Il devrait bientôt se changer pour l'événement de ce soir. Pendant cette fête, les propriétaires du Mesa Falls évoqueraient les projets humanitaires qu'Alonzo avait soutenus, en espérant que cela mettrait un terme à l'intérêt des médias pour leur mentor. Le service des relations publiques avait choisi la résidence de Miles Rivera, car la sécurité des invités célèbres était plus facile à assurer dans une propriété privée.

Satisfait de constater que les extérieurs étaient intacts, Gage regagna l'entrée de la maison et prit son téléphone pour informer Elena qu'il serait prêt dans une demi-heure.

Alors qu'il montait les marches du perron, il entendit une voix féminine et familière.

— Gage ?

Il s'arrêta net, abasourdi.

Là, devant sa porte, se tenaient ses parents. Sa mère souriait, et son père arborait un air impassible. Une valise de luxe trônait entre eux, et un chauffeur en uniforme sortait un second bagage assorti d'un SUV haut de gamme.

Les parents de Gage semblaient plus âgés que la dernière fois qu'il les avait vus. Pas seulement parce qu'ils avaient davantage de cheveux blancs. Des rides d'inquiétude creusaient maintenant leurs visages. Ces changements physiques lui rappelèrent qu'il ne les avait pas vus en chair et en os depuis des années. À cette pensée, une pointe de culpabilité le saisit.

— Maman ? s'exclama-t-il, encore sous le choc. Que se passe-t-il ?

Que faisaient-ils aux États-Unis, sur le seuil de sa maison ? Ce soir, par-dessus le marché ?

— Nous sommes ici pour la fête, Gage, annonça sa mère.

Son tailleur rose et son trench n'étaient même pas froissés. On aurait pu croire qu'elle avait simplement traversé la ville et non la moitié de la planète. Elle sembla hésiter un instant, comme si elle n'était pas sûre d'être la bienvenue. Puis elle s'avança vers lui et lui tendit les bras.

Gage s'en voulait d'avoir fait douter sa mère de son affection pour elle. Quoi qu'il se soit passé entre son père et lui, il ne la tenait pas pour responsable. Il la serra dans ses bras et déposa un baiser sur sa joue. Le parfum aux notes de citronnelle qu'il respira l'emplit d'une vague de nostalgie.

Relâchant sa mère, il reporta son attention sur son père.

— Je ne comprends pas pourquoi vous avez fait tout ce chemin pour assister à cet événement.

Il savait que la présence de ses parents pourrait faire fuir Elena, et il devait tout faire pour éviter cela.

— Ce n'est qu'une soirée de promotion pour le Mesa Falls, ajouta-t-il.

Ses parents avaient toujours désapprouvé son association avec ses anciens camarades d'internat. Des amis qui avaient été source de contrariété pour Nigel Striker plus d'une fois.

Son père hocha légèrement la tête. Le revers de sa veste de costume anthracite était orné d'un pin's représentant le drapeau de la Nouvelle-Zélande.

— Oui. Une soirée promotionnelle soigneusement préparée, qui promet une révélation sur Alonzo Salazar, répliqua-t-il d'une voix pleine de dédain. J'avais pourtant espéré que tu avais effacé tout lien avec cet homme depuis longtemps.

Gage tâcha de contenir son irritation. Une tension douloureuse se faisait déjà sentir contre ses tempes.

L'employée de maison de Gage ouvrit la porte et fit entrer sa mère, puis le chauffeur apporta les bagages dans l'entrée.

Gage eut l'impression d'être étouffé par un sentiment d'inévitabilité. Cette soirée serait un désastre s'il ne trouvait pas rapidement une solution. Il ne fallait surtout pas que la visite inattendue de ses parents perturbe Elena, après tous les efforts que Gage avait fournis pour faire de cette fête un événement spécial.

— Ce sont mes affaires, pas les tiennes, rappela-t-il à son père. Et la fête de ce soir est un événement privé, mais je serai heureux de vous voir demain matin, lorsque vous vous serez remis de votre long voyage.

La Nouvelle-Zélande ayant vingt heures de décalage avec le Montana, ses parents étaient sans doute épuisés.

— Nous avons passé la journée d'hier à Los Angeles, lui apprit sa mère, posant une main affectueuse sur son bras. Nous avons eu tout le temps de nous acclimater. Assister à cette soirée nous donnera l'occasion de rattraper le temps perdu.

Son père avait-il demandé à sa mère de le faire culpabiliser afin qu'il les laisse prendre part à la fête ? Les soupçons se mêlèrent à sa contrariété grandissante. Il n'avait pas le temps pour une mise au point avec son père. Son chauffeur était censé les déposer, Elena et lui, chez Miles dans – il consulta sa montre – quinze minutes.

Et si Elena était prête en avance ? Elle pourrait arriver dans le vestibule d'un instant à l'autre. Il fallait qu'il éloigne ses parents.

— Quoi qu'il en soit, nous devrons attendre demain pour discuter, décréta-t-il. Mon employée de maison, Mme Merchant, va vous conduire à votre suite.

Gage se fichait de savoir comment son père interprétait cette hospitalité minimale. En revanche, cela l'ennuyait de laisser sa mère dans l'entrée, avec ses bagages. Mais il n'avait pas le choix.

D'un pas alerte, il se dirigea vers sa suite. Il aurait tout juste le temps de se changer.

Il était presque arrivé quand la voix froide de son père résonna dans le couloir, mettant à mal sa nervosité déjà élevée.

— Elena Rollins. Qu'est-ce que vous faites ici, bon sang ?

Le moment était si surréaliste qu'Elena espéra pendant un instant que ce n'était qu'un mauvais rêve.

Elle était venue dans le vestibule pour demander à l'employée de maison de prendre quelques photos d'elle pour son blog. Et elle s'était retrouvée nez à nez avec l'homme dur et autoritaire qui hantait encore ses rêves de temps à autre. Nigel Striker, l'homme qui avait essayé de l'acheter et qui, durant toutes ces années, avait omis de dire à son fils qu'elle avait refusé son argent, lui bloquait le passage. Il était d'une carrure presque aussi impressionnante que celle de son fils ; toutefois, ses épaules étaient un peu affaissées à présent, et ses cheveux poivre et sel s'étaient affinés.

Nigel fixa Elena d'un regard noir tandis que sa femme se précipitait vers eux.

— Nigel, s'il te plaît, murmura Rosalie Striker. Nous sommes les invités de Gage.

Elle observa brièvement Elena avant de reporter son attention sur son époux intraitable.

— Laissons-les se rendre à leur soirée. Tu pourras parler à Gage demain.

L'intervention de Mme Striker permit à Elena de sortir de la stupeur dans laquelle la vue de Nigel l'avait plongée. Elle refusait de se laisser intimider par cet homme, qui s'était montré inutilement cruel avec elle six ans plus tôt. Nigel Striker avait simplement exploité la faille qui avait toujours existé entre Gage et elle : le manque de compréhension et de confiance.

— Ce que *je* fais ici ? répéta-t-elle. Je fais une faveur à votre fils, qui m'a demandé d'assister à un événement avec lui, ce soir.

La colère et la rancœur bataillaient en elle. Et voir Gage arriver dans le vestibule par le couloir opposé ne l'apaisa pas, même s'il semblait inquiet pour elle.

Pivotant sur ses talons, elle retourna vers sa chambre. Elle entendit des éclats de voix derrière elle, mais ne prit pas la peine de se retourner.

Gage lui avait demandé d'écrire et de diffuser un article sur Alonzo, afin de répondre à la fascination des gens pour cet homme, et elle avait réalisé son souhait. D'autres médias reprendraient son texte, après l'annonce qui serait faite durant la soirée chez Miles Rivera. Gage tenait aussi à ce qu'elle assiste à cet événement avec lui, mais c'était maintenant hors de question, puisque les parents de Gage étaient sous son toit.

— Elena, attends ! lança Gage au moment où elle atteignait la porte de sa suite.

La porte de cette même pièce dans laquelle ils s'étaient retrouvés, il y avait à peine deux semaines.

Elle s'arrêta, main sur la poignée. Elle aurait aimé retrouver un peu de la pugnacité dont elle avait fait preuve ce soir-là. Elle était arrivée dans cette maison en étant prête à se battre contre Gage. À l'origine, son objectif était de dénicher un scoop sur Alonzo Salazar et, oui, d'exercer une petite vengeance sur Gage, pour la façon dont il l'avait traitée six ans plus tôt.

À présent qu'elle avait découvert d'autres facettes de lui, notamment sa gentillesse et sa sollicitude, elle n'avait plus le cœur à lutter.

Elle s'obligea à le regarder dans les yeux.

— Je m'en vais, dit-elle calmement. J'ai envoyé l'article que tu m'as demandé d'écrire au *Hollywood Metro*. Je ferai parvenir le chèque à ta directrice de la publicité, afin qu'elle puisse en faire don à l'un des organismes caritatifs préférés d'Alonzo. Mais ma mission s'arrête ici.

— Non.

Il ouvrit la porte, attendant manifestement qu'elle entre dans la pièce.

— S'il te plaît, Elena. Tu ne peux pas partir sans me laisser une chance de m'expliquer.

Lorsqu'il la parcourut du regard, elle fut mal à l'aise. Elle s'était pourtant sentie belle une demi-heure plus tôt, lorsqu'elle avait enfilé sa robe aux teintes de vert et de turquoise. Le tissu léger lui avait semblé refléter son espoir. À présent, il semblait souligner qu'elle avait été stupide d'espérer une vraie relation avec Gage alors que sa famille se dresserait toujours entre eux.

— Tu n'as rien à m'expliquer, Gage.

Elle préférait couper court à cette conversation, pour éviter de fondre en larmes devant lui. Elle pourrait se réfugier dans sa suite, mais elle se sentait si fragile à cet instant qu'elle craignait de se briser si elle faisait le moindre pas.

— Tes parents sont venus pour te voir, pas pour me voir. Et je ne veux pas mettre de l'huile sur le feu alors que ton père et toi avez déjà une relation compliquée.

— Je n'ai aucune envie de réparer ma relation avec mon père après la façon dont il t'a traitée, dit-il, sa colère contenue perçant dans sa voix.

Il n'était qu'à quelques centimètres d'elle, et attendait manifestement qu'elle entre dans la suite qu'elle occupait depuis le début de son séjour dans le Montana.

Un séjour qui touchait à sa fin, quoi qu'en pense Gage. Retarder la rupture ne ferait que la rendre plus douloureuse.

— Et ta mère ? demanda-t-elle. Tes sœurs ? Tu crois que tu seras heureux si tu coupes tous les liens avec ta famille pour moi ? Ils sont ta chair et ton sang, Gage. Moi, je ne suis que la femme qui partage ton lit de manière temporaire.

— Je veux bien davantage avec toi, rétorqua-t-il.

Une émotion brillait dans ses yeux. Était-ce de la colère ? De la passion ? Difficile à dire. Ses propres émotions étaient si enchevêtrées qu'elle n'avait pas le recul nécessaire pour interpréter sa réaction.

Elle se sentit lasse, tout à coup.

— Pour combien de temps ? répliqua-t-elle.

Il fallait qu'elle fasse un dernier effort, qu'elle l'aide à prendre conscience qu'ils n'étaient pas faits l'un pour l'autre. Penser le contraire revenait à se bercer d'illusions.

— Pour l'instant, l'alchimie entre nous est grande. Mais le sera-t-elle toujours dans trois ans, quand tu te seras éloigné de ta famille pour être avec moi ? Ou regretteras-tu de ne pas avoir trouvé quelqu'un que ta famille pourrait accepter, au lieu d'une femme qu'ils sont déterminés à détester ?

— Je n'ai pas besoin de leur approbation, Elena. Ce que mon père veut ne compte absolument pas pour moi.

Il semblait si résolu… Elle aimerait croire que les choses pourraient être simples, mais elle ne pouvait s'empêcher de songer à son propre père. Il avait bien des défauts ; pourtant, elle regrettait qu'ils ne se voient plus. Elle aurait aimé pouvoir combler les failles, et se dire qu'elle avait encore une famille.

— Je comprends, Gage, dit-elle tristement. Et ce que tu veux ne compte absolument pas pour lui. En réalité, vous vous ressemblez beaucoup plus que tu ne le crois.

Ce dernier argument, enfin, atteignit sa cible. Le feu de la détermination dans ses yeux faiblit un peu.

— Tu penses vraiment ce que tu dis ? demanda-t-il, l'air blessé. Tu crois vraiment que je suis aussi inflexible que mon père, et que je finirai par me lasser de toi ?

La situation serait différente s'il l'aimait. Mais il n'avait jamais rien dit qui la pousse à le croire, et elle refusait de mettre son cœur en jeu une seconde fois. Quels que soient les sentiments qu'elle avait développés pour Gage, ils resteraient secrets.

Tout comme son chagrin.

Il tendit le bras vers elle, mais elle recula d'un pas, craignant que son attirance pour lui ne lui fasse perdre la raison.

— Pourquoi devrais-je croire le contraire ?

Elle entra enfin dans la suite. Elle était prête à retirer sa jolie robe, et à tourner la page.

— Maintenant, je vais faire mes valises, Gage. Je prendrai le premier avion pour rentrer chez moi.

Il répondit d'un bref hochement de tête, comme s'il était incapable de parler. Le silence s'étira entre eux.

— Il faut que je fasse une apparition à la fête, finit-il par dire. Si tu t'en vas avant mon retour, tu veux bien jeter un coup d'œil à la pièce rénovée avant ton départ ?

Quelle étrange requête… Pourquoi voudrait-il avoir son opinion sur la décoration de sa salle de dégustation ?

— Je préfère ne pas prendre le risque de recroiser ton père.

Elle n'avait aucune envie de se lancer dans une joute verbale avec Nigel Striker. D'autant plus que Gage pouvait avoir les conseils de dizaines de personnes bien plus qualifiées.

— Bonsoir, Gage, conclut-elle.

Et elle ferma la porte.

C'était la dernière fois qu'elle connaîtrait une telle souffrance, espérait-elle. La douleur était si forte qu'elle en était presque insupportable.

Elle avait encouragé Gage à maintenir des liens avec sa famille, mais, en faisant cela, elle s'était privée de la relation la plus merveilleuse qu'elle ait jamais connue. Bien qu'elle ait épousé un autre homme durant une triste période de sa vie, son cœur n'avait jamais cessé d'appartenir à Gage.

13

Où es-tu, bon sang ?

Pendant que Gage lisait le SMS, cinq autres messages arrivèrent, son téléphone débordant de notifications provenant de ses amis. La soirée avait déjà commencé, et Gage n'y était toujours pas. Il avait enfilé son smoking, mais n'avait pas encore appelé son chauffeur, espérant encore qu'il pourrait empêcher Elena de partir.

La colère qu'il ressentait envers son père embrumait encore son esprit. Comment Nigel Striker avait-il pu débarquer ici – ce soir, qui plus est – et gâcher ses chances avec Elena ? Pour la seconde fois ?

Assis sur une chaise longue au bord de la piscine, il observait sa maison. Les lumières étaient encore allumées dans la suite d'Elena. Et elles l'étaient également dans la chambre de ses parents, située à l'autre extrémité de la propriété. L'atelier en chantier, en revanche, demeurait plongé dans le noir. Quelle idée stupide d'avoir demandé à Elena d'y jeter un coup d'œil ! La pièce n'était encore qu'un chantier. Si Gage n'était pas présent pour lui expliquer son projet, elle penserait simplement qu'il faisait faire une salle de dégustation, comme il l'avait prétendu quelques jours plus tôt.

Il s'enfonça dans les coussins de son siège, avec l'impression d'être écrasé sous le poids de la défaite.

Elena était ici, chez lui. C'était une femme belle, sensuelle, généreuse, avec laquelle il voulait partager sa vie. Hélas, il n'arrivait pas à trouver la moindre idée pour la convaincre de rester.

Lorsque son téléphone émit un nouveau bip, il réprima l'envie de le jeter dans la piscine. Mais lorsqu'il vit que le message provenait de Miles, l'hôte de la fête de ce soir et le plus raisonnable de leur groupe, il l'ouvrit et le lut.

Tu connais bien Chiara Campagna ? Je l'ai trouvée dans mon bureau, et je jurerais qu'elle fouillait dans mes papiers. Elle cherchait quelque chose.

Miles était-il sérieux ? Gage se demanda si son ami avait trop bu. Cela n'avait aucun sens que l'une des femmes les plus célèbres du monde veuille découvrir les secrets de Miles Rivera. De tous les associés du Mesa Falls, Miles était de loin le plus sage de tous.

Pour Gage, il n'y avait aucune raison de s'inquiéter. Il répondit distraitement :

Astrid et Jonah la connaissent depuis longtemps. C'est une fille super.

Dès qu'il eut rangé son téléphone dans sa poche, il aperçut sa mère, qui venait dans sa direction. Elle avait troqué son tailleur contre une longue jupe en laine et un twin-set. Il n'était pas sûr d'avoir envie de lui parler. Certes, c'était surtout à son père qu'il en voulait, mais sa mère n'avait pas fait grand-chose pour apaiser les tensions tout à l'heure.

— Maman, je ne suis pas vraiment d'humeur à bavarder. Je parlerai à papa demain, et je préfère t'avertir, je suis certain que ça se passera mal.

Elle s'assit sur la chaise longue à côté de la sienne. Les lampes d'extérieur qui se reflétaient dans le bassin éclairaient son visage. Elle semblait préoccupée.

Glissant le bras sous le sien, elle demanda :

— Tu veux dire, parce que Elena Rollins a refusé son argent il y a six ans ?

— Il t'en a parlé ?

Il ne devrait pas être surpris que sa mère ait été au courant des mensonges de son père. Pourtant, il se sentait blessé.

— Nous ne savions pas vraiment comment réagir, avoua-t-elle. Tu as cru qu'elle avait pris l'argent alors que ce n'était pas le cas.

Rosalie Striker retoucha ses boucles brunes. Sa coiffure était exactement la même que lorsqu'il était enfant.

— Nous avons supposé qu'elle voulait que tu la croies coupable, reprit-elle. Qu'elle s'était servie de ce malentendu pour te quitter.

— Elle est partie parce que j'ai été trop prompt à la juger coupable. J'ai cru aux mensonges de papa.

Il devait assumer une partie de ses responsabilités dans ce fiasco, comme l'avait fait Elena. Néanmoins, il estimait que dans cette histoire c'était son père qui était le plus à blâmer.

— Il a fait une chose stupide, Gage. J'espère que tu ne lui en voudras pas éternellement. À sa façon, il t'aime, tu sais.

Et c'était ainsi qu'il le montrait ? songea-t-il, à nouveau furieux. Elena lui avait dit tout à l'heure qu'il n'était pas si différent de son père. Était-il aussi inflexible que lui ?

— Elena a traversé la moitié de la planète pour vous connaître, elle était mon invitée, pourtant mon père l'a traitée comme une moins-que-rien et l'a chassée de la maison. Quoi d'étonnant à ce que je n'aie pas envie de dérouler le tapis rouge à papa quand il débarque chez moi, qui plus est sans prévenir ?

Il reporta son attention sur la maison. Une lumière était à présent allumée dans l'ancienne salle vidéo qu'il voulait transformer en atelier pour Elena.

À travers les vastes fenêtres, il la vit déambuler dans la pièce. Vêtue d'un jean et d'une simple chemise blanche, elle faisait rouler sa valise derrière elle.

Gage sentit son cœur s'arrêter, puis battre à coups redoublés.

— Il faut que je te laisse, maman, annonça-t-il en se levant.

Il ne savait pas encore ce qu'il dirait à Elena, mais en tout cas il devait essayer de trouver les mots justes.

La peur de la perdre le tenaillait.

— Tu l'aimes, Gage ? demanda sa mère, prenant sa main dans la sienne.

— Si je l'aime ?

L'amour n'était pas un concept étranger pour lui. Mais il n'y pensait pas. Ou, plus exactement, il avait essayé de ne pas associer l'amour à Elena.

Peut-être parce que l'amour ne lui avait pas réussi dans le passé. Sa relation avec ses parents – avec son père, surtout – avait toujours été difficile. Adolescent, il avait perdu l'un de ses amis les plus proches, et cette blessure ne s'était jamais vraiment refermée.

— Elle a réussi à être proche de toi, plus que n'importe quelle autre femme, Gage. Par deux fois, souligna sa mère avec douceur. Elena Rollins semble trop importante pour toi pour que tu la laisses partir.

— Je ferai de mon mieux pour la retenir, assura-t-il.

Il fallait qu'il parle à Elena, maintenant. Avant qu'elle ne prenne un avion et qu'elle ne revienne jamais.

— Il te faudra peut-être lui dire que tu l'aimes, avança sa mère.

Elle appuya la joue contre sa main.

— Cesse de t'interdire le bonheur parce que Zach Eldridge n'a pas eu la chance d'avoir une vie longue et heureuse.

Lorsqu'elle relâcha sa main, il lui fallut plusieurs secondes pour se rendre compte qu'il était maintenant libre de rejoindre Elena. Les mots de sa mère tournaient dans sa tête, mais il n'arrivait pas à leur trouver du sens. Il n'avait jamais consciemment sacrifié son bonheur pour un ami mort depuis près de la moitié de sa vie.

Ou alors… Se pouvait-il que sa mère ait raison ?

Saisi par l'inquiétude, il se précipita vers la maison, tout en gardant un œil sur Elena, qui explorait l'atelier qu'il avait fait faire pour elle. Il avait peur qu'elle le quitte, oui. Cela, il pouvait l'admettre.

Mais s'il avait si peur, était-ce parce qu'il l'aimait ?

Il réfléchit à cette idée. Et il constata qu'elle correspondait à ce qu'il ressentait. Il comprenait mieux à présent pourquoi ces deux dernières semaines avaient été si perturbantes.

Il aimait Elena Rollins. Il avait été aveugle et inflexible, mais il pouvait changer. La seule chose constante – la seule chose qui ne changerait jamais – était son amour pour elle.

Dans l'une des ailes de l'immense maison de Gage, Elena observait la pièce sur laquelle Gage avait sollicité son avis. Elle aurait eu du mal à imaginer ce que ce chantier allait devenir, si les ouvriers n'avaient pas laissé une grande planche d'inspirations dans un coin de la pièce. Chaque élément du projet y figurait, et le tableau avait pour titre : « L'Atelier d'Elena ».

Ces quelques mots avaient suffi à la faire chanceler. À présent, elle observait tour à tour le tableau et la pièce, et commençait à comprendre comment les idées d'aménagement allaient prendre vie. Lâchant la poignée de sa valise, elle marcha sur le parquet de bois sombre pour se rapprocher et lire les notes sous le titre « Coin fenêtre », sous lequel une série de photos étaient accrochées. Elle observa les images : un bow-window entouré d'étagères, une banquette recouverte de fausse fourrure, des stores rétractables sur les trois fenêtres pour procurer de l'intimité. Pour l'instant, dans la réalité, seules les fenêtres étaient installées.

Dans un autre coin de la pièce, une estrade était en cours de construction, et le tableau d'ambiance suggérait d'y installer un miroir à trois pans. Ce serait un coin idéal pour créer des vêtements sur des mannequins en plastique ou pour faire des essayages sur de vrais mannequins.

Elle était stupéfiée de voir que le projet propulsait ses rêves dans le domaine du possible.

Derrière elle, elle entendit la porte s'ouvrir. Elle n'eut pas besoin de se retourner pour savoir qui était là : c'était l'homme qui avait créé ce havre pour elle, qui l'avait écoutée lui parler de ses rêves, et qui les avait transformés en réalité.

Elle ne s'était doutée de rien, car Gage lui avait affirmé que les ouvriers étaient en train de construire une salle de dégustation.

— Je n'arrive pas à croire que tu aies fait cela, Gage.

Elle effleura d'une main tremblante une moulure encadrant une fenêtre.

— Cette pièce est si différente du reste de la maison, observa-t-elle.

La propriété de Gage était d'un style moderne et résolument masculin, avec ses pierres naturelles et ses touches de bois. Ici, l'esthétique était plus classique et traditionnelle, pour donner au lieu un supplément d'âme.

Elle observa Gage. Il n'avait pas de veste de smoking et son nœud papillon n'était toujours pas fait, comme s'il avait commencé à se préparer pour la fête et qu'il s'était ravisé. Il avança vers elle, ses chaussures de luxe résonnant sur le parquet.

— Je voulais que ça ressemble à une maison de couture new-yorkaise. Ou à un atelier d'artiste parisien. Quelque chose qui te ferait voyager et nourrirait ton inspiration et ta créativité.

Il glissa les mains dans ses poches, l'air songeur.

— Le décorateur d'intérieur que j'ai engagé est un grand fan de ton blog. Il m'a dit que nous devions te consulter sur la décoration avant que je décide quoi que ce soit d'autre, parce que le style de l'atelier devait te ressembler.

— Tu me connais bien, en réalité. Ce que tu as prévu colle parfaitement à ce que j'aurais choisi.

Elle désigna d'un geste la planche d'ambiance, où tout était exposé, chaque idée étant déclinée en plusieurs options.

— Ce sont tes idées, Elena. Il y a six ans, quand nous avons parcouru la côte Pacifique en voiture, je t'ai demandé de me décrire ton lieu de travail idéal. Tout est là, dit-il, désignant le tableau d'un geste de la main.

Elena était abasourdie. Se tournant pour lui faire face, elle s'efforça de se rappeler cette époque. Ils avaient beaucoup discuté de leurs rêves. De l'avenir qu'ils désiraient tous les deux. Leur passé était la seule chose dont ils avaient peu parlé.

— Tu as mémorisé tout ce que je t'avais dit ? s'étonna-t-elle.

— J'ai tout mis par écrit, ce soir-là à l'hôtel, et j'ai rangé mes notes dans un dossier, que je comptais utiliser un jour.

Il esquissa un sourire.

— Crois-moi, à l'époque, je ne pensais pas devoir attendre six ans avant de les consulter à nouveau.

Et pourtant, il les avait gardées.

Son cœur s'emplit d'amour pour lui.

Au fond, quelle importance qu'il ne lui ait pas dit les mots qu'elle voulait entendre, puisqu'elle avait la preuve de ses sentiments pour elle devant elle ? Tout autour d'elle ?

— Je n'en reviens pas que tu aies fait tout cela en si peu de temps !

Elle cligna des yeux, et osa enfin regarder Gage avec un regard neuf.

Avec de l'espoir.

Ces jours passés avec lui n'étaient-ils pas les meilleurs de sa vie ?

— Tout le plaisir était pour moi, Elena.

Il avança et prit sa main dans la sienne.

— Je voulais faire tout ce qui était en mon pouvoir pour te convaincre de rester avec moi. De faire partie de ma vie. Mais j'étais si occupé à trouver des moyens de te garder que je suis peut-être passé à côté d'une évidence.

Il regarda leurs mains jointes, et elle vit sa mâchoire tressauter.

Il cherchait ses mots, manifestement. Elle espérait qu'il les trouverait.

Elle caressa doucement sa joue. L'odeur de son après-rasage réveilla des souvenirs sensuels, lui rappelant leur formidable alchimie physique.

— J'avais envie de rester, Gage. Mais je crois que je voulais une relation plus durable. Savoir que ta famille ne veut pas de moi dans ta vie est un sacré moyen de dissuasion. Or je rêve d'une histoire... permanente.

— Moi aussi, s'empressa-t-il de renchérir, posant la main sur la sienne. C'est pour cette raison que je veux t'offrir un espace de création. Pas seulement ici, mais également dans ma maison de la Silicon Valley. J'ai déjà engagé des entrepreneurs pour te créer un atelier en Californie.

Le contact physique la troublait autant que ses paroles. Le lien qui les unissait était charnel, mais pas seulement... Mais avant de s'emballer, elle devait savoir si Gage était sûr de son choix.

— Vraiment ? Et ta famille ? demanda-t-elle. Je ne peux pas changer mon passé.

— Et je ne voudrais pas que tu le changes. Ma mère l'a déjà compris, et je l'expliquerai à mon père demain matin. Je lui dirai que, bien que je veuille continuer à les voir, tu passes en premier.

Et s'il veut être le bienvenu chez moi, il devra trouver un moyen de t'accepter, et d'apprécier la femme unique que tu es.

Elle doutait que ce soit aussi simple, mais elle pourrait composer avec la situation, si Gage le pouvait.

— Tu as l'air bien sûr de toi.

— Je le suis. Elena, je t'aime.

Il caressa sa joue du bout des doigts.

Elle était certaine d'avoir mal entendu. Sa caresse l'avait distraite, sans doute.

— Je te demande pardon ? demanda-t-elle.

Il se pencha vers elle et appuya le front contre le sien.

— Je t'aime. Je ne savais pas à quel point je m'interdisais d'éprouver ce sentiment jusqu'à…

Il secoua la tête.

— Je suis désolé de ne pas l'avoir compris avant. De ne pas l'avoir su il y a six ans. Car à cette époque non plus, je n'aurais pas dû te laisser partir.

Elle n'arrivait pas à saisir toutes les nuances de ce qu'il était en train de dire, mais les mots « je t'aime » étaient clairs et simples. Ils s'infiltrèrent en elle, apaisant son cœur et nourrissant son espoir.

— Je t'aime aussi, Gage.

Elle se mit sur la pointe des pieds et l'embrassa au coin des lèvres.

— Peu importe que tu ne l'aies pas su avant. Tant que tu es sûr de tes sentiments maintenant.

— Ma chérie, je suis on ne peut plus sûr. J'ai laissé mon passé me jouer un sale tour autrefois. Et aujourd'hui, il a bien failli me priver d'un avenir avec toi.

— Comment ça ?

— L'image de l'amour dans ma famille…

Il secoua la tête.

— Eh bien, tu as vu à quoi ça ressemble, reprit-il. Mais tout s'est arrangé à l'adolescence, quand je me suis fait des amis. C'étaient des amitiés solides, avec du sens, et qui étaient mieux que n'importe quelle famille à mes yeux.

Une ombre passa dans son regard.

— Et puis, Zach est mort, dit-elle.

Elle était heureuse qu'il lui ait raconté son passé, qu'il lui ait enfin donné cet aperçu de lui.

— Oui. Après l'avoir perdu, j'ai eu du mal à accepter les bonnes choses qui m'arrivaient, avoua-t-il.

Il caressa doucement ses épaules.

— Je devrais honorer sa mémoire en vivant ma vie à fond. Comme il l'a toujours fait.

— Je sais que nous sommes faits l'un pour l'autre, Gage.

Elle avait essayé d'aimer quelqu'un d'autre, et cela avait été un désastre.

— Je le pense aussi, approuva-t-il. Et je sais que nous serions stupides de gâcher notre relation une nouvelle fois.

— Je ne veux pas être stupide, répondit-elle en riant.

Un sentiment de bonheur et d'espoir envahit sa poitrine.

— Je me sens si privilégiée d'avoir une seconde chance !

— Alors, tu veux bien envisager un avenir avec moi, Elena ?

Il l'attira contre lui.

— Tu veux bien défaire ta valise et rester ici ? Me laisser te construire un espace rien que pour toi, ici et en Californie ?

Il lui releva le menton et plongea le regard dans le sien.

— Je veux t'offrir un chez-toi à ton image, qui reflète toutes tes envies, partout où nous vivrons.

Ces mots montraient à quel point Gage la comprenait. L'émotion lui serra la gorge.

— C'est vraiment un beau cadeau pour une femme qui n'a jamais vécu plus de quelques mois au même endroit jusqu'à ses dix-huit ans, dit-elle.

— Avec moi, tu auras toujours un foyer.

Il déposa un baiser sur ses lèvres. Un baiser doux. Tendre. Et plein de promesses.

HEIDI BETTS

Un sentiment inoubliable

Traduction française de
YVES CRAPEZ

PASSIONS

HARLEQUIN

Titre original :
HER LITTLE SECRET, HIS HIDDEN HEIR

Ce roman a déjà été publié en 2020.

Prologue

Assise sur le rebord du lit dans sa chambre d'hôtel de Pittsburgh, Vanessa Mason regarda la bandelette en plastique qu'elle tenait entre ses doigts se colorer progressivement.

Quand le doute ne fut plus permis, elle laissa fuser un petit rire désabusé.

Depuis quelques jours, elle souffrait de nausées matinales et c'était ce qui l'avait amenée à acheter un kit de grossesse.

Comment avait-elle fait son compte pour tomber enceinte ? Certainement l'une des dernières fois où Marcus et elle avaient fait l'amour avant de devenir des étrangers l'un pour l'autre.

Pendant les trois années passées avec son ex-mari, le richissime homme d'affaires Marcus Keller, rien n'aurait pu la rendre plus heureuse que d'attendre un enfant de lui mais, hélas, ses souhaits n'avaient pas été exaucés.

Il fallait que ce soit aujourd'hui, alors qu'ils venaient à peine de divorcer, qu'elle tombe enfin enceinte !

Elle posa la bandelette près du combiné du téléphone et, après avoir rassemblé son courage, elle composa le numéro de son ex-mari.

Marcus faisait toujours filtrer ses appels et elle savait déjà que la personne qui répondrait serait Trevor Storch, son incontournable bras droit, un homme mince au profil de fouine qui l'avait toujours traitée avec dédain alors même qu'elle était l'épouse du directeur général d'une société pesant plusieurs millions de dollars.

A la deuxième sonnerie, la voix criarde de Storch lui tira une grimace.

— Société Keller, ici le bureau de Marcus Keller ! Que puis-je faire pour vous ?

— C'est moi, Vanessa. Je dois parler à Marcus de toute urgence.

— Bonjour, mademoiselle Mason. Je suis désolé mais M. Keller n'est pas disponible.

Que Storch, non content de l'appeler par son nom de jeune fille, trouve encore le moyen de remuer le couteau dans la plaie en lui donnant du « mademoiselle » comme pour mieux lui signifier sa situation de jeune divorcée, ne manqua pas de l'ulcérer.

Du temps où elle vivait au manoir des Keller, Storch avait multiplié les vexations à son égard pour lui faire comprendre qu'il ne l'aimait pas.

Ces affronts l'avaient marquée comme autant de brûlures au fer rouge et depuis, elle s'en voulait de ne pas l'avoir remis alors à sa place comme il l'aurait cent fois mérité.

— C'est important, insista-t-elle.

— Je suis navré, mademoiselle Mason, mais M. Keller m'a chargé de vous dire qu'aucun de vos propos n'était susceptible de l'intéresser. Au revoir, mademoiselle.

Et il raccrocha, la laissant abasourdie.

Elle admettait que Marcus ait des raisons de lui en vouloir mais elle n'aurait jamais imaginé qu'il la ferait un jour traiter comme une moins-que-rien par l'un de ses employés.

Ne l'avait-il donc jamais aimée ?

Pour sa part, elle éprouvait encore des sentiments pour lui et c'était ce qui la rendait d'autant plus vulnérable aux rebuffades de Trevor Storch.

Après avoir raccroché le combiné, elle contempla tristement son reflet dans le miroir piqué de mouchetures noires qui ornait l'un des murs de sa chambre d'hôtel.

Comment Marcus et elle en étaient-ils arrivés à se quitter dans d'aussi mauvaises conditions et à devenir, en quelques mois à peine, de parfaits étrangers l'un pour l'autre, alors qu'ils avaient tout pour être heureux et que, pendant des mois, ils avaient fait l'amour et s'étaient aimés avec passion ?

En guise de consolation, elle pouvait toujours se dire que ce qui lui arrivait était d'une grande banalité.

De nombreux couples se séparaient à plus ou moins long terme, voyant alors toutes leurs illusions de bonheur voler en éclats.

C'est sans doute cet amer constat qui lui fit prendre sa décision. Puisque Marcus refusait de l'entendre, elle élèverait leur enfant seule et sans l'aide de personne.

Le désespoir avait maintenant laissé place à un étrange sentiment de combativité et elle se leva pour arpenter la pièce d'un pas résolu.

La première chose à faire était de quitter cet hôtel sordide et la seconde, de trouver un moyen de gagner sa vie.

Maintenant qu'elle se savait enceinte, il lui incombait de veiller au bonheur du petit être qui poussait déjà dans son ventre.

1

Un an plus tard…

Les doigts crispés sur le volant de sa Mercedes, Marcus Keller négocia un ultime virage avant d'apercevoir, soulagé, les premières maisons de Summerville.

Cette petite bourgade en rase campagne ne se trouvait qu'à trois heures de route de Pittsburgh mais le contraste était si grand entre la métropole bruyante envahie par le béton et ces maisons pittoresques entourées d'arbres et de verdure qu'il avait l'impression de changer d'univers.

Tout en ralentissant l'allure, il observa les magasins bordant la rue principale : d'abord un drugstore, puis la poste, un bar grill, une boutique de souvenirs et enfin…

Son regard se posa sur une pâtisserie surmontée d'un store jaune vif à l'enseigne du *Sugar Shack* calligraphiée en lettres noires.

Le signe « Ouvert » clignotait derrière la devanture et, à l'intérieur, plusieurs clients attendaient d'être servis.

Sa première impression était plutôt favorable mais, avant d'investir un seul centime dans le *Sugar Shack*, il voulait s'assurer que l'affaire était financièrement saine.

Une fois arrivé à l'extrémité de la grande rue, il tourna à gauche et se dirigea plus lentement vers l'immeuble de brique abritant les locaux des conseillers financiers Blake et Fetzer.

Brian Blake – avec qui il avait déjà collaboré par le passé – avait toute sa confiance et si ce dernier estimait que cette pâtisserie artisanale était promise à un bel avenir, Marcus se sentait enclin à lui faire confiance.

Certes il était déjà très riche, mais il ne négligeait pourtant jamais une nouvelle occasion d'accroître sa fortune et diversifier ses placements lui semblait constituer une stratégie d'avenir.

Tout en conduisant, il dépassa une jeune femme aux cheveux presque roux qui marchait d'un pas rapide sur le trottoir et semblait se diriger, elle aussi, en direction du cabinet des conseillers financiers.

Il s'arrêta un instant sur son chemisier blanc et sa jupe fendue qui dévoilait de longues jambes galbées. Elle lui faisait irrésistiblement penser à son ex-épouse Vanessa.

La passante ne portait ni veste ni bijoux et elle était légèrement plus ronde que Vanessa. Elle avait aussi des cheveux courts alors que Vanessa les portait longs, mais, s'il distinguait mal ses traits, quelque chose dans son allure lui était familier.

Penser à Vanessa attisa ses regrets et il s'obligea à regarder devant lui en se répétant que leur divorce avait été inévitable.

Qu'était donc devenue Vanessa ? Il aurait bien voulu le savoir mais, malheureusement, elle ne lui avait jamais plus donné signe de vie.

Sans doute l'avait-elle oublié et il serait bien avisé d'en faire autant !

Tout en s'efforçant de ne plus penser à cette rousse qui ressemblait de façon si troublante à Vanessa, il se gara dans le minuscule parking réservé aux clients du cabinet Blake et Fetzer, claqua la portière de sa Mercedes derrière lui et respira l'air printanier.

Si l'examen des comptes du *Sugar Shack* puis la visite de la boutique ne lui prenaient pas trop de temps, peut-être pourrait-il repartir avant la tombée de la nuit ?

Il avait hâte de rentrer à Pittsburgh car, s'il n'avait rien contre la vie calme de province, la grande ville et son bruit lui manquaient déjà.

En se retrouvant au pied de l'immeuble de brique rouge du cabinet Blake et Fetzer, Vanessa ne put s'empêcher d'éprouver une bouffée d'anxiété.

Elle savait bien qu'elle jouait gros et que, de sa rencontre avec le mystérieux investisseur que lui avait trouvé Brian Blake, dépendrait en partie son avenir et celui du *Sugar Shack*, cette boutique de pâtisserie artisanale qui était son seul espoir d'avenir.

Avant d'entrer, elle jeta un coup d'œil rapide à son visage qui se reflétait sur la porte vitrée donnant accès aux locaux des conseillers financiers.

Ses courts cheveux d'un roux cuivré étaient bien coiffés et en dépit du fait qu'elle avait pris du poids à la suite de sa grossesse, son chemisier ne faisait pas trop étriqué sur elle.

En revanche, sa bouche lui parut un peu trop pâle et, après une hésitation, elle sortit son tube de rouge à lèvres qu'elle appliqua tant bien que mal.

Achetées à l'époque de son mariage, ses tenues étaient sans doute démodées mais elle ne faisait pas encore assez de bénéfices pour pouvoir renouveler sa garde-robe.

Après avoir prié pour que Brian lui ait déniché un investisseur compréhensif et compétant, elle poussa la porte du cabinet financier. Son regard se porta immédiatement sur un homme, assis de dos, dans le fauteuil réservé aux visiteurs.

En veste gris anthracite, l'inconnu aux cheveux noirs pianotait impatiemment sur l'accoudoir de son fauteuil tout en écoutant ce que Brian était en train de lui expliquer.

— Tu arrives au bon moment, Vanessa ! s'exclama Brian en se levant et en allant à la rencontre de la jeune femme. Je te présente Marcus Keller, l'investisseur dont je t'avais parlé.

Il se tourna ensuite vers son visiteur.

— Marcus, permettez-moi de vous présenter Vanessa Mason qui…

— Nous nous connaissons déjà, déclara l'homme en se levant et en faisant face à Vanessa.

Stupéfaite, Vanessa scruta ce visage familier. Ces cheveux de jais…

— Marcus, je…

— Comment vas-tu ? demanda Marcus d'une voix douce.

Si elle peinait à reprendre ses esprits et le contrôle de la situation, lui semblait curieusement très décontracté et, après avoir glissé les mains au fond de ses poches, il la regarda sans ciller.

— Eh bien ? Ne me dis pas que tu as perdu ta langue ! insista-t-il.

— Si je m'attendais…, bafouilla-t-elle, au comble de la gêne.

Quand Brian lui avait parlé d'un homme d'affaires de Pittsburgh, il ne lui était pas venu à l'esprit qu'il puisse s'agir de Marcus et, même si elle avait désespérément besoin d'argent, il n'était pas question pour elle de conclure le moindre accord avec celui qui n'avait pas hésité à lui briser le cœur, à une époque de sa vie où elle était particulièrement vulnérable.

— Pour une surprise, c'est une surprise ! J'ignorais que vous vous étiez déjà rencontrés, déclara Brian, un peu embarrassé par son silence.

— Oh ! Nous avons fait bien plus que nous rencontrer et je suis au regret de vous dire que, quelle que soit la proposition de M. Keller, je ne peux pas l'accepter, répondit-elle enfin.

Après avoir salué les deux hommes d'un hochement du menton, elle sortit du bureau d'un pas très digne et s'engagea sur le trottoir mal pavé.

— Vanessa !

Elle aurait reconnu la voix de Marcus entre mille.

Dans sa hâte à regagner le *Sugar Shack*, elle faillit se tordre les chevilles mais il en aurait fallu bien plus pour l'arrêter tant elle voulait mettre un maximum de distance entre elle et cet homme.

— Vanessa !

Elle pressa encore l'allure, et tourna le coin de la rue. Lorsqu'elle aperçut l'enseigne de sa boutique, elle poussa un profond soupir.

Alors qu'elle se croyait tirée d'affaire, une pensée soudaine la fit trébucher.

Danny !

Elle avait oublié que son fils se trouvait en ce moment même dans la cuisine de la boutique, sous la garde de tante Helen !

Son fils ! L'être qu'elle aimait le plus au monde et qu'elle voulait protéger contre tous ceux qui auraient pu lui faire du mal...

Marcus la rattrapa alors qu'elle se tenait, les bras ballants, devant la porte de sa boutique.

Son visage était rouge et, à la satisfaction de Vanessa, il semblait hors d'haleine.

— Pourquoi fuis-tu ainsi ? demanda-t-il, une expression de perplexité se peignant sur ses traits virils.

— Si ma mémoire est bonne, aucun de mes propos n'est susceptible de t'intéresser, répondit-elle froidement.

Un an auparavant, quand elle aurait eu besoin de son appui, ne lui avait-il pas opposé une fin de non-recevoir par l'intermédiaire de cette petite fouine de Storch ?

Ces paroles si cruelles lui avaient alors fait un mal fou et, aujourd'hui, elle était plus déterminée que jamais à ne pas renouer avec son ex-mari.

Marcus la fixa d'un regard empreint de curiosité.

— Pourquoi dis-tu qu'aucun de tes propos n'est susceptible de m'intéresser ? A quoi fais-tu allusion ?

Elle le fixa avec mépris.

— Allons, ne joue pas les innocents !

Il haussa ses épaules massives.

— J'avoue ne rien comprendre à ce que tu dis. Bon, et si nous parlions plutôt du projet d'expansion de ta pâtisserie ?

— Je ne veux pas de ton argent !

— La question est de savoir si, oui ou non, tu en as besoin, déclara-t-il d'un ton docte.

Pendant un instant, elle fut tentée d'accepter son offre.

Tout serait si simple s'il renflouait ses caisses. Et puis, avec lui au moins, elle n'aurait rien à craindre financièrement car, en affaires du moins, il avait la réputation d'être intègre.

— Bien sûr que j'ai besoin de liquidités sinon je ne chercherais pas un investisseur ! répondit-elle.

— Ah, tu vois que j'ai raison.

Fièrement campée sur ses talons, elle affronta son regard pétillant de malice.

— Ma pâtisserie a du succès et même au cas où je ferais faillite, tu peux être sûr que ce n'est pas à toi que je demanderais quoi que ce soit.

Avant que Marcus ait eu le temps de répondre, Brian Blake tourna, hors d'haleine, le coin de la rue.

Lui si pondéré d'ordinaire semblait être dans tous ses états.

— Monsieur Keller... Vanessa, dit-il d'une voix essoufflée tandis que sa pomme d'Adam montait et descendait le long de son cou trop maigre.

Il inspira une bouffée d'air frais.

— Si je m'attendais à ce que les choses prennent cette tournure ! Voyons, revenez dans mon bureau et trouvons un terrain d'entente.

Elle avait de l'estime et de l'affection pour Brian Blake. Elle s'en voulait de le placer dans une situation aussi embarrassante mais qu'y pouvait-elle si l'investisseur qu'il lui avait déniché n'était autre que Marcus Keller, son ex-mari ?

— Désolée, mais j'ai bien peur qu'aucun accord ne soit envisageable avec M. Keller, dit-elle d'un ton froid.

Face à sa détermination, le conseiller financier décida de jouer la prudence.

— Très bien, je comprends, admit-il.

— En ce qui me concerne, investir dans cette pâtisserie artisanale m'intéresse toujours autant, déclara Marcus avec un sourire.

Vanessa le foudroya du regard.

— J'ai dit que je ne voulais pas de ton argent !

— Réfléchis, Nessa, insista-t-il en employant le diminutif familier et affectueux qu'il lui donnait du temps de leur vie conjugale.

Elle eut du mal à cacher sa colère car, à l'évidence, il tentait de la déstabiliser.

— C'est tout réfléchi.

— J'ai conduit trois heures pour venir jusqu'ici et j'estime que tu pourrais au moins me faire visiter tes locaux, insista-t-il.

Alors qu'elle allait refuser une fois de plus, Brian la prit par le bras et la conduisit à quelques mètres de là.

— J'ignorais que M. Keller était votre ex-mari et si je l'avais su, je me serais bien gardé d'organiser cette rencontre, mademoiselle Mason. Croyez que je suis navré de voir la tournure des événements mais, néanmoins, M. Keller semble disposé à investir dans votre commerce et il est de mon devoir de vous inciter à accepter sa proposition.

— Je ne veux pas de son argent ! répéta Vanessa.

Brian Blake soupira.

— Pour le moment, votre affaire est rentable mais qu'en sera-t-il durant la morte saison ou même dans un an ou deux ? J'approuve votre idée de vente par correspondance mais, pour ça, vous avez besoin d'un apport financier conséquent et, à part M. Keller, aucun autre investisseur ne s'est encore manifesté.

En dépit de son aversion pour Marcus, elle devait admettre que Brian disait vrai et qu'en se montrant trop difficile sur le choix de l'investisseur, elle mettait en danger l'avenir de son commerce.

Après s'être assurée que Marcus ne pourrait pas entendre ce qu'elle avait à dire, elle se pencha vers Brian.

— M. Keller et moi, nous nous sommes quittés en mauvais termes, expliqua-t-elle en rougissant.

— Je comprends, mais j'aimerais que vous réfléchissiez tout de même à sa proposition. Encore une fois, mademoiselle Mason, les investisseurs ne se bousculent pas au portillon.

Elle se sentit soudain au pied du mur. Brian avait fait beaucoup pour elle et elle ne souhaitait pas le mécontenter. Il fallait qu'elle trouve un compromis avant de chercher à se débarrasser de Marcus.

— Je veux bien faire visiter ma pâtisserie à M. Keller mais il n'est pas question pour moi de signer un accord avec lui.

Brian Blake hocha la tête.

— Très bien ! Au moins est-ce un pas dans la bonne direction !

Comme s'il avait peur qu'elle se rétracte, Brian se précipita vers Marcus pour le mettre au courant de la tournure des événements, et les deux hommes la suivirent jusqu'à la boutique d'où s'échappait une délicieuse odeur de beurre chaud.

Soudain très fière, elle huma l'odeur des petits pains à la

cannelle et des cookies que sa tante et elle préparaient avec amour depuis déjà un an.

— Attends-moi ici. Tante Helen ne te porte pas dans son cœur et il ne faudra pas m'en vouloir si jamais elle refuse de te rencontrer, dit-elle à l'attention de Marcus.

— Tu n'as qu'à lui expliquer que je n'ai jamais eu, quoi qu'elle pense, les pieds fourchus ! ironisa Marcus.

Elle tourna impatiemment les talons par crainte de laisser éclater sa colère et entra dans la boutique. Elle était fière de *Sugar Shack*, c'était une boutique pimpante où une clientèle bon enfant dégustait ses gâteaux faits maison.

Après avoir souri et dit un mot aimable à chacun des habitués du *Sugar Shack*, elle s'engouffra dans la grande cuisine lumineuse où Helen s'affairait en tablier blanc.

Malgré ses soixante-dix ans, Helen avait l'énergie d'une femme de vingt ans et se levait chaque matin à l'aube pour pétrir et préparer ses gâteaux qu'elle mettait à cuire dans quatre fours munis des derniers perfectionnements techniques.

Vanessa se considérait bonne pâtissière mais sa tante la dépassait de cent coudées sans compter que, en plus de son travail en cuisine, tante Helen la remplaçait aussi derrière le comptoir et trouvait encore le temps de s'occuper de Danny.

Sans son aide et son soutien, qu'aurait-elle fait ?

— Déjà de retour ? demanda Helen en continuant de saupoudrer du sucre pailleté sur une prochaine fournée de biscuits.

— Oui, et il y a une complication, répondit prudemment Vanessa.

— Ah ! s'exclama sa tante d'un ton déçu. Je parie que tu n'as pas obtenu l'argent escompté.

— C'est encore pire. L'investisseur que Brian m'a présenté n'est autre que mon ex-mari.

De surprise, Helen renversa le bocal qu'elle tenait à la main et les paillettes multicolores se répandirent en vrac sur le comptoir.

— Ce bon à rien de Marcus ? Je n'en reviens pas !

— Il est dehors et j'ai promis à Brian de lui faire visiter les locaux. Je compte sur toi pour emmener Danny dans l'appartement du haut et le surveiller pendant la visite, répondit-elle en se dirigeant vers un petit berceau.

Elle se pencha avec un élan d'amour maternel sur le bambin dont le visage rond s'éclaira d'un beau sourire, puis elle prit l'enfant dans ses bras, le cala contre son épaule et le berça doucement en déplorant d'avoir si peu de temps à lui consacrer.

Ce fils qu'elle chérissait illuminait sa vie et elle avait toujours hâte de terminer sa journée afin de pouvoir rentrer à la maison et s'occuper de lui.

— Bientôt je jouerai avec toi, mon cœur ! chuchota-t-elle à son oreille en espérant que Marcus ne s'attarderait pas ici.

Elle confia à regret l'enfant à sa tante.

— Dépêche-toi de l'emmener en haut et, surtout, ne fais pas de bruit. Si Danny commence à pleurer, allume le téléviseur ou la radio pour qu'on ne l'entende pas d'en bas.

— Entendu, ma chérie. Et toi, n'oublie pas de surveiller les fours. Les galettes au beurre doivent cuire cinq minutes, pas plus, tandis que les baklavas et les tartes au citron ont besoin d'encore dix minutes de cuisson.

— Promis ! De mon côté, je ferai l'impossible pour me débarrasser de Marcus au plus vite, dit-elle en poussant sa tante vers l'escalier qui conduisait à l'appartement aménagé au-dessus de la boutique.

Pendant qu'Helen gravissait les marches de bois, Vanessa alla dissimuler le berceau de Danny dans la réserve puis revint dans la cuisine.

Un jouet de Danny traînait par terre et elle aperçut un paquet de couches oublié sur une chaise. Elle songea aussi au flacon de gouttes pour les oreilles que le médecin avait prescrit récemment à son fils et qu'elle avait placé au réfrigérateur comme le recommandait la notice.

Si Marcus ouvrait le réfrigérateur et y découvrait ce médicament pour bébé, n'aurait-il pas des soupçons ?

Tant pis. Elle dirait qu'une amie ou une cliente ayant des enfants avait oublié ces objets lors d'une récente visite.

D'un pas rapide, elle se dirigea vers la boutique et, au moment précis où elle poussait la porte séparant celle-ci de la cuisine, elle percuta Marcus de plein fouet.

Alors qu'elle était sur le point de tomber, il la retint entre ses bras puissants.

2

— Désolée, je ne t'avais pas vu ! dit-elle en rougissant.

Dire qu'un peu plus et elle s'étalait de tout son long devant les clients !

— Ça n'est pas grave, répondit Marcus.

Serrer Vanessa contre lui, sentir palpiter son cœur et percevoir la tiédeur de sa peau si longtemps après leur séparation lui procura une sensation de bien-être et réveilla son désir.

Jamais il n'avait pu l'oublier. Cette belle rousse avec laquelle il avait partagé ses plus fougueuses nuits d'amour. Et s'il en jugeait par la vague de chaleur qui soudain l'avait envahie, il se montrait toujours aussi réceptif au charme de Vanessa. Avec ses rondeurs nouvelles, elle était encore plus excitante qu'auparavant.

— Vanessa ! dit-il avec émotion tout en plongeant son regard dans les prunelles bleu saphir de la jeune femme.

Elle se dégagea de son étreinte et lui fit face, la mine renfrognée.

— Je t'avais demandé de m'attendre dans la boutique, pas de me suivre à la trace ! dit-elle en lissant machinalement son chemisier sans se rendre compte qu'en agissant ainsi, elle faisait saillir sa poitrine.

Il dut se faire violence pour détourner le regard de ses courbes si délicieuses et si attirantes.

— Tu tardais à revenir et puis ne sommes-nous pas dans un lieu public, ouvert à la clientèle ? plaida-t-il. Si ça peut te rasséréner, considère-moi comme un habitué et sers-moi quelque chose de bon.

Il sortit de sa poche une liasse de billets retenus par une pince en or et en détacha deux petites coupures.

— Tiens ! Donne-moi donc un café et, pour ce qui est des gâteaux, je te laisse choisir.

— Je t'ai dit que je ne voulais pas de ton argent ! dit-elle en regardant les billets d'un air réprobateur.

— Comme tu voudras ! répondit-il en les rangeant. Et maintenant, si tu me faisais visiter les lieux ?

Il la vit jeter un regard à la ronde.

— Où est passé Brian ? demanda-t-elle, étonnée.

— Je lui ai dit de retourner au bureau puisqu'il connaît déjà ta boutique. Nous sommes convenus que je l'appellerai dès que la visite sera terminée.

Vanessa tressaillit.

— Je pensais que nous ferions cette visite tous les trois !

Il lui lança un regard ironique.

— Que se passe-t-il, Nessa ? Aurais-tu peur de rester seule avec moi ?

— Bien sûr que non ! rétorqua-t-elle en croisant les bras avec défi.

Il esquissa un sourire. Si quelque chose n'avait pas changé chez Vanessa, c'était bien sa propension à s'enflammer pour un oui ou pour un non.

Il en venait à regretter l'époque où ils se chamaillaient quotidiennement. Car alors, les réconciliations étaient torrides.

— Bon, par où veux-tu commencer la visite ? dit-elle avec impatience en tambourinant des doigts sur son avant-bras.

— A toi de décider.

— Le mieux serait que je te fasse visiter la boutique et le salon de thé avant de te montrer la cuisine, dit-elle en l'entraînant dans la petite salle équipée de chaises et de tables.

— Parfait !

Elle lui expliqua que les clients pouvaient soit consommer sur place soit emporter leurs achats et elle lui décrivit en détail la composition de chacun des gâteaux proposés à la vente.

Au fur et à mesure qu'elle parlait de son métier, son air maussade s'estompa pour faire place à une expression d'enthousiasme qu'il ne lui avait jamais connue du temps où ils vivaient ensemble.

A l'époque, Vanessa manifestait bien peu d'entrain quand ils dînaient à la table d'Eleanor Keller – la mère de Marcus – ou quand celle-ci entraînait sa belle-fille à des ventes de charité du country club.

Au bout de quelques mois, il s'était rendu compte qu'elle s'ennuyait dans le grand manoir que les Keller possédaient à Pittsburgh et y semblait même assez malheureuse.

Une fois ou deux, il avait voulu aborder le sujet avec elle mais Vanessa avait préféré esquiver la discussion.

Il aurait pu, et peut-être même dû, insister et la forcer à lui livrer le fond de son cœur, mais ce silence l'arrangeait plutôt car, le soir, quand tous deux se retrouvaient dans l'immense suite aménagée à l'étage du manoir, Vanessa retrouvait ses couleurs et cette fougue qu'il aimait tant chez elle.

A peine étaient-ils au lit qu'elle se changeait en amante sensuelle, avide de baisers et de caresses et impatiente de lui montrer son savoir-faire.

A la pensée de tout le plaisir qu'elle lui avait donné, de toutes les audaces qu'ils avaient partagées dans l'intimité, il ne put s'empêcher de se sentir ému.

— A quoi penses-tu ? lui demanda-t-elle, visiblement intriguée par son changement d'attitude.

— Eh bien…

Devait-il lui avouer que c'était à elle qu'il pensait, qu'il ne l'avait pas oubliée et qu'il ne l'oublierait jamais ?

— Je t'ennuie peut-être en t'expliquant ces recettes de gâteaux ? suggéra-t-elle d'un ton contrit.

— Non, au contraire ! Et je t'en prie, continue ! s'empressa-t-il de répondre.

Pendant qu'elle lui détaillait l'art et la manière de préparer une tarte aux cerises, il repensa à leur première rencontre, dans le petit restaurant de cette ville universitaire où elle travaillait comme serveuse afin de payer ses études.

Il avait tellement eu peur de la voir lui échapper que, dès qu'il l'avait pu, il lui avait passé la bague au doigt. Ainsi, elle serait à lui corps et âme. C'est du moins ce dont il avait essayé de se convaincre à l'époque.

A cause de lui, elle avait renoncé à une carrière d'enseignante dans laquelle elle aurait sûrement brillé.

S'il avait agi de façon égoïste en la privant d'un diplôme qui aurait pu lui rendre de grands services, il avait des bonnes excuses à ça, la première de toutes étant qu'il avait envie de faire l'amour jour et nuit avec cette délicieuse rousse.

Après leur mariage, il n'aurait pas demandé mieux que Vanessa reprenne le chemin de l'université mais elle s'était contentée de jouer sa partition discrète au sein de la richissime famille Keller.

Avait-elle agi ainsi pour montrer à sa belle-mère qu'elle était une bonne épouse et non une de ces intellectuelles qu'Eleanor détestait plus que tout ?

Si Vanessa avait fait des efforts louables pour se faire accepter dans sa nouvelle famille, Eleanor, en revanche, n'avait jamais témoigné de sympathie pour sa belle-fille.

Etait-ce parce que Vanessa irradiait de beauté et que son apparition à une vente de charité contribuait à ouvrir les portefeuilles des donateurs que sa mère l'avait prise en grippe ou bien Eleanor jugeait-elle que Vanessa ne venait pas d'un milieu suffisamment huppé pour être digne de figurer sur le tableau de famille ?

Dans tous les cas, le résultat avait été ce lamentable divorce qui lui collait à la peau comme une tache indélébile et, une fois de plus, il s'en voulut de ne pas avoir fait plus d'effort pour retenir Vanessa auprès de lui.

— Fais-moi le plaisir de goûter ces gâteaux, dit-elle en lui tendant un plateau garni de pâtisseries et d'une tasse de café fumant.

— Merci !

Il s'installa à une table, but une gorgée de café et croqua dans une tartelette nappée de crème.

— C'est délicieux, dit-il en s'essuyant les doigts sur une serviette en papier.

Si la clé du succès d'un commerce résidait dans la qualité du produit vendu, alors Vanessa ne tarderait pas à être riche à millions. Peut-être n'était-elle pas faite pour être une épouse au foyer mais, en tout état de cause, elle gérait son affaire avec brio.

Après avoir avalé la dernière bouchée d'un appétissant muffin aux noix et à la banane, il se lécha les doigts et chercha le regard de Vanessa.

— Tes pâtisseries sont divines, commenta-t-il en la regardant dans les yeux. Tu aurais dû me montrer tes talents culinaires quand nous étions mariés.

Elle lui lança un regard hostile.

— Je ne me voyais pas jonglant avec les plats à tartes sous l'œil des employées d'Eleanor.

— Comment ça ? demanda-t-il en fronçant les sourcils.

— Ta mère n'a jamais toléré que je prenne la moindre initiative chez elle. Si j'avais osé investir sa sacro-sainte cuisine, elle m'en aurait expulsée manu militari.

Il connaissait assez sa mère pour savoir que Vanessa disait vrai. Quand, petit garçon, il se faufilait dans la cuisine pour quémander une tartine de confiture, Eleanor ne manquait jamais de lui rappeler que sa place n'était pas en un tel lieu.

— Tu aurais dû agir comme bon te semblait sans te soucier de ce qu'elle pouvait bien penser, dit-il avec fermeté.

— En effet, j'aurais dû n'en faire qu'à ma tête, approuva-t-elle. Et maintenant, si nous poursuivions la visite ?

Pendant un bon quart d'heure, elle lui expliqua le fonctionnement des appareils électroménagers sophistiqués qui permettaient d'obtenir des pâtes plus ou moins fluides.

Il hocha la tête tout en jetant un regard gourmand sur les gâteaux qui n'attendaient plus qu'à passer au four.

— Est-ce toi qui as mis au point ces recettes ? demanda-t-il.

— La plupart ont été créées par tante Helen mais nous nous complétons bien, elle et moi.

Tandis qu'elle ouvrait l'un des fours pour en sortir une plaque de biscuits dorés qui sentaient délicieusement bon, il ne se priva pas d'admirer sa cambrure et la courbe de ses seins.

Il aimait son allure, sa démarche, ses gestes à la fois assurés et gracieux et, plus il la regardait, plus il regrettait ce divorce précipité.

Le cœur serré, il repensa à ce jour déjà lointain où Vanessa avait fait irruption dans la salle de bains pendant qu'il se rasait.

« Je ne peux plus vivre ainsi ! Il faut que nous nous séparions ! » lui avait-elle dit avec véhémence.

Il avait tenté de tempérer sa colère, de parlementer, mais Vanessa semblait si remontée contre lui qu'il avait renoncé à la convaincre.

Accaparé par la direction de l'entreprise Keller, le temps lui manquait pour s'occuper de sa vie privée et il avait dû se résigner à entamer une procédure de divorce et à raconter ses déboires conjugaux à ses avocats.

Triste et déçu, il s'était creusé la cervelle pour tenter de comprendre ce qui, dans les derniers mois de leur vie commune, pouvait avoir incité Vanessa à demander le divorce, mais aucun incident notable, aucune querelle particulière, ne lui étaient revenus à la mémoire.

Depuis leur installation au manoir, peu après leur mariage, Vanessa et lui observaient la même routine, à peu de choses près.

Chaque soir, quand il rentrait du travail, il prenait soin de l'embrasser, de lui demander si elle avait passé une bonne journée et d'échanger avec elle quelques propos généraux.

Au début, ils avaient fait l'amour toutes les nuits et puis, après quelques mois, leurs étreintes n'avaient eu lieu qu'une ou deux fois par semaine, mais il ne s'était pas alarmé pour autant.

Aussi, le jour où Vanessa lui avait déclaré de but en blanc qu'elle n'était pas heureuse avec lui, il s'était profondément blessé et, comme il était orgueilleux, il avait voulu se persuader qu'il s'agissait d'une lubie de sa part et qu'elle finirait par retrouver sa joie de vivre.

Hélas, Vanessa n'avait pas changé d'humeur et elle avait même insisté pour qu'ils divorcent au plus vite.

Une fois les formalités accomplies, elle était partie sans plus lui donner de ses nouvelles, ce qu'il avait vécu comme une véritable trahison de sa part.

S'efforçant de refouler son amertume, il se tourna vers Vanessa qui était en train de démouler une fournée de gâteaux fumants.

— Tout à l'heure, Blake m'a montré ton bilan et d'après ce que j'ai pu constater, le chiffre d'affaires du *Sugar Shack* est prometteur.

Vanessa eut un sourire satisfait.

— Helen et moi, nous formons un sacré tandem, tu sais ! Grâce à son savoir-faire en cuisine et grâce à mon énergie, nous nous débrouillons plutôt bien.

— J'ai remarqué que les charges sont assez élevées.

— C'est le hic. Certains mois, les frais généraux et le loyer de la boutique engloutissent tout notre bénéfice mais, dans l'ensemble, la trésorerie est saine.

Il plissa les yeux.

— Dans ce cas, pourquoi chercher à tout prix un investisseur ?

Elle releva la tête et le regarda dans les yeux.

— J'ai des idées commerciales et je voudrais les mettre en pratique.

— Quelles idées ?

Elle prit visiblement le temps de réfléchir.

— Je voudrais me lancer dans la vente par correspondance et sur internet, un peu comme sur le modèle des clubs de livres qui proposent d'acheter un ouvrage par mois. Les clients qui s'abonneront recevront un envoi mensuel de biscuits et de gâteaux.

— As-tu l'intention d'éditer un catalogue ?

— Bien sûr ! Il est déjà prêt et il ne reste plus qu'à l'imprimer.

Il hocha la tête.

— Ton idée est excellente mais, si tu veux mener ce projet à bien, il faudra que tu agrandisses ta boutique, dit-il.

— Le local voisin est vacant. Il pourrait servir de centre de préparation et d'expédition des futurs colis de pâtisserie, dit-elle en lui faisant signe de la suivre.

Alors qu'il lui emboîtait le pas, Marcus s'arrêta net.

— Où mène cet escalier ? demanda-t-il, très intrigué.

De toute évidence mal à l'aise, Vanessa se mordit la lèvre.

— Oh, nulle part ! s'empressa-t-elle de répondre.

Elle sembla se rendre compte néanmoins que sa réponse

était absurde. Pour sa part en tout cas, il jugeait qu'un escalier menait toujours quelque part. Et l'attitude soudain très étrange de Vanessa l'intrigua.

— Le bail de la boutique comprend la jouissance d'un petit appartement, expliqua-t-elle. Helen et moi nous l'utilisons comme remise.

— Vraiment ?

— Oui. Il arrive même à ma tante d'y faire la sieste quand elle est trop fatiguée.

Il sentit sa méfiance s'éveiller car Helen débordait de vitalité et n'était pas le genre de femme à s'assoupir après un repas.

— Eh bien, tu viens ? demanda Vanessa avec impatience.

— J'arrive ! répondit-il non sans jeter un regard intrigué en direction du haut de l'escalier.

Alors que Vanessa l'entraînait jusqu'à une porte secondaire donnant sur la rue, il ne put s'empêcher de s'interroger une nouvelle fois sur ce qui avait bien pu provoquer chez elle tant de gêne.

Avait-elle quelque chose à lui cacher ?

— Viens voir, dit Vanessa en ouvrant la porte qui donnait sur le trottoir et en l'entraînant devant le local à louer.

Pressant son nez contre la vitrine, il put constater que le local à louer était deux fois plus petit que le *Sugar Shack* mais présentait l'avantage d'être dépourvu du moindre meuble, ce qui simplifierait les travaux à venir.

Il imaginait facilement ce local équipé d'ordinateurs, d'imprimantes et d'un comptoir sur lequel empaqueter les envois et, pourquoi pas, d'un petit bureau pour Vanessa.

— Alors, qu'en penses-tu ? demanda-t-elle, visiblement anxieuse d'avoir son avis.

Il se tourna vers elle pour lui répondre, mais il fut incapable de prononcer le moindre mot. Elle se tenait à contre-jour, le soleil déclinant allumant dans sa chevelure rousse des reflets sensuels. Jamais elle n'avait été si belle et il se sentit soudain envahi par un désir inouï. Le même que celui qui l'animait à l'époque où il pouvait chaque soir la tenir entre ses bras.

Comme autrefois, il mourait d'envie de caresser ses cheveux

soyeux et il lui vint même l'idée de l'attirer entre ses bras et de l'embrasser sans plus attendre. Mais il se contenta de reprendre le fil de la conversation, désireux de lui cacher son trouble.

— L'idée de louer ce local et de l'aménager est excellente et je constate que, depuis notre divorce, tu as fait ton chemin.

— Il a bien fallu que j'apprenne à me débrouiller seule, répondit-elle sobrement.

Il hocha la tête, mais choisit de ne pas reprendre sur ce sujet.

— Il me reste à examiner en détail avec Brian ton bilan commercial mais sache que, d'ores et déjà, je suis d'accord pour investir dans ton projet d'expansion.

— Je n'ai encore rien décidé, répondit-elle froidement.

Certes, il ne s'attendait pas à ce qu'elle saute de joie mais son manque d'enthousiasme le désarçonna quelque peu et, pour se donner une contenance, il enfouit ses mains dans ses poches.

— J'ai vu ce que je voulais voir. Merci pour la visite et pour les gâteaux, dit-il en se sentant curieusement intimidé.

— De rien, répondit-elle avec un sourire poli.

— Où puis-je te joindre si j'ai à te parler ? demanda-t-il.

Elle arrangea une boucle rebelle derrière son oreille puis le regarda en face.

— Si ça ne te dérange pas, laissons à Brian le soin de nous servir d'intermédiaire.

Telle qu'il la connaissait, elle était bien capable de rompre tout contact entre eux s'il se montrait trop insistant.

— Comme tu voudras, dit-il en s'efforçant de cacher sa déception.

Après avoir pris congé, il s'éloigna sur le trottoir sans se retourner, alors même qu'il mourait de curiosité de savoir si Vanessa le suivait ou non des yeux.

Ce ne fut que lorsque Marcus eut disparu au coin de la rue que Vanessa s'autorisa un long soupir de soulagement.

Quel homme ! songea-t-elle, encore bouleversée par cette rencontre inopinée. C'était un véritable choc que de se retrouver face à l'homme qu'on avait désespérément aimé et que l'on s'était juré de ne plus jamais revoir.

Elle regagna la boulangerie et se dirigea vers l'escalier qui conduisait à l'appartement du haut.

Sa tante écoutait du swing, une musique qu'elle affectionnait par-dessus toutes les autres et, tout en grimpant les marches, Vanessa prêta l'oreille à un solo de trompette strident.

Elle reconnut soudain, derrière les cuivres de l'orchestre, les cris perçants de Danny.

Affolée, elle gravit les dernières marches deux par deux et elle aperçut sa tante qui s'efforçait de consoler Danny dont les yeux étaient rougis.

— Ouf ! J'ai bien cru que j'allais devenir folle ! déclara Helen. J'ai pourtant tout fait pour le distraire mais il ne voulait rien savoir. Comme tu n'étais pas là pour lui donner le sein, j'ai fait chauffer son biberon en t'attendant.

— Pauvre bébé ! s'exclama Vanessa en prenant son fils entre ses bras et en entrouvrant son chemisier.

Danny s'empara immédiatement de son sein et elle alla s'installer sur le canapé.

— En tout cas, merci de t'être occupé de lui pendant que je me débattais avec Marcus.

Sa tante leva sur elle un regard interrogateur.

— Est-il déjà reparti ?

— Oui, heureusement.

Curieusement, alors qu'elle aurait dû être soulagée d'être débarrassée de Marcus, ce dernier lui manquait déjà. Pour être honnête, une fois le choc passé, elle avait même pris plaisir à le revoir.

Leur tête-à-tête avait été plutôt détendu et, en ce qui la concernait, revoir son ex-mari avait réveillé en elle des sensations qu'elle croyait oubliées.

Quand il l'avait dévisagée avec tant d'insistance, elle n'avait pu s'empêcher de penser à l'époque où ils faisaient l'amour jour et nuit.

Elle prêta soudain l'oreille car il lui semblait avoir entendu grincer les marches de l'escalier.

— Tu as entendu ? demanda-t-elle à Helen.

— Quoi donc ?

— Quelqu'un monte ici !

Avant qu'elle ait eu le temps de couvrir sa poitrine nue, la silhouette de Marcus se profila en haut des marches.

Il semblait à la fois ébahi et contrarié.

— Que fais-tu ? demanda-t-il en fixant Vanessa d'un regard incrédule.

— Tu le vois bien, je donne le sein, répondit-elle, résignée.

3

Marcus ne fut pas long à recouvrer son sang-froid.

— Je croyais que cet appartement n'était qu'une vague remise ? dit-il avec ironie tout en englobant du regard le canapé, les fauteuils, le poste de télévision et le parc pour enfant.

Le parquet était jonché de jouets. Le bébé vivait donc au moins en partie dans cet appartement et, selon toute vraisemblance, Vanessa en était la mère.

Lui aurait-elle donné le sein dans le cas contraire ?

Il pensait à toute vitesse, les idées se bousculant dans son esprit. Mais soudain, la réalité s'imposa à lui avec une violence inouïe.

Si l'enfant était de Vanessa, alors il y avait de fortes chances pour qu'il en soit le père. Ce qui expliquerait qu'elle ait tout fait pour lui cacher la vérité.

Il fit un rapide calcul mental. De toute évidence, Vanessa était tombée enceinte quelques semaines avant leur divorce, à l'époque où ils faisaient encore l'amour.

Il n'envisagea même pas qu'elle puisse être enceinte d'un autre, ce n'était pas le genre de Vanessa. Jamais elle ne l'aurait trompé.

En dépit de son trouble, il s'approcha d'elle avec une nonchalance calculée.

— Tu me dois quelques explications, non ?

— C'est le moins que je puisse faire, répondit-elle sans enthousiasme.

Helen, qui était restée muette jusqu'alors, ne put s'empêcher de mettre son grain de sel dans leur conversation.

— Ne recommencez pas à tracasser ma nièce sinon vous aurez affaire à moi ! s'écria-t-elle.

Tout en lui lançant un regard désapprobateur, elle prit une serviette posée sur le dossier d'une chaise et alla la remettre à Vanessa pour qu'elle puisse dissimuler sa poitrine.

— Tout va bien, ma chérie ? demanda-t-elle d'un ton soucieux.

— Oui, rassure-toi ! Je crois que tu devrais nous laisser seuls car Marcus et moi avons des choses à nous dire.

La vieille dame fit la moue.

— Comme tu voudras ! déclara-t-elle avec humeur. Si tu as besoin d'aide, n'hésite pas à m'appeler.

D'une démarche hautaine, elle passa devant lui sans dire un mot et descendit l'escalier.

— Je vois que ta chère tante est toujours aussi aimable ! lança-t-il à Vanessa.

— Elle se méfie de toi, répondit-elle.

Il trouvait un peu fort d'être traité en paria par Helen alors que c'était lui qui avait été tenu à l'écart de la grossesse de Vanessa et jamais informé de la naissance de l'enfant. Mais il avait d'autres choses plus urgente à éclaircir que l'attitude de la tante Helen.

— Je t'écoute, déclara-t-il en fixant Vanessa dans les yeux.

— Que veux-tu savoir ? demanda-t-elle d'une voix douce tout en arrangeant la serviette sur sa poitrine.

— Pourquoi ne m'as-tu pas dit que tu attendais un enfant quand nous avons divorcé ?

Elle soupira.

— Tout simplement parce que, à l'époque, j'ignorais que j'étais enceinte. Je ne m'en suis aperçue qu'une fois les papiers du divorce signés.

Il prit le temps de réfléchir.

— Quelle a été ta première réaction en apprenant la nouvelle ?

— Je... J'ai eu peur que tu ne veuilles pas d'un bébé alors que nous n'étions plus officiellement mari et femme.

— Qu'est-ce que ça signifie ? Bien sûr que j'aurais voulu de lui en sachant que j'en étais le père ! dit-il avec colère.

Si elle le jugeait assez vil pour renier sa descendance, pourquoi l'avait-elle épousé ?

— Tu es donc si sûr que cet enfant est de toi ? demanda-t-elle en coulant un regard prudent dans sa direction.

— Je te fais confiance, répliqua-t-il.

Qu'elle l'ait trompé, il n'y croyait guère, mais qu'elle ait voulu le quitter parce qu'elle en aimait un autre lui paraissait maintenant plausible et ce, d'autant plus qu'à la fin de leur mariage, ils étaient deux étrangers l'un pour l'autre.

Peut-être aurait-il dû consacrer plus de temps à Vanessa mais était-ce sa faute si la direction de l'entreprise Keller l'accaparait, l'obligeant à passer ses soirées au bureau ou à multiplier les voyages à l'étranger ?

Plus d'une fois, Vanessa lui avait dit se sentir esseulée dans le manoir des Keller où sa mère, Eleanor Keller, régnait en maîtresse absolue et, aujourd'hui, il se reprocha de ne pas avoir réagi quand il en aurait été encore temps et d'avoir sacrifié son bonheur conjugal au bénéfice de son entreprise.

S'il s'était comporté de façon plus humaine envers elle, Vanessa ne l'aurait sans doute jamais quitté.

Il se pencha sur Vanessa et regarda avec circonspection l'enfant qu'elle serrait sur son sein.

— Y a-t-il eu quelqu'un d'autre dans ta vie et est-ce la raison qui t'a poussée à demander le divorce ? demanda-t-il.

— Je t'assure que non ! s'empressa-t-elle de répondre. Et toi ?

— Tu t'imagines que je t'ai trompée à l'époque où nous vivions encore ensemble ?

— Durant les derniers mois de notre mariage, tu rentrais de plus en plus tard à la maison

Il refréna son agacement.

— Diriger une entreprise est une lourde charge et je devais avoir l'œil à tout, ce qui expliquait mes retards répétés.

Vanessa haussa les épaules.

— L'œil à tout, excepté à mon bien-être, répondit-elle avec amertume.

Il se massa les tempes car, comme chaque fois qu'une discussion tournait à l'aigre avec Vanessa, il sentait poindre l'un de ces maux de tête carabinés qu'il abhorrait.

Mais, une fois de plus, la culpabilité l'étreignit. Pouvait-il lui en vouloir ? N'aurait-il pas dû, quand il en était encore temps, partager avec elle ses soucis d'ordre professionnel ?

S'il avait agi ainsi, elle n'aurait peut-être pas eu la tentation de divorcer et serait restée avec lui.

— Faut-il vraiment que nous reprenions cette vieille discussion ? demanda-t-il.

— Non, répondit-elle en esquissant un sourire. Après tout, nous sommes divorcés et nous n'avons plus de comptes à nous rendre.

— Est-ce parce que je ne te prêtais pas assez attention, à l'époque de notre mariage, que tu ne m'as rien dit ? insista-t-il.

Tout en continuant à donner le sein à l'enfant, Vanessa soupira.

— Comme je te l'ai déjà expliqué, j'ai découvert que j'étais enceinte alors que nous étions déjà divorcés, toi et moi.

— Et si tu t'en étais rendu compte avant ?

— Eh bien... Je ne sais pas. Nous étions devenus des étrangers l'un pour l'autre et j'ignore quelle aurait été ma première réaction.

— Ah, tu étais donc bien décidée à me cacher que j'allais être père ?

— Oh non ! J'aurais fini tôt ou tard par te le dire.

Il faillit laisser libre cours à sa rancœur mais y renonça, persuadé qu'elle trouverait encore le moyen de contrer ses arguments.

Plutôt que d'entamer une dispute au sujet de l'enfant, ne valait-il pas mieux chercher un compromis ? La situation était complexe, il le savait. Non seulement il découvrait qu'il avait un enfant avec la femme dont il avait divorcé mais, dans un même temps, il prenait conscience qu'il n'avait jamais vraiment cessé de l'aimer. Et sans compter qu'ils s'apprêtaient à devenir partenaires dans une affaire commerciale.

— Ne crois-tu pas que tu me dois quand même quelques explications ? demanda-t-il avec le plus de diplomatie possible.

— Que veux-tu savoir d'autre ? demanda-t-elle sans enthousiasme.

— Pour commencer, s'agit-il d'un garçon ou d'une fille ?

— C'est un garçon et il s'appelle Daniel Marcus, mais Helen et moi, nous préférons l'appeler Danny, répondit-elle.

Danny ! songea-t-il, plus ému qu'il voulait le laisser paraître, pendant que Vanessa se tournait pudiquement, pour reboutonner son chemisier.

Et en plus, elle avait eu la délicatesse d'adjoindre, comme c'était la coutume dans certaines familles, son propre prénom à celui de leur fils !

Au début de leur mariage, Vanessa et lui avaient désiré des enfants mais ceux-ci tardant à venir, ils en étaient arrivés à envisager l'adoption et même la fécondation in vitro.

Comment aurait-il pu se douter que, au moment où ils signaient les papiers du divorce, Vanessa était enceinte de lui.

Alors qu'elle se levait en serrant Danny contre elle, il lui posa la question qui lui brûlait les lèvres.

— Quand exactement as-tu su que tu attendais un enfant ? demanda-t-il en guettant anxieusement sa réponse.

— Un mois après notre divorce, répondit-elle d'une voix claire.

— Tu as déménagé si vite de cet hôtel où j'avais fini par retrouver ta trace !

— Je n'avais aucune perspective d'avenir à Pittsburgh et comme il fallait que je subvienne aux besoins de mon enfant, j'ai préféré refaire ma vie ailleurs.

— Tu aurais dû venir me trouver ! J'aurais su m'occuper de toi et de *notre* enfant, répondit-il d'une voix lourde de reproches.

Elle tourna vers lui un regard froid.

— Tu sembles oublier que nous étions déjà divorcés.

— Et alors ?

— Il n'était pas question pour moi de venir mendier ma pitance ou celle de Danny auprès de toi, répondit-elle avec conviction.

En dépit de la gravité de la situation, il ne put s'empêcher de sourire.

— Bon ! Et si tu m'expliquais ce qui t'a poussée à t'installer à Summerville ?

— Tante Helen et sa sœur Clara vivaient là depuis quelques années. A la mort de sa sœur, Helen a trouvé la maison trop grande et, quand je l'ai appelée pour la mettre au courant de mes ennuis, elle m'a persuadée de venir chez elle.

— Qui de vous deux a eu l'idée de cette pâtisserie artisanale ?

— Moi, mais je ne serais arrivée à rien sans les talents de cuisinière d'Helen. Comme ses recettes étaient délicieuses et que j'aime préparer des pâtisseries, nous avons eu l'idée de nous associer.

— Et vous avez bien fait, déclara-t-il avec sincérité.

Il s'en voulut de ne pas avoir compris plus tôt que Vanessa avait besoin de faire ses preuves autrement que comme femme au foyer.

Au début de leur mariage, elle n'aurait eu qu'à claquer dans ses doigts pour qu'il la couvre de diamants mais elle se moquait bien des signes extérieurs de richesse.

De guerre lasse elle avait consenti à passer leur lune de miel sur un yacht, au large de la Grèce, mais il avait bien senti alors qu'elle aspirait à une vie calme et modeste.

Quand il lui avait annoncé qu'ils vivraient désormais au manoir des Keller, cette bâtisse rococo assez vaste pour recevoir une dizaine d'autres familles, elle avait fait la grimace et insisté pour qu'ils louent ou achètent un appartement en ville, là où elle se sentirait vraiment chez eux.

Plus d'une fois, elle lui avait murmuré à l'oreille qu'elle voulait vivre heureuse avec lui et leurs futurs enfants loin des intrigues de famille et de l'autoritarisme d'Eleanor Keller, la mère de Marcus.

Aujourd'hui, avec le recul, il s'en voulait d'avoir obligé Vanessa à vivre sous la férule de sa mère même si, en agissant ainsi, il gardait alors le secret espoir qu'elle finirait par s'adapter aux lois du clan Keller.

Vanessa tapota le dos de Danny jusqu'à ce que l'enfant fasse son renvoi et cette scène à laquelle il assistait pour la première fois l'émut au plus profond de son cœur.

Danny ! Etait-ce donc vrai qu'il avait un fils ?

Il venait de faire de nombreuses découvertes aujourd'hui. Pour la première fois il prenait conscience de sa responsabilité dans l'échec de son mariage avec Vanessa. Et puis, il y avait l'annonce de sa paternité. Cela faisait beaucoup pour un seul homme...

— Attends ! s'écria-t-il en s'approchant de Vanessa qui s'apprêtait à coucher l'enfant dans son berceau.

— Qu'y a-t-il ? s'inquiéta-t-elle.

— Je voudrais tenir mon fils, enfin Danny, dans mes bras.

Elle le regarda d'un air indécis.

— C'est que...

— Je sais qu'il va bientôt s'endormir et je te promets de faire attention à ne pas le réveiller, insista-t-il.

Il put lire, au fond de ses prunelles, que ça n'était pas la crainte de voir Danny se réveiller qui la faisait hésiter, mais bien le fait qu'il allait accaparer cet enfant qu'elle avait mis au monde seule et dont elle s'était occupée sans lui jusqu'à présent.

Mais même s'il reconnaissait que la situation était compliquée et qu'il y avait une certaine responsabilité, il ne laisserait plus jamais Vanessa l'éloigner de son fils. Elle devait en avoir conscience, car elle ne chercha pas à lutter.

— Si tu veux, finit-elle par déclarer, sans le moindre enthousiasme, en lui tendant le tout-petit.

— Merci ! dit-il en s'emparant avec délicatesse de ce fils dont il venait tout juste de découvrir l'existence.

Trois ans auparavant, son frère Adam et sa belle-sœur avaient eu une petite fille. Il s'était tout de suite attaché à sa nièce et il lui était arrivé de nombreuses fois de lui donner le biberon.

Mais s'occuper comme il l'avait fait de sa nièce n'était pas comparable à la joie que lui procurait le fait de tenir la chair de sa chair entre ses bras.

Il regarda le visage mobile de Danny et il sut que ce qu'il ressentait au plus profond de lui-même était déjà de l'amour. Il se laissa émouvoir par la rondeur de ses joues et le front haut où moussait une frange de cheveux châtains.

A quoi Danny ressemblait-il à sa naissance ?

Il tenta d'imaginer ce qu'avait bien pu être l'accouchement de Vanessa, sa douleur physique mais aussi son bonheur quand elle avait découvert le visage du nouveau-né.

Et dire qu'il aurait pu l'assister, l'aider à avoir moins mal...

De ces minutes capitales dans la vie d'une mère, il ne saurait jamais rien et cette pensée réveilla son amertume.

Tout aurait été simple si Vanessa l'avait tenu au courant !

Il aurait pris des dispositions pour être présent à la naissance de leur fils et, plus tard, il se serait fait un plaisir d'aller acheter crèmes, purées pour bébé, lait, couches et Dieu seul encore savait quoi !

— Je ne veux plus être séparé de Danny, dit-il à Vanessa d'un ton ferme.

— Mais..., parvint-elle à bafouiller, visiblement gagnée par la panique.

— De deux choses l'une, poursuivit Marcus : soit tu prépares tes bagages et ceux de Danny et je vous emmène à Pittsburgh, soit je m'installe ici pour pouvoir rester avec lui.

4

Abasourdie par la proposition que venait de lui faire Marcus, Vanessa eut soudain la tentation de lui arracher Danny des bras et de fuir à toutes jambes pour aller se cacher avec leur fils là où il ne les trouverait jamais.

Si son ex-mari croyait une seule seconde qu'elle allait accepter de se séparer de Danny, il se trompait lourdement.

Elle n'avait jamais eu l'intention de lui cacher l'existence de Danny ou de lui voler son fils et seul le hasard avait voulu qu'elle se découvre enceinte après leur divorce.

Marcus était autant responsable qu'elle et s'il n'avait pas chargé son bras droit, Trevor Storch, de lui opposer une fin de non-recevoir quand elle avait tenté de le joindre au téléphone, il aurait été averti en temps utile du fait qu'il allait être père.

Elle connaissait assez sa détermination pour préférer un compromis à une guerre ouverte mais pas de là à boucler ses valises et celles de Danny pour suivre docilement à Pittsburgh l'homme qui l'avait traitée avec si peu de considération.

D'un autre côté, elle ne doutait pas que Marcus mettrait à exécution sa menace de s'installer à Summerville si elle refusait de l'accompagner à Pittsburgh et la pensée qu'elle pourrait être confrontée à lui tous les jours, le croiser à chaque carrefour, la mettait dans tous ses états.

Comment pourrait-elle travailler sereinement s'il venait constamment mettre son nez dans ses affaires ou s'il la surveillait quand elle officiait au comptoir de sa pâtisserie ?

Peut-être même aurait-il le culot de venir rendre visite à Danny dans l'appartement du haut ?

— Je ne veux pas aller à Pittsburgh avec toi, dit-elle enfin.

— Dans ce cas, c'est moi qui vais m'installer ici, répondit Marcus.

Elle eut l'impression qu'une main d'acier lui broyait la poitrine.

— Et ton entreprise ? Et ta famille ?

— Oh ! je trouverai un arrangement.

Elle soupira.

— Comment allons-nous faire pour nous supporter si nous nous croisons chaque jour ? insista-t-elle.

Il hocha la tête d'un air compréhensif.

— Rassure-toi, je ne compte pas m'installer définitivement à Summerville, dit-il tout en lui rendant Danny.

— J'espère bien ! répondit-elle en serrant le petit sur son cœur.

Une fois qu'il eut les mains libres, Marcus sortit de sa poche un téléphone portable.

— Si tu penses que mon entreprise ou ma famille, ou quoi que ce soit d'autre, sont plus importants pour moi que mon fils, tu te trompes, dit-il en regardant Vanessa au fond des yeux.

— Mais…

— Je peux me permettre de prendre quelques semaines de congé. Mes collaborateurs et mon frère sont tout à fait capables de gérer l'entreprise pendant mon absence.

Après avoir salué Vanessa d'un hochement du menton, il composa un numéro sur son portable et commença à descendre l'escalier.

Une fois seule, elle éprouva une forte envie de pleurer mais, grâce à un effort de volonté, elle parvint à contenir son émotion.

— Qu'allons-nous devenir, mon bébé ? murmura-t-elle en approchant ses lèvres du front de Danny et en y déposant un baiser.

Et aussitôt l'étrangeté de la situation revint la prendre à la gorge. Ainsi, Marcus voulait s'installer à Summerville ?

Elle eut le sentiment de revenir au temps de leur première

rencontre, quand ils étaient tous les deux étudiants et qu'ils se croisaient au restaurant où elle travaillait ou dans les rues proches du campus universitaire.

A cette époque, Marcus menait une existence dorée tandis qu'elle en était réduite à s'éreinter dans ce restaurant pour payer ses cours.

Presque chaque soir, elle avait l'occasion de servir Marcus et ses amis, et cet homme beau et élégant lui avait fait une forte impression.

Elle n'aurait jamais cru qu'un riche héritier puisse s'intéresser à une simple serveuse mais Marcus lui avait tout de suite témoigné de l'intérêt.

Au fil des semaines, il avait redoublé de gentillesse à son égard, ne manquant jamais de lui laisser de bons pourboires et ayant toujours un mot aimable à son intention.

Un soir, elle lui avait fait comprendre qu'elle l'appréciait et que le fait qu'il lui laisse de si gros pourboires faussait leur relation.

Par la suite, Marcus ne lui avait plus donné d'argent mais, en contrepartie, il lui faisait cadeau de fleurs, de livres, de friandises.

Un jour enfin, il lui avait proposé de sortir avec lui et elle avait accepté.

Ils avaient fini la soirée dans les bras l'un de l'autre.

Quand Marcus lui avait annoncé la mort de son père, elle avait su trouver les mots capables de le réconforter et leur relation en était sortie renforcée.

Aujourd'hui, la pensée que cet homme allait s'installer à Summerville éveillait en elle de troublantes sensations. Son cœur battait un peu plus fort, exactement comme lors de leurs premiers rendez-vous. A une différence près : à l'époque, elle voulait croire en leur histoire d'amour.

Voyant que Danny s'était endormi, elle se résolut, bien qu'à contrecœur, à descendre retrouver Marcus dans la boutique. Il se tenait au milieu de la pièce, en pleine conversation téléphonique.

— Je ne peux pas rentrer tout de suite à Pittsburgh, vieux frère ! Il me faut au moins encore quelques jours pour vérifier les comptes de cette boutique si originale et de faire aussi un état des lieux ! était-il en train de dire.

Elle comprit qu'il parlait à son frère Adam. Marcus lui avait-il déjà touché un mot concernant Danny ?

Elle imagina le désarroi d'Eleanor, la mère de Marcus, si celle-ci apprenait que son fils chéri avait un héritier dont elle, Vanessa, était la mère.

Telle qu'elle connaissait son ex-belle-mère, celle-ci n'aurait de cesse de vouloir contrôler la situation comme à son habitude. Peut-être même persuaderait-elle Marcus d'effectuer un test de paternité avec le secret espoir qu'il ne soit en définitive pas le père de l'enfant mis au monde par une femme aussi vulgaire qu'elle !

Du temps où elle était mariée, elle avait été en butte aux méchancetés de sa belle-mère qui s'ingéniait en permanence à la faire souffrir ou à la rabaisser aux yeux des autres. Sans doute par fierté, elle n'avait pas voulu tenir Marcus au courant de la situation et, à présent que tous deux étaient divorcés, elle avait encore moins l'intention de lui ouvrir les yeux sur la cruauté d'Eleanor.

Par discrétion, elle s'empressa d'aller rejoindre sa tante dans la cuisine où celle-ci mettait la dernière touche à une nouvelle fournée de gâteaux.

— Eh bien ? interrogea Helen, les bras enfarinés jusqu'aux coudes.

— Tu ne vas pas en croire tes oreilles ! répondit Vanessa.

Et elle entreprit de mettre sa tante au courant des derniers événements.

Un peu plus tard, Marcus fit irruption dans la cuisine alors que Vanessa aidait sa tante à préparer une fournée de tartelettes.

Elle vit sa tante plisser ses yeux bleus et la vigueur avec laquelle elle mania son rouleau à pâtisserie en disait long sur les sentiments qu'elle portait à Marcus.

Quand Vanessa lui avait expliqué que Marcus l'avait mise au pied du mur, lui proposant soit de rester à Summerville, soit de la ramener avec Danny à Pittsburgh, elle avait été outrée par le culot dont il faisait preuve.

Répondant par avance à ses objections, Vanessa avait souligné qu'elle aurait certes pu tenter de dissuader Marcus de s'installer à Summerville mais qu'en le renvoyant à Pittsburgh, elle prenait le risque d'entamer avec lui une bataille judiciaire dont elle sortirait forcément vaincue.

Même si elle s'occupait fort bien de Danny, la justice ne serait pas insensible aux arguments des avocats de Marcus sans compter qu'Eleanor Keller n'était pas femme à reculer devant la calomnie.

En conclusion, Vanessa lui avait expliqué qu'un compromis était la seule solution raisonnable. Soit elle irait régulièrement à Pittsburgh afin que Marcus puisse voir son fils, soit il viendrait, lui, effectuer des séjours plus ou moins longs à Summerville.

— Tu verras que si ce diable de Marcus s'installe ici, nous ne pourrons plus nous dépêtrer de lui ! lui avait répliqué sa tante.

Vanessa s'était empressée de répondre qu'en aucun cas, Marcus ne viendrait tous les jours à la boutique.

Pourtant, maintenant qu'il s'approchait d'elles un grand sourire aux lèvres, elle n'en était plus si sûre.

— J'ai obtenu que mes collaborateurs me laissent en paix pendant quelques semaines. Ils ont pour consigne de ne pas m'appeler sauf en cas d'extrême urgence, annonça-t-il d'un ton jovial.

— Très bien, mais tu vas devoir rentrer à Pittsburgh ne serait-ce que pour prendre des affaires et des vêtements ? demanda-t-elle avec le secret espoir qu'elle serait provisoirement débarrassée de lui.

— J'ai donné des instructions pour me faire expédier ici ce dont je pourrais avoir besoin, répondit-il en se campant devant elle.

Il était si séduisant, avec son torse puissant et musclé. Elle ne put s'empêcher d'éprouver un pincement de désir.

Dire qu'ils avaient tant de fois fait l'amour ensemble !

Jetant un coup d'œil ému à son fils qui dormait paisiblement dans son berceau, Marcus lui caressa délicatement la joue.

— As-tu une idée de l'endroit où je pourrais m'installer à Summerville ? demanda-t-il à Vanessa.

— Où vous voudrez mais en tout cas pas dans ma maison ! répondit aussitôt Helen.

Vanessa lança un regard désapprobateur à sa tante. Si sa tante ne faisait qu'exprimer tout haut ce qu'elle-même pensait tout bas, elle aurait quand même pu avoir la jugeote ne pas attaquer aussi ouvertement Marcus. Après tout il était le père de Danny, et ils allaient tous devoir faire avec cette nouvelle situation.

— Ne sois pas si désagréable ! lui dit-elle d'un ton de reproche.

— Désagréable, moi ? Je dis ce que je pense, voilà tout ! répondit la vieille dame.

Vanessa se reprocha aussitôt sa dureté. Sa tante l'avait toujours soutenue et aidée.

Alors qu'elle se demandait comment faire pour calmer le jeu, Marcus regarda Helen avec ironie.

— Votre sens de l'hospitalité me va droit au cœur, chère amie, mais rassurez-vous, je n'ai nullement l'intention de vous imposer ma présence, dit-il d'un ton suave.

— Pensez ce que vous voulez, ça m'est bien égal ! rétorqua Helen en essuyant ses mains pleines de farine sur son tablier.

— Marcus n'a pas tort, intervint Vanessa, et tu n'as aucune raison d'être aussi brusque avec lui.

— Je fais ce que je veux et personne n'aura le dernier mot avec moi ! déclara Helen d'un ton péremptoire.

Elle n'avait pas toujours témoigné de l'hostilité à Marcus et si elle le rabrouait, c'était parce que c'était elle qui avait dû accueillir Vanessa, c'était sur ses épaules que cette dernière était venue pleurer.

Helen avait été particulièrement choquée d'apprendre que Marcus n'avait même pas souhaité répondre au téléphone quand Vanessa avait cherché à le joindre pour lui annoncer sa grossesse.

Vanessa ne pouvait pas lui en vouloir de rudoyer Marcus, après tout sa tante ne faisait que la protéger.

— Connaîtriez-vous un bon hôtel à Summerville ? demanda Marcus, son regard malicieux passant de Vanessa à Helen.

— Les hôtels de chez nous ne répondent sûrement pas à vos critères de confort ! répondit Helen avec une moue de désapprobation.

— Il y a le Harbor Inn, à quelques rues d'ici, suggéra Vanessa. L'hôtel n'est pas de tout premier ordre mais il vaut quand même mieux que le Daisy's Motel sur la nationale 12.

— Va pour le Harbor Inn, déclara Marcus.

— J'espère pour vous que vous aimez la mer et la pêche ! décréta Helen en reniflant avec dédain.

— Pourquoi ? demanda Marcus, intrigué.

— L'hôtel est décoré de filets, de poissons empaillés et d'étoiles de mer, précisa Vanessa.

Marcus ne put s'empêcher de rire.

— Quelle drôle d'idée puisqu'il n'y a par ici ni lac ni mer !

— Quelle drôle d'idée pour un homme aussi riche et raffiné que vous de vouloir s'installer dans une ville aussi démodée que la nôtre, persifla Helen.

— Je ne demande qu'à découvrir les curiosités locales mais je ne sais pas si j'aurai le temps de jouer les touristes, répondit Marcus.

— Summerville est une ville très accueillante et je préfère mille fois vivre ici qu'à Pittsburgh, répliqua Vanessa.

Marcus ne put s'empêcher de sourire.

— Qui prétend le contraire ? Mais, comme je passerai le plus clair de mon temps avec toi et Danny, il me restera peu de temps pour flâner dans cette bourgade si pittoresque.

— Je comprends que tu veuilles être avec ton fils, dit-elle en s'efforçant de masquer son trouble, mais je ne vois pas pourquoi nous devrions être amenés à nous voir, toi et moi.

— Et ton projet d'expansion ? Aurais-tu oublié que je compte investir dans le *Sugar Shack* ?

Prise de panique, elle lâcha sa spatule qui tomba avec un bruit sec sur le sol carrelé de la cuisine.

— Je n'ai pas dit que j'étais d'accord pour que tu investisses ton argent dans mon commerce !

— Et c'est pourquoi nous devons en discuter de façon plus approfondie, répondit-il en lui adressant son plus charmant sourire.

Sans lui laisser le temps de protester, il se pencha vers elle.

— Vas-tu m'accompagner jusqu'à cet hôtel ou préfères-tu me dessiner un plan afin que je ne me perde pas en chemin ?

— Euh... Un plan serait plus indiqué et je...

Il la coupa d'un geste.

— Bien sûr, tu préfères rester ici avec ta tante ! Dès que j'aurai tourné le dos, vous pourrez toutes les deux dire tout le mal que vous pensez de moi.

Elle ne put s'empêcher de rire.

— Tout compte fait, je crois que je vais t'accompagner ! dit-elle en dénouant son tablier.

Elle aurait bien voulu, en effet, rester avec Helen mais puisque Marcus s'était montré si perspicace, elle se devait de relever le défi.

— Vanessa, es-tu sûre que..., commença sa tante, la mine soucieuse.

— Je suis sûre que tu sauras te débrouiller sans moi, répliqua Vanessa du tac au tac.

— Evidemment ! répondit sa tante en lui adressant un regard courroucé.

Vanessa fit mine de n'avoir rien vu et prit son sac à main avant de se diriger vers la porte.

— Alors à tout à l'heure !

— Et Danny ? s'inquiéta Marcus.

— Helen a l'habitude de s'occuper à la fois de lui et de la boutique, répondit Vanessa.

Et une fois de plus elle éprouva un immense sentiment de reconnaissance pour sa tante qui, lorsqu'elle s'était retrouvée enceinte, lui était venue en aide sans poser la moindre condition.

— Prenons-nous ta voiture ou la mienne ? demanda Marcus une fois qu'ils furent dehors.

— Oh, la tienne ! répondit-elle après une légère hésitation en se dirigeant vers le parking du cabinet Blake et Fetzer où Marcus s'était garé.

Tout en marchant, elle savoura le souffle du vent tiède sur

ses joues brûlantes et elle regretta de ne pas avoir troqué ses vêtements chic pour un jean et un T-shirt plus aérés.

— Tu ne te refuses rien ! s'exclama-t-elle lorsqu'elle se fut installée dans la Mercedes de Marcus. Quand je pense que je roule dans une vieille Oldsmobile qui a au moins quatre cent mille kilomètres au compteur !

Avec un sourire, Marcus mit le moteur en marche et se tourna vers elle.

— Voudrais-tu me faire un plaisir ?

— Tout dépend lequel ! répondit-elle, sur la défensive.

Allait-il lui demander un baiser ou plus ?

Elle se souvint de leurs premiers rendez-vous dans la Ford d'occasion que Marcus, étudiant, conduisait alors, et dont le seul atout était d'avoir des sièges larges et profonds.

C'était sur la banquette arrière de cette Ford, à l'abri des vitres embuées par leur désir, qu'ils avaient échangé caresses et baisers fougueux.

Plus tard, quand elle était devenue sa femme, Marcus avait souvent insisté pour l'accompagner faire des courses et, tout en conduisant, il ne se gênait pas de caresser ses genoux et ses cuisses, comme à l'époque où ils sortaient ensemble.

— J'ignore combien de temps je vais rester ici et comme je ne veux pas venir te déranger chaque fois que j'aurai besoin de me déplacer d'un endroit à un autre, le mieux serait encore que tu me fasses visiter la ville, expliqua-t-il.

Elle poussa un soupir où se mêlaient, curieusement, le soulagement et la déception.

— Entendu, répondit-elle en s'efforçant de calmer les battements précipités de son cœur.

A quoi s'était-elle attendue ? Pourquoi avait-elle soudain imaginé que Marcus allait la prendre dans ses bras et l'embrasser.

Il fallait qu'elle reprenne le contrôle de son imagination... et de son désir !

Si Marcus avait décidé de prolonger son séjour à Summerville, c'était parce qu'il avait découvert qu'il avait un fils et aussi parce qu'il voulait s'assurer que le *Sugar Shack* était une affaire assez solide pour mériter un investissement de sa part.

— Eh bien, par où commençons-nous ? demanda-t-il.

— Prends sur ta droite, dit-elle. Nous allons longer la rue principale puis nous traverserons les faubourgs et de là, nous irons au Harbor Inn.

— Très bien, dit-il en suivant docilement ses indications.

Tandis qu'il roulait, elle lui indiqua les différentes boutiques : le drugstore, un restaurant assez réputé, un bureau de poste, un fast-food, la laverie automatique, les deux stations-service. Elle les connaissait toutes et n'hésita pas à lui raconter quelques anecdotes sur les propriétaires des lieux ou sur leur particularité.

Elle adorait vivre à Summerville. C'était une petite ville certes, mais assez insolite avec ses immeubles récents qui alternaient avec des maisons avec jardin, des champs de maïs ou de pommes de terre et des petits bois charmants.

Sans trop savoir pourquoi, elle souhaitait que Marcus apprécie tous les charmes de la ville et tandis qu'il conduisait, elle lui parla encore des voisins et commerçants qu'elle fréquentait depuis son installation dans cette ville.

— J'aime particulièrement Polly, la fleuriste, lui expliqua-t-elle. Chaque jour, elle nous offre une rose, à moi et aux autres commerçants. Je crois qu'avec le temps, je m'en ferai une amie.

Marcus hocha la tête, d'un air un peu sombre.

— Je me doute qu'en arrivant ici, après notre divorce, tu as été heureuse de trouver des gens accueillants.

— Oui, et ils m'ont guérie de tous ces horribles mois passés à Pittsburgh, dit-elle avec amertume.

Quand elle était enceinte, Sharon, la pharmacienne, lui avait prodigué mille conseils utiles et l'avait présentée au pédiatre qui s'occupait aujourd'hui de Danny.

Jour après jour, elle avait noué avec les gens d'ici des liens affectueux, chose qu'elle n'avait jamais pu accomplir à Pittsburgh du temps où Marcus et elle vivaient dans cette métropole bruyante.

Le tour de la ville ne fut pas long et à peine vingt minutes plus tard, elle donna à Marcus les indications nécessaires pour rejoindre son hôtel.

— Je crois que tu as tout vu, dit-elle enfin après un moment de silence.

— Es-tu certaine de ne rien avoir oublié ? demanda-t-il avec un sourire rusé.

Elle le regarda, interloquée. Où voulait-il en venir ? Elle lui avait pourtant bien tout montré.

— Non, je ne crois pas. A quoi fais-tu allusion ?

— Réfléchis !

Elle haussa les épaules.

— Je ne pense pas que tu aurais été intéressé par la laiterie ou la caserne des pompiers !

— Non, en effet, mais en revanche, j'aimerais voir l'endroit où tu vis.

Elle sentit une brusque chaleur l'envahir jusqu'au plus profond de son être.

L'endroit où elle vivait... Elle sentit soudain le souffle lui manquer.

— Crois-tu que ça soit une bonne chose ? demanda-t-elle d'une voix rauque.

— Oh oui, rétorqua-t-il d'un ton triomphant, car sinon je n'aurai aucun moyen de venir te chercher tout à l'heure à ton domicile pour t'emmener dîner avec moi, en tête à tête !

5

Vanessa fut d'abord tentée de refuser l'invitation à dîner de Marcus. Mais peut-être valait-il mieux se montrer conciliante ?

Si Marcus s'installait durablement à Summerville, elle n'avait en effet aucun intérêt à se montrer désagréable avec lui. Et puis elle ne pouvait s'empêcher de trouver légitime qu'il veuille passer du temps avec ce fils dont il découvrait l'existence. Une tout autre attitude l'aurait déçue, elle en avait conscience.

Certes, elle n'oubliait pas la façon cavalière avec laquelle Storch lui avait opposé une fin de non-recevoir, quand elle avait cherché à joindre Marcus pour lui annoncer sa grossesse mais de l'eau avait coulé sous les ponts depuis lors et elle était prête à faire des efforts.

L'essentiel n'était-il pas de préserver Danny ? Or, elle n'ignorait pas qu'en s'opposant avec trop de vigueur à Marcus, ce dernier était tout à fait capable d'avoir recours à la justice pour obtenir un droit de visite, voire même pire, la garde de Danny.

Elle se reprocha de ne pas lui avoir écrit, à l'époque, pour lui expliquer qu'elle était enceinte, mais si elle ne l'avait pas fait, c'était tout simplement par peur d'être confrontée à un silence blessant de sa part.

— Eh bien ! s'impatienta Marcus en tapotant son volant.

— Bon, puisque tu insistes ! dit-elle à contrecœur.

Et elle lui indiqua comment aller à Evergreen Lane où se trouvait la maison de sa tante Helen.

Pour la dixième fois, elle s'examina dans le miroir de la salle de bains.

Si elle se sentait très à l'aise en jean et baskets, elle ne détestait pas s'habiller et, du temps où elle vivait avec Marcus, il lui arrivait de porter des robes de soirée et de tout faire pour être la plus élégante possible.

Après s'être assurée qu'aucune mèche folle ne dépassait de son chignon, elle essaya une nouvelle fois de se convaincre qu'en se faisant belle, son objectif n'était pas de plaire à Marcus mais de le séduire juste assez pour l'amadouer et le dissuader d'avoir recours à un procès pour la garde de Danny.

Tout à l'heure, il avait paru surpris de découvrir la maison de bois d'Helen perdue au beau milieu des champs de blé et de luzerne.

Il avait feint d'admirer la véranda à l'ancienne, le patio, les volets peints en rose et l'adorable jardin dont Vanessa aimait s'occuper durant le week-end.

Un an auparavant, quand sa tante l'avait recueillie avec son bébé, elle s'était installée dans la chambre d'ami et elle avait transformé la lingerie en chambre d'enfant.

Et petit à petit elles s'étaient organisé une vie agréable. Vanessa avait fait pousser des bégonias pour égayer le porche. Elle avait aussi appris à sa tante l'utilisation d'un ordinateur et même d'internet.

C'est en préparant des cookies aux noix de pécan – une recette secrète qu'Helen tenait de sa propre grand-mère – que Vanessa avait eu l'idée d'ouvrir une pâtisserie artisanale où elle proposerait les gâteaux d'Helen.

Cette dernière avait été d'accord pour avancer les fonds et toutes deux avaient travaillé d'arrache-pied afin de faire de l'ouverture du *Sugar Shack* un succès.

Comment aurait-elle pu prévoir que l'investisseur miracle annoncé par Brian Blake serait Marcus, son ex-mari ?

Elle ne prit pas la peine de faire entrer Marcus et très vite, il la ramena au *Sugar Shack* où elle s'était empressée d'enfiler son tablier et de rattraper le temps perdu.

L'après-midi était très avancé lorsqu'elle était rentrée chez elle pour se préparer au fameux dîner avec Marcus.

Tout en repensant aux derniers événements de cette incroyable journée, elle recula de quelques pas pour mieux se voir dans le miroir et elle ne fut pas trop mécontente du résultat.

Si elle avait accepté de sortir avec Marcus, c'était pour Danny bien plus que pour son plaisir à elle, mais ça n'empêchait pas qu'elle ait envie de se montrer sous son aspect le plus séduisant.

Alors qu'elle mettait la dernière touche à son maquillage, la sonnette de la porte d'entrée retentit et elle se dépêcha d'ajouter un ultime trait de rouge sur ses lèvres.

Serrant sa pochette en cuir contre sa poitrine, elle dévala les marches de l'escalier en s'efforçant de ne pas prêter attention aux battements de son cœur, un peu trop rapides soudain.

Très élégant dans son costume gris, Marcus se tenait debout sur le seuil de la porte d'entrée et bavardait avec Helen.

Vanessa fut rassurée de constater que sa tante semblait nettement moins hostile à Marcus qu'elle ne l'avait été tout à l'heure, dans la cuisine du *Sugar Shack*.

— Tu es ravissante ! déclara Marcus quand elle s'avança vers lui.

— Merci, répondit-elle en rougissant.

— J'étais en train de dire à ta tante que cette maison a du cachet, du moins vue de l'extérieur.

— Oh, mais tu peux entrer ! dit Vanessa en ignorant la moue contrariée d'Helen.

Marcus ne se fit pas prier et, une fois dans le salon, il jeta autour de lui des regards curieux.

— Au fait, où se trouve Danny ?

— Dans la cuisine, répondit Helen en fermant la porte d'entrée. Venez, je vais vous montrer le chemin.

Marcus lui emboîta le pas non sans jeter un regard admiratif à Vanessa.

Danny était assis sur sa chaise haute, un bavoir autour du cou.

— Qu'il est beau ! A-t-il bien dormi ? demanda Marcus en se tournant vers Vanessa.

— Oh oui, et il est affamé à présent, répondit Vanessa.

— Tu comptes lui donner le sein avant que nous partions ?

— Sûrement pas !

Il fronça les sourcils.

— Et pourquoi donc ?

— Parce qu'il n'est pas question que je tache ma belle robe !

— Je comprends, mais le petit sera affamé !

— N'aie crainte. Danny a maintenant aussi l'habitude de céréales, des purées pour bébé et il boit aussi des jus de fruits.

— Il paraît qu'un bébé allaité au sein aurait des défenses immunitaires plus efficaces qu'un autre nourri au biberon, objecta Marcus.

— Vraiment ? répondit Vanessa, un peu agacée par le ton réprobateur de Marcus.

— Oui, et il semble même que ces bébés-là auraient plus d'assurance dans la vie sans compter que leur lien avec la mère serait plus fort, précisa-t-il en s'asseyant près de Danny et en lui faisant des grands sourires.

Danny se mit à battre des mains et à rire et Helen en profita pour enfourner dans la bouche du garçonnet une cuillère emplie à ras bord de purée de carottes.

— D'où tiens-tu tes informations ? demanda Vanessa à Marcus.

— J'ai lu de nombreux livres sur la question et je ne te l'ai peut-être pas dit, mais ma mère refusait de m'allaiter par crainte d'abîmer sa jolie poitrine et elle chargeait des nounous de me donner le biberon.

Vanessa ne put retenir un sourire.

— Il faut croire que ce régime t'a réussi puisque tu es devenu beau, riche et intelligent !

— J'aurais préféré plus d'amour maternel, rétorqua-t-il avec amertume.

— Depuis le premier jour où j'ai appris que j'étais enceinte, Danny a été tout pour moi, déclara Vanessa d'une voix émue.

— Et moi alors, je compte pour rien ? demanda Helen d'un ton amusé mais où perçait aussi une certaine déception.

— Oh ! Il ne fait pas de doute que tu es sa seconde mère, s'empressa de dire Vanessa en souriant à sa tante.

— C'est curieux, intervint Marcus, mais je viens tout juste de découvrir l'existence de Danny et je me sens déjà très attaché à lui.

Marcus avait parlé comme pour lui-même et sans vraiment leur prêter attention à elle et sa tante, mais Vanessa ne put s'empêcher d'éprouver une certaine émotion.

— J'espère bien ! déclara Helen d'un ton protecteur.

Marcus se tourna vers la vieille dame.

— Verriez-vous un inconvénient à ce que je lui donne à manger ?

— Comme vous voudrez. Après tout, c'est vous le père ! répondit Helen d'un ton un peu sec mais en lui cédant sa place d'assez bonne grâce.

Vanessa le regarda donner une première cuillerée à Danny, partagée entre la joie de voir cette si immédiate complicité entre le père et le fils et la crainte de perdre son autorité sur cet enfant qu'elle avait mis au monde seule et élevé depuis sans l'aide de quiconque, sinon de sa tante Helen.

Quand Danny eut avalé sa dernière cuillerée de purée, Marcus se tourna vers Vanessa.

— J'aimerais bien le prendre dans mes bras, si tu n'y vois pas d'inconvénient.

Vanessa ne répondit pas tout de suite, au lieu de cela, elle entreprit d'essuyer le menton et les lèvres de Danny à l'aide d'une serviette propre.

— A ta place je m'en abstiendrais, finit-elle par dire. Si tu veux éviter de tacher ton beau costume. Laissons Helen s'occuper de Danny et s'il est encore réveillé tout à l'heure, tu pourras le cajoler autant qu'il te plaira.

— Un enfant ne mérite pas d'être traité ainsi, grommela Marcus en fronçant les sourcils.

— Qu'es-tu en train d'insinuer ? demanda Vanessa, choquée par le ton agressif de Marcus, ainsi que par la dureté de ses propos.

— Qu'à ta place, je ne partirais pas d'ici sans avoir serré mon fils dans mes bras.

Elle ne put s'empêcher de rougir, de colère évidemment, mais aussi, elle devait bien l'avouer, de culpabilité.

— Si je ne prends pas Danny dans mes bras, c'est parce que

j'ai passé du temps à me pomponner et que je ne tiens pas à ce qu'il régurgite une partie de son repas sur ma belle robe.

— Je comprends, répondit finalement Marcus après une courte hésitation. Pardonne-moi si je t'ai vexée car ça n'était pas mon intention.

Elle jeta un coup d'œil à la pendule.

— N'en parlons plus. Il est déjà tard et si nous voulons encore être servis au restaurant, il est temps de partir.

Vanessa s'était attendue à subir un interrogatoire en règle, de la part de Marcus, durant leur dîner mais, à sa grande surprise, leur tête-à-tête se déroula agréablement.

Il l'avait emmenée dans le restaurant de son hôtel et insisté pour qu'on leur serve les meilleurs plats.

Comme elle allaitait Danny, elle ne put goûter aux vins, mais les beignets aux crabes étaient les plus délicieux qu'elle ait jamais mangés.

Quand la serveuse eut apporté les cafés, Marcus plissa les yeux et la regarda avec curiosité. Le moment qu'elle redoutait était arrivé et effectivement Marcus alla droit au but, comme à son habitude :

— Parle-moi de ta grossesse.

L'approche était directe, certes, mais elle lui fut reconnaissante de ne pas ouvrir les hostilités.

— Oh ! Elle s'est déroulée normalement ou du moins je le suppose puisque je n'avais jamais été enceinte auparavant. J'ai évité les complications graves mais pas les nausées qui survenaient souvent quand j'étais en plein travail avec Helen, dans la cuisine du *Sugar Shack*.

A sa demande, elle lui décrivit en détail son accouchement et précisa l'heure à laquelle Danny était né ainsi que son poids et sa taille.

— J'aurais dû être là, avec toi, quand tu as accouché, déclara Marcus d'un ton empreint de tristesse. J'aurais pu te tenir la main, t'encourager, te faire sentir que tu n'étais pas seule...

— Ne revenons pas sur le passé, répliqua-t-elle.

Il lui sourit.

— Tu as raison. Ça ne me fait pas plaisir d'avoir été absent un jour comme celui-là mais ce qui est fait est fait et voilà ce que je te propose, dit-il en posant sur elle un regard pénétrant.

— Je t'écoute.

— Je vais rester ici le temps pour Danny de s'habituer à moi et, après ça, j'aimerais l'emmener quelques jours à Pittsburgh.

Elle ne put s'empêcher d'esquisser un mouvement de recul.

— En somme, tu veux me prendre mon fils ?

— Non, tout simplement le présenter à ma famille. Ma mère sera ravie d'avoir un petit-fils.

— Supposons que je ne sois pas d'accord, dit-elle.

— Il faudra alors que j'utilise les grands moyens mais y tiens-tu vraiment ? Jusqu'à présent, je me suis montré plutôt conciliant alors même que j'aurais toutes les raisons d'être mécontent.

Calmement, il but une gorgée de café faisant visiblement mine d'ignorer sa nervosité.

— Si tu cherches l'affrontement, reprit-il, tu n'as qu'un mot à dire et je m'adresserai à mes avocats, mais je préférerais que nous trouvions un compromis acceptable pour Danny, toi et moi.

— Ai-je seulement le choix ? lâcha-t-elle dans un soupir.

Marcus lui adressa un petit sourire.

— Tu avais celui de me mettre au courant de ta grossesse et tu ne l'as pas fait. Aujourd'hui, la balle est dans mon camp.

6

Vanessa s'efforça de garder son calme.

Dès le moment où Marcus avait découvert l'existence de son fils, elle avait su que c'en était fini de sa tranquillité et qu'il lui faudrait faire face à une situation difficile.

— Désires-tu un autre café ? lui demanda-t-il d'un ton trop doux pour être vraiment sincère.

— Non, j'ai besoin de faire quelques pas.

Il l'aida à se lever puis, d'une légère pression sur son bras, la guida à travers le hall de l'hôtel. Mais cette fois, elle fut totalement insensible à la décoration insolite du lieu, ces filets de pêcheur et les répliques de poissons en plâtre alors même que Summerville se trouvait à des centaines de kilomètres de l'océan.

— Et si nous montions dans ma chambre, murmura-t-il tandis qu'ils passaient devant la réplique d'un espadon plus vrai que nature.

— Pardon ? demanda-t-elle, incrédule.

— Ma proposition est tout ce qu'il y a d'honnête car je désire te parler de ton projet d'extension pour ta boutique, s'empressa-t-il d'ajouter.

— Ah bon ! Me voilà rassurée ! ironisa-t-elle.

— Ce qui ne m'empêche pas d'avoir *aussi* envie de passer plus de temps en ta compagnie, ajouta-t-il, le sourire en coin, tout en l'entraînant vers l'escalier car l'hôtel ne possédait pas d'ascenseur.

— Pourquoi pas, finit-elle par répondre quand bien même il était de toute façon trop tard pour riposter.

Tandis qu'elle le précédait dans l'escalier, elle eut une conscience aiguë de la présence de Marcus derrière elle. Elle pouvait presque sentir la brûlure de son regard dans son dos, sur ses fesses. Inconsciemment, et comme pour le provoquer, elle accentua le balancement de ses hanches.

Elle avait pris du poids durant sa grossesse, mais le regard des hommes n'en avait été que plus appréciateur et elle se savait toujours aussi séduisante.

— J'ai quelque chose d'intéressant à te montrer, lui susurra-t-il à l'oreille quand ils débouchèrent dans le couloir couvert d'une épaisse moquette.

— Hum... Tes estampes japonaises, peut-être ?

— Si je voulais te séduire, je m'y prendrais sûrement autrement, répondit-il en extrayant de sa poche une clé à laquelle était attaché un phare miniature.

Après avoir ouvert sa porte, Marcus s'effaça pour la laisser entrer.

Alors qu'elle s'attendait à une décoration dans le plus pur style maritime – boules de verre suspendues au plafond et lampes tempêtes, elle eut la surprise de découvrir des murs tendus de papier peint fleuri et, au centre de la chambre, un lit à baldaquin qui aurait été plus à sa place dans une gentilhommière.

Marcus referma la porte puis, après avoir posé son veston sur le dossier d'une chaise, il s'assit derrière le petit bureau et scruta l'écran de son ordinateur portable.

— J'en ai pour une minute alors mets-toi à l'aise, dit-il en tapotant sur son clavier.

— Prends ton temps, répondit-elle.

Placée comme elle l'était, elle avait tout loisir d'apprécier la carrure impressionnante de Marcus et son dos qu'elle trouvait si sexy.

Comment oublier un tel homme ? Le jour où elle s'était fait le serment de ne plus jamais le revoir, elle avait été bien présomptueuse.

Même s'ils étaient officiellement divorcés, comment avait-elle pu s'imaginer qu'elle pourrait effacer de sa mémoire celui qui avait si souvent partagé ses nuits ?

Envahie par une soudaine vague de nostalgie, elle profita de ce que Marcus tapotait sur son clavier pour l'observer. Elle se remémora toutes les fois où, au petit matin, après une nuit d'amour, il lui avait arraché d'ultimes cris de plaisir.

Elle vit Marcus desserrer sa cravate et ce simple geste, pourtant banal, provoqua en elle une brusque bouffée de désir.

A l'époque où elle vivait encore avec lui, à Pittsburgh, il aimait se mettre à son aise dès son retour du bureau et elle ne manquait jamais de lui souhaiter la bienvenue en l'embrassant amoureusement sur la bouche.

Marcus lui rendait son baiser puis il allait s'asseoir sur son fauteuil favori et l'attirait sur ses genoux.

Tout dépendait alors de leur humeur mais il était rare que la soirée ne se terminât pas au lit.

Plongée dans ces troublants souvenirs, il lui fallut quelques secondes pour reprendre ses esprits quand Marcus se leva de sa chaise et se tourna vers elle.

Le cœur battant, elle lui fit face. Allait-il l'embrasser ?

— J'ai quelque chose à te montrer, déclara-t-il en saisissant son ordinateur portable et en se dirigeant vers le lit.

La déception qu'elle éprouva fut telle qu'elle ne put s'empêcher de lui faire une remarque.

— En d'autres temps, tu aurais au moins tenté de me séduire, dit-elle.

Il laissa fuser un petit rire.

— Le sexe peut attendre, pas les affaires ! repliqua-t-il en tournant l'écran de l'ordinateur vers elle.

Curieuse malgré tout de savoir ce qu'il avait à lui dire, elle s'assit sur le bord du lit en prenant soin de bien tirer sa robe sur ses cuisses.

— Mais on dirait vraiment ma boutique agrandie et réaménagée ! s'exclama-t-elle.

— Brian m'a fourni un double des plans du *Sugar Shack* et, pour ce qui était du local à louer, j'ai choisi des cotes approximatives. Comme je disposais d'un peu de temps après t'avoir déposée au *Sugar Shack*, j'en ai profité pour travailler à ton projet.

Fascinée, elle fixa l'écran de l'ordinateur sur lequel sa boutique actuelle apparaissait en bleu et le local qu'elle convoitait, en rouge.

— C'est magnifique ! dit-elle en reconnaissant bien là l'efficacité coutumière de Marcus.

— Disons que ça te donne une petite idée de ce à quoi pourrait ressembler ta boutique, une fois les travaux d'extension et de rénovation terminés. Nous équiperions le nouveau local d'un comptoir où tu pourrais préparer les expéditions de tes colis.

— Tout ça me paraît très bien mais je suis sûre que ça coûtera cher !

D'une pression sur une touche, Marcus fit apparaître une série de chiffres dans un coin de l'écran.

— Voici le devis estimatif. Il te faudra aussi une réserve de trésorerie pour lancer ton affaire.

— Et, qui me la fournira ?

— Moi, bien sûr ! répondit Marcus d'un ton assuré.

Il se leva pour aller prendre un bloc-notes sur lequel il avait aligné des chiffres avant de revenir le lui montrer.

— Pour ce qui est de la fabrication et de la production, tu es plus compétente que moi et ça restera ton domaine réservé. Si tout se déroule comme prévu, j'ai calculé que ton affaire devrait être rentable dans moins d'un an, lui dit-il en lui tendant le bloc-notes.

Après l'avoir étudiée, elle lui rendit l'estimation chiffrée.

— Ça serait merveilleux mais pourquoi tiens-tu tant que ça à investir dans ma boutique ? Après tout, nous sommes divorcés !

— Ton idée de vendre des pâtisseries par correspondance est originale et je crois en tes chances de réussite, répondit-il.

La réponse semblait un peu trop évasive pour être honnête, et elle refusa de se réjouir trop vite.

Ce partenariat avec Marcus allait la rendre dépendante d'un homme dont elle avait divorcé et qui venait de découvrir l'existence d'un fils dont elle ne lui avait rien dit. Elle devait se méfier.

— Dis-moi la vérité ! Pourquoi fais-tu tout ça pour moi ? insista-t-elle d'une voix douce. Il y a sûrement bien d'autres affaires que la mienne dans lesquelles investir ton argent.

Visiblement conscient que la conversation prenait un tour sérieux, Marcus rangea son ordinateur.

— Brian Blake m'a parlé en termes élogieux de ta pâtisserie artisanale et je suis persuadé qu'elle s'avérera rentable car les gens, aujourd'hui, recherchent des produits authentiques.

Elle le regarda au fond des yeux.

— Ignorais-tu vraiment que je dirigeais cette pâtisserie ?

— Brian ne m'a donné ton nom qu'à la dernière minute, quand je suis entré dans son bureau, répondit Marcus.

Elle le jaugea pendant quelques secondes.

— Tu ne pensais donc pas me trouver à Summerville ?

— Bien sûr que non !

Elle se renfrogna.

— De toutes les façons, nous parlons dans le vide car, comme je te l'ai dit précédemment, il n'est pas question que j'accepte ton argent.

— Rien ne t'y oblige ! Tu peux renoncer à t'agrandir et continuer à vendre tes pâtisseries au jour le jour mais, dans tous les cas, je resterai à Summerville afin d'être avec Danny, répondit-il.

— Même si je refuse ton aide ?

— Même si tu refuses mon aide. Ainsi, tu vois que tu aurais tort de ne pas profiter de mes bonnes dispositions pour lancer ces travaux d'expansion qui, une fois achevés, te permettront d'augmenter ton chiffre d'affaires.

Elle reconnaissait bien là sa manière d'imposer ses choix mais, pour une fois, elle dut admettre qu'il avait raison.

C'était aujourd'hui qu'elle devait se donner les moyens de développer son affaire en gagnant une nouvelle clientèle que seuls lui assureraient internet et la vente par correspondance.

Certes, sa boutique était rentable et la clientèle satisfaite, mais pour combien de temps encore ?

D'autres commerces similaires au sien pourraient s'implanter un jour à Summerville ou dans les environs et lui faire une concurrence effrénée ce qui, dans le pire des cas, l'obligerait à déposer son bilan.

Etait-ce une raison suffisante pour qu'elle se plie à l'autorité de Marcus et prenne le risque de renouer avec lui, même sur un strict plan commercial ?

— J'ai bien réfléchi et je ne veux pas de ton aide, déclara-t-elle en se levant.

— As-tu le choix ? demanda-t-il.

Elle le fusilla du regard.

— Moins que je le souhaiterais mais, une chose est sûre, je ne veux ni dépendre de toi, ni t'être redevable pour quoi que ce soit.

— Soit, mais nous avons un enfant ensemble, ce qui constitue entre nous un lien autrement plus important qu'un partenariat commercial.

Une fois de plus, elle dut admettre que Marcus avait raison.

Maintenant qu'il avait découvert l'existence de Danny, elle ne pourrait plus le tenir à l'écart de leur fils ou l'empêcher de participer activement à son éducation.

Elle le connaissait assez pour savoir qu'il exigerait d'être présent lors de ses anniversaires, qu'il suivrait d'un œil attentif sa scolarité, qu'il ne manquerait pas d'aller l'encourager quand il jouerait au football ou au base-ball.

Ne serait-elle pas soulagée de le voir tempérer Danny quand ce dernier, devenu adolescent, chercherait à s'affirmer en chevauchant une moto ou en se bagarrant dans la cour du lycée ?

Elle frémit à la seule pensée de son fils en grand adolescent dégingandé, un aigle ou autre emblème tatoué sur la poitrine. Elle ne doutait pas que, si une telle éventualité survenait un jour, Marcus aurait avec Danny une conversation « entre hommes » alors qu'elle ne saurait sans doute pas comment se comporter avec lui.

Si le hasard ne les avait pas réunis, elle aurait été seule à assumer l'éducation de Danny et rien ne l'assurait qu'elle aurait pu mener cette tâche à bien.

Très troublée par cette prise de conscience, elle se tourna vers Marcus.

— Danny compte plus que tout pour moi, déclara-t-elle.

— A la bonne heure ! s'exclama Marcus. Si j'étais toi, j'accepterais l'offre que je viens de te faire et je lancerais sans plus attendre les travaux d'extension de ma boutique.

Puis, sans crier gare, il posa les mains sur ses épaules.

— Qu'est-ce qui te prend ? murmura-t-elle d'une voix rauque.

Elle frissonna en sentant les paumes tièdes de Marcus sur sa peau nue et de toute évidence il avait parfaitement conscience du trouble qu'il éveillait en elle.

— Pense à ce que je t'ai dit, Nessa, car une telle occasion ne se reproduira pas de sitôt, dit-il d'une voix où perçait clairement le désir.

Faisait-il allusion à l'extension de sa boutique ou à l'attirance incontestable qui existait entre eux ?

Une chose au moins était sûre : Marcus avait les lèvres les plus sexy du monde et quand il la regardait avec cette lueur brûlante au fond de ses prunelles, il lui était bien difficile de résister à son charme viril.

Elle se remémora avec nostalgie les souvenirs heureux du temps de leur mariage et, en particulier, ces étreintes brûlantes qui les laissaient pantelants et repus d'amour, au petit matin.

— A quoi penses-tu ? lui demanda-t-il en sondant son regard.

Un instant, elle faillit lui avouer ce qu'elle ressentait, à savoir qu'il comptait encore pour elle, mais la prudence l'emporta.

— Eh bien, à ta proposition, répondit-elle après une ultime hésitation.

Soit elle acceptait le principe d'un partenariat et, pour le moment, Marcus était le seul investisseur qui se fût manifesté, soit elle lui opposait une fin de non-recevoir quitte à courir le risque de faire un jour faillite.

Elle aurait préféré garder le contrôle de son entreprise et s'occuper seule de Danny sans avoir à rendre des comptes à un homme qui n'avait pas hésité à la laisser tomber, à l'époque de leur divorce, mais avait-elle seulement le choix ?

Tel qu'elle connaissait Marcus, elle le savait assez tenace pour n'hésiter devant aucun moyen afin de s'assurer d'une victoire contre elle.

Soudain un soupçon lui traversa l'esprit. Et si sous prétexte de l'aider, Marcus avait en réalité l'intention de la ruiner, une fois qu'elle aurait accepté son aide financière ?

Elle l'imagina complotant dans l'ombre pour faire passer le *Sugar Shack* sous son contrôle puis obtenant la garde de Danny et, pourquoi pas, sa condamnation devant un tribunal des affaires familiales pour la punir de l'avoir tenu à l'écart de l'éducation de Danny.

Quand ils vivaient au manoir des Keller, elle aurait souhaité qu'il lui prête davantage d'attention, surtout quand elle avait à se plaindre de l'attitude d'Eleanor à son égard mais Marcus n'avait de toute évidence pas eu l'envie – ou le courage ? – de régler cette situation.

Au lieu d'avoir avec elle la discussion qui pourtant s'imposait, il la quittait sans rien dire pour aller travailler.

Plutôt que d'être confrontée à cette indifférence, elle aurait préféré essuyer sa colère voire même ses injures mais il se gardait bien d'aborder avec elle ses relations avec Eleonor. Il devait pourtant voir qu'il y avait un problème.

Elle guettait son retour avec anxiété mais il lui arrivait de ne pas rentrer de la nuit, ce qui la mettait au désespoir et contribuait à creuser encore un peu plus le fossé entre eux.

L'inéluctable était arrivé. Ils avaient divorcé et seul le destin et Danny les remettaient une fois de plus face à face. Mais tandis qu'elle se faisait ces réflexions douloureuses, ell sentit son angoisse s'apaiser. Non, Marcus ne pouvait pas lui vouloir de mal. Elle avait encore assez confiance en lui pour savoir que, si elle acceptait son offre et qu'un jour, il décide de se retirer de son affaire, il n'aurait pas la bassesse de lui prendre ce fils qu'elle adorait et qui était sa raison de vivre.

— Eh bien ? s'impatienta Marcus. Tout ce que je te demande est de me dire si tu veux ou non de moi comme associé.

Elle avait longtemps balancé entre son ressentiment et son désir d'apaisement, mais maintenant, elle avait pris sa décision.

— J'accepte, mais pas question que tu me fasses la charité. Si nous devenons des associés, je veux que tout soit officialisé noir sur blanc.

— C'est aussi mon souhait.

— Parfait ! Brian Blake rédigera un protocole stipulant que je te rembourserai en plusieurs années tout l'argent que tu auras investi dans ma boutique.

— A ton aise, répondit Marcus. J'appellerai Brian demain matin et il en sera fait comme tu voudras.

Elle hocha la tête, mais au fond d'elle-même, elle n'était pas encore tout à fait sûre d'avoir fait le bon choix.

Prendre comme associé un homme tel que Marcus Keller revenait à faire entrer le loup dans la bergerie et elle risquait de se retrouver dans une situation inextricable.

Il aurait un droit de regard sur ses comptes, sur la façon dont elle gérait son affaire, peut-être même sur les produits qu'elle proposerait à la clientèle, et il pourrait également surveiller sa vie privée et, le cas échéant, faire pression sur elle en invoquant l'intérêt bien compris de Danny.

Elle s'en voulut de laisser libre cours à ses fantasmes car, pour le moment du moins, rien ne lui permettait d'affirmer que Marcus se conduirait un jour comme un salaud.

— Nous aurons tout le temps demain pour peaufiner les détails de notre association, dit-il en la dévisageant avec insistance.

Elle scruta ce regard familier où brillait une petite flamme révélatrice.

— Il est temps que je rentre, dit-elle à regret.

Alors qu'elle se levait, Marcus la retint par la main.

— Rien ne presse !

A ce simple contact, son pouls s'emballa et elle se figea, incapable de savoir quoi faire. Rester ? Ou fuir, le plus loin possible de cet homme ?

Mais elle n'eut bientôt plus le choix, car avant même qu'elle ait pu réagir, il se leva, l'attira entre ses bras et l'embrassa avec fougue.

7

D'abord incapable de réagir, Vanessa finit par se laisser aller entre les bras de Marcus et, les yeux clos, elle s'abandonna à ce baiser fougueux.

Il lui caressa doucement les épaules puis ses mains glissèrent jusqu'à ses hanches et, après avoir refermé les doigts autour de sa taille, il l'attira plus près de lui. Pas un instant elle ne songea à lui échapper.

Elle aimait ce mélange de sauvagerie et de douceur chez Marcus, autant que la saveur de ses lèvres qui lui rappelait leurs étreintes passées.

Aussi loin qu'elle remonte dans ses souvenirs, elle avait toujours adoré qu'il l'embrasse.

Après avoir repris son souffle, Marcus la regarda au fond des yeux.

— Vanessa ?

— Oui..., répondit-elle d'une voix rauque.

Elle s'attendait à ce qu'il prenne la parole mais il se contenta de la regarder dans les yeux avec une intensité qui la fit frissonner.

En dépit du temps passé, de l'éloignement, il savait encore comment la toucher, comment la faire vibrer.

Soudain, avant qu'elle ait pu réagir, Marcus effleura son visage d'une caresse.

— Si tu savais combien j'avais envie de toucher ton visage, tout à l'heure, pendant le dîner, murmura-t-il sans la quitter des yeux.

Elle devait bien admettre qu'elle aussi s'était laissé emporter par le désir et par des fantasmes inavouables tandis qu'ils dînaient.

Le contact du pouce de Marcus sur sa lèvre frémissante l'électrisa et lui donna envie de se donner totalement à lui, mais avait-elle le droit de prendre ce risque ?

S'il était impossible de nier que Marcus soit la séduction incarnée, elle devait résister à ses assauts et ne pas succomber à la tentation surtout ici, dans cette chambre d'hôtel et après plus d'une année de séparation !

Le mieux était de partir tant qu'elle en était encore capable car, si elle en jugeait par la chaleur qui peu à peu se répandait dans tout son être, il lui serait bientôt impossible de penser de façon rationnelle.

— Si tu savais combien tu m'as manqué ! dit-il enfin en plongeant son regard au fond du sien.

Comme hypnotisée, elle sentit le sang affluer à ses tempes.

— Nous ne devrions pas ! dit-elle d'une voix rauque.

— Pourquoi pas ? insista-t-il avec un sourire.

— Parce que ! Je t'en supplie, aide-moi à partir d'ici !

Le sourire de Marcus s'accentua.

— Et si je te demandais de passer la nuit avec moi ?

Elle hocha négativement la tête, persuadée que si elle avait le malheur d'accepter sa proposition, Marcus ne se contenterait pas d'un rôle d'amant de passage et qu'il lui demanderait sans doute bien plus.

A supposer qu'ils revivent ensemble, leur union ne risquerait-elle pas de se conclure par une nouvelle rupture encore plus dommageable que la première ?

Quelle que soit la violence du désir que cet homme suscitait en elle, ce qu'elle avait de mieux à faire était de partir d'ici au plus vite et de rentrer chez elle.

Quand elle voulut se lever, elle s'aperçut qu'elle avait les jambes en coton et elle comprit qu'elle ne parviendrait pas à faire un simple pas en direction de la porte.

— Reste, j'en ai tellement envie ! insista Marcus d'une voix douce.

— Moi aussi, j'en ai envie, murmura-t-elle.

Il se pencha et approcha sa bouche de la sienne, et elle lui offrit ses lèvres en fermant les yeux pour mieux savourer la volupté de ce baiser encore plus fougueux que le précédent.

— Je suis fou de toi ! avoua-t-il, hors d'haleine, en la regardant avec passion.

Elle ouvrit les yeux, incapable de prononcer le moindre mot et, sans plus attendre, il enfouit ses longs doigts dans ses cheveux cuivrés.

— Encore ! dit-elle en lui tendant ses lèvres.

Sans se faire prier, il l'embrassa de nouveau, avec ardeur et sans cesser de lui caresser les cheveux.

Subjuguée, elle se jeta à son cou et lui rendit son baiser en frottant ses hanches contre les siennes.

Certes, elle aurait dû s'enfuir de cette chambre sans demander son reste mais qu'y pouvait-elle si le destin en décidait autrement ?

Marcus la serra un peu plus fort contre lui.

— Je te veux ! dit-il en lui faisant sentir la force de son érection.

Elle se cambra au contact de son sexe, et sentit les pointes de ses seins se durcir.

— J'ai envie de toi..., murmura-t-elle à son oreille tandis que ses sens s'embrasaient au rythme frénétique de son cœur.

— Moi aussi ! répondit-il d'une voix rauque.

Surgirent alors dans son esprit des images de leurs nuits d'antan passées à s'enlacer, à échanger des caresses, des baisers, à frotter leurs corps nus l'un contre l'autre puis à se donner l'un à l'autre dans une étreinte furieuse qui les laissait pantelants et heureux.

Dans un éclair de lucidité, elle se répéta qu'elle commettait une folie, que le mieux serait de se libérer de l'étreinte de Marcus, de partir tant qu'il en était encore temps, mais ses jambes ne la portaient plus et s'il ne l'avait pas tenue serrée contre lui, elle se serait sans doute affalée par terre.

Alors, elle cessa de lutter et comme s'il avait compris sa reddition, il prit possession de son corps, caressant ses hanches, ses fesses, faisant naître chez elle de nouveaux frissons de désir encore plus intenses que les précédents, puis il retroussa sa robe, exposant ses cuisses laiteuses.

Ivre de plaisir, elle déboutonna la chemise de Marcus dont les pans, une fois écartés, révélèrent son ventre plat et musclé et un large torse couvert d'une toison brune.

— Tu es si séduisant ! dit-elle, la bouche sèche, en passant ses mains sur ce torse viril.

— Et toi si belle, répondit-il en lui caressant les hanches puis en tirant sur la fermeture de sa robe qui s'ouvrit comme l'écorce d'un fruit mûr.

Avec un gémissement, elle se laissa aller contre lui et leurs bouches se pressèrent l'une contre l'autre.

— Déshabille-moi ! lui intima-t-elle quand elle eut repris son souffle.

Il fit glisser la robe centimètre par centimètre jusqu'à ce qu'elle tombe à ses pieds en formant une corolle rouge.

Puis, il s'agenouilla, embrassant ses cuisses tout en déroulant ses bas d'un mouvement lent et continu.

Les gestes et les caresses de Marcus étaient d'un érotisme presque insoutenable, et elle eut du mal à garder la maîtrise d'elle-même. Et lorsqu'elle se retrouva presque nue, offerte aux regards brûlants de Marcus, elle crut un instant qu'elle allait perdre la tête, littéralement.

— Tu n'as jamais été aussi désirable ! s'exclama Marcus d'une voix rauque.

Sans cesser de la dévorer des yeux, il se mit à caresser ses cuisses jusqu'à ce qu'elle frissonne de volupté.

— Quand j'étais plus jeune, ma mère prétendait que, même si ça ne se voyait pas, une femme devait toujours porter des dessous élégants.

— Ta mère avait bien raison ! répondit-il en passant ses paumes sur ses fesses rebondies puis en embrassant son ventre nu.

— Je te plais donc tant que ça ? demanda-t-elle, amusée, en se penchant vers lui.

Il se mit debout et la serra contre lui.

— Encore plus que tu l'imagines ! répondit-il en effleurant sa bouche d'un baiser.

D'un geste adroit, il dégrafa son soutien-gorge mais elle s'empressa de croiser les bras pour le retenir contre sa poitrine, lui jetant un regard lourd de désir, et de défi aussi.

Les yeux de Marcus flamboyèrent.

— Fais-moi plaisir ! Retire lentement ton soutien-gorge et ensuite ta culotte !

Elle sentit un spasme de volupté la parcourir de la tête aux pieds et ne put s'empêcher de rougir.

Elle ne put s'empêcher d'éprouver une certaine gêne. La raison lui commanda une nouvelle fois de se rhabiller et de quitter cette chambre au plus vite mais ce jeu sensuel initié par Marcus provoquait en elle une telle poussée de fièvre que, en dépit de sa gêne à être exposée à ses regards, elle se sentait incapable de renoncer à cette promesse de plaisir.

— Eh bien ? s'impatienta-t-il en la dévorant des yeux, sa chemise largement ouverte sur son torse viril.

Elle eut soudain un moment d'hésitation.

Etre presque nue devant Marcus et se laisser caresser par son regard sombre, chargé de désir, exacerbait son trouble et ravivait des souvenirs tout à la fois excitants et douloureux.

Il possédait de si belles mains, à la fois délicates et viriles, qu'elle aspirait une fois encore à se laisser toucher par lui, sans oublier cette bouche sensuelle qui lui avait prodigué mille caresses et mille baisers.

Puisque Marcus la poussait dans ses retranchements, elle relèverait le défi mais à sa façon.

Les bras croisés pour retenir son soutien-gorge dégrafé, elle recula d'un pas, un léger sourire aux lèvres.

— Il faudra que tu patientes encore un peu avant de me voir nue.

— Et pourquoi donc ?

— Parce que je te trouve trop habillé, dit-elle, mutine.

— Oh, si ça n'est que ça ! répondit-il aussitôt en ôtant sa chemise et son pantalon.

La bouche sèche, elle le regarda se déshabiller devant elle.

— Est-ce mieux ainsi ? demanda-t-il en apparaissant torse nu et en boxer moulant.

— Oui, murmura-t-elle en humectant ses lèvres.

Comment un homme pouvait-il être aussi sexy...

Au début de leur mariage, à l'époque où il la choyait et la traitait comme une reine, elle n'avait jamais douté de sa fidélité alors même que toutes les femmes se montraient sensibles à ses charmes.

Aujourd'hui, elle ne pouvait s'empêcher de se demander combien de femmes il avait connues depuis leur divorce. Cinq ? Dix ? Peut-être même davantage, mais avait-elle le droit de le lui reprocher ?

Il combla l'espace qui les séparait d'un pas décidé et lui prit les poignets.

— Que fais-tu ? protesta-t-elle.

— J'ai envie de te voir nue, répondit-il en lui écartant les bras.

— Quel impatient tu fais ! protesta-t-elle avec un sourire.

Alors que le soutien-gorge glissait sur ses seins, Marcus lui caressa les bras et entrelaça ses doigts dans les siens de ce geste tendre et familier qu'elle n'avait pas oublié et qui, naguère, était la marque de leur amour.

— J'ai envie de t'aimer, murmura-t-il en la repoussant vers le lit.

Elle buta contre le bord du sommier et se retrouva bientôt allongée sous Marcus. Il la dominait de tout son poids, mais aussi de son regard brûlant.

— Oh oui ! gémit-elle en lui ouvrant ses bras.

Avec une aisance et une habileté confondantes, il fit glisser sa culotte sur ses cuisses. Elle se cambra vers lui, pour lui faciliter la tâche, mais aussi pour lui montrer toute l'urgence de son désir.

— Tu es si belle ! dit-il en découvrant sa nudité.

— Toi aussi, tu es beau ! souffla-t-elle en le fixant d'un regard ardent tandis qu'il ôtait son boxer.

Tant de séduction virile lui coupait le souffle mais en même temps elle ne pouvait s'empêcher d'être inquiète car, en entrant dans le jeu de Marcus, elle risquait de compromettre son avenir, ou du moins de le rendre plus compliqué encore qu'il l'était déjà.

Mais l'heure n'était plus aux regrets.

— Est-ce que je te plais encore ? interrogea-t-elle.

— Tu es plus belle que jamais, répondit-il avec une évidente sincérité.

— Tu ne me trouves pas...

— Pas quoi ?

— Eh bien... un peu enveloppée ?

Pendant sa grossesse, elle s'était laissé tenter plus souvent qu'à son tour par les gâteaux de tante Helen, et bien sûr elle avait pris du poids.

Après la naissance de Danny, elle avait suivi un régime, mais sans réussir à perdre tous ses kilos superflus.

— Ces rondeurs te vont bien, dit Marcus en effleurant ses seins.

A voir comment il la dévorait des yeux, elle consentit à se détendre et elle se laissa aller entre ses mains expertes.

Après l'avoir longuement caressée, Marcus fit courir ses lèvres sur son cou, ses épaules et jusqu'à ses seins.

— Continue ! murmura-t-elle d'une voix rauque.

Il ne se fit pas prier et, en retour, elle lui caressa les cheveux puis la nuque avant de mordiller son oreille.

— Petit démon ! dit-il en se pressant contre elle.

— J'ai envie de toi ! chuchota-t-elle en se cambrant et en ouvrant ses cuisses pour mieux l'accueillir.

Quand il mordilla le creux de son épaule, là où sa chair était si tendre, elle ne put retenir un petit cri de plaisir.

— Tu aimes ça ? interrogea Marcus.

— Oh, oui ! répondit-elle en espérant qu'il ne la ferait pas trop languir, le contact de son sexe en érection contre sa hanche, si proche de son propre sexe, la mettait au supplice.

Comme il se contentait de lui mordiller l'épaule, elle poussa un long soupir.

— Prends-moi ! dit-elle, incapable de maîtriser plus longtemps le désir qui bouillonnait dans ses veines.

Après avoir déposé un dernier petit baiser au creux de son cou, il embrassa l'un de ses seins avant de happer son mamelon entre ses lèvres, le titillant jusqu'à ce qu'elle se mette à gémir et lui laboure le dos de ses ongles.

Il releva la tête et chercha son regard.

— Eh bien ? demanda-t-il avec un petit sourire diabolique.

— C'était formidable ! fit-elle, les yeux mi-clos.

Comme s'il était galvanisé par ses encouragements, il promena sa langue sur ses seins et embrassa son ventre puis l'intérieur de ses cuisses mais, alors qu'il s'apprêtait à embrasser son sexe, elle referma ses doigts autour de son sexe en érection.

— Je veux te sentir en moi et je veux aussi que tu m'embrasses sur la bouche, dit-elle tout en caressant son sexe dur.

— Très bien !

Pendant plus d'une minute, il l'embrassa à perdre haleine et, quand il s'interrompit pour reprendre son souffle, elle lui lança un regard implorant.

— Maintenant ! gémit-elle.

Marcus lui immobilisa les bras derrière la tête puis lui écarta les cuisses.

— Si tu veux que nous fassions l'amour, il faut que tu libères mon sexe ! dit-il en souriant.

— Oui ! répondit-elle en lâchant le sexe de Marcus à regret.

Alors, enfin, il la pénétra et se pencha vers elle pour l'embrasser.

Avec un gémissement, elle noua ses doigts aux siens et, le regard brûlant de désir, elle s'offrit à lui.

— Tu es à moi ! s'écria-t-il en la pénétrant.

Elle gémit une nouvelle fois, alors que Marcus entamait de lents va-et-vient et tandis qu'elle le sentait s'enfoncer au plus profond d'elle-même, toutes ses craintes et tous ses doutes s'envolèrent. Dire qu'elle avait appréhendé de refaire l'amour avec lui… Elle comprenait maintenant que rien n'avait vraiment changé. Peut-être qu'ils n'étaient pas faits pour vivre ensemble, mais le désir entre eux serait toujours aussi fort.

Marcus guettait sur son visage l'approche du plaisir et, quand elle rejeta sa tête en arrière en poussant un gémissement prolongé, il accéléra ses assauts, sans la moindre pudeur, sans la moindre retenue.

Ivre de désir, elle se cambra violemment, pressant son ventre contre celui de Marcus, guettant déjà avec impatience l'approche de la première vague de plaisir.

Elle aurait voulu crier mais l'émotion lui nouait la gorge et tout ce qu'elle put faire fut de frissonner de la tête aux pieds.

— Marcus ! cria-t-elle.

— Oui ! répondit-il à bout de souffle lui aussi, tandis qu'elle lui mordait l'épaule et lui griffait le dos.

Tous deux se laissèrent alors emporter par le plaisir et, après un ultime coup de reins, ils s'écroulèrent dans les bras l'un de l'autre, comblés.

8

Vanessa remonta pudiquement le drap sur sa poitrine puis elle se tourna vers Marcus.

— Nous n'aurions jamais dû refaire l'amour ! lui dit-elle avec un regard sombre.

Loin de se formaliser, Marcus s'étira voluptueusement.

Pour sa part, leur étreinte lui avait procuré tant de plaisir que les reproches de Vanessa lui semblaient hors de propos.

Refaire l'amour avec elle si longtemps après leur divorce n'était certes pas la meilleure des initiatives mais n'avait-elle pas elle aussi tout fait pour attiser son désir ?

Il se remémora le décolleté de sa robe rouge qui mettait en valeur sa poitrine voluptueuse, et conclut qu'en choisissant ce soir de s'habiller ainsi, elle devait tout de même avoir une petite idée derrière la tête.

Cette robe envoûtante la rendait encore plus séduisante qu'avant leur séparation et même, en fait, irrésistible...

Du temps où ils vivaient encore ensemble, il leur arrivait de se quereller pour des peccadilles et, quand l'un et l'autre avaient épuisé leur lot de reproches, ils prenaient plaisir à se réconcilier sur l'oreiller.

Que Vanessa se soit retrouvée enceinte à une période où leur relation était loin d'être au beau fixe n'avait après tout rien de surprenant.

Ce devait être après l'une de ces fameuses disputes, qu'ils avaient conçu Danny.

Si Marcus acceptait encore difficilement qu'elle lui ait caché sa grossesse et la naissance de leur fils, il n'en reconnaissait pas moins que la passion qui les avait unis durant leur mariage était toujours vivace.

Du reste, passion était un terme bien faible pour définir ce qu'il ressentait pour Vanessa.

N'était-ce pas un sentiment plus profond, plus intense encore, qu'il hésitait à formuler tant il avait peur d'en connaître la véritable teneur ?

Cédant à une impulsion, il effleura sa cuisse sous le drap mais elle s'écarta de lui et il jugea plus prudent de faire machine arrière.

— Tu as raison, Nessa, dit-il en usant du diminutif qu'il lui donnait du temps de leur vie commune. Nous n'aurions sans doute pas dû refaire l'amour, en tout cas pas dans ces circonstances-là.

— C'est le moins que l'on puisse dire ! grommela-t-elle en s'asseyant sur le bord du lit et en retenant pudiquement le drap contre sa poitrine.

Il admira sa nuque pâle sur laquelle se détachaient ses boucles rousses puis il laissa glisser ses yeux sur ses épaules rondes et, enfin, le long de son dos finement incurvé qui allait en s'évasant vers les hanches.

Elle avait pris un peu de poids depuis sa grossesse mais ses rondeurs ne la rendaient que plus sexy et il repensa au plaisir que lui procurait le contact de cette peau satinée, à la joie qu'il éprouvait à sentir sous ses paumes ses seins laiteux, aux gémissements qu'elle laissait échapper quand il explorait les recoins les plus intimes de son corps vibrant de passion.

Vanessa...

Quand ils s'étaient rencontrés, il l'avait aimée pour sa douceur et puis, avec le temps, il avait découvert à quel point elle était capable d'emportements et de colères.

Celle qu'il croyait docile ne manquait pas de tempérament ni de caractère.

Quand tous deux se disputaient et qu'elle laissait libre cours à sa colère, elle lui apparaissait alors au summum de sa séduction.

Dans ces moments-là, elle arpentait la chambre en moulinant

l'air des bras et en lui disant, les yeux flamboyants, ce qu'elle avait sur le cœur.

Jamais elle ne s'était révélée aussi belle, aussi séduisante, que lorsque la colère gonflait sa poitrine et que, les seins palpitant sous son chemisier, elle lui disait ce qu'elle avait sur le cœur.

Neuf fois sur dix, leur dispute se concluait par une étreinte fougueuse et ils faisaient alors l'amour d'une façon incroyablement sensuelle.

Avec un petit sourire, il songea que, plus d'une fois, durant leur vie commune, il s'était ingénié à faire sortir Vanessa de ses gonds pour avoir, ensuite, le plaisir de l'entraîner au lit.

Aujourd'hui, alors qu'il disposait d'un certain recul, il en venait à se demander si cela n'avait pas contribué à fragiliser leur couple et à les conduire à la rupture en la poussant un peu trop souvent hors de ses limites ?

Il en fut d'autant plus chagriné que son but n'avait jamais été de divorcer et que son stratagème n'avait pour but que d'instiller un zeste de piment dans leur vie conjugale.

Sans doute aurait-il dû comprendre alors que Vanessa attendait de sa part qu'il soit plus présent dans sa vie quotidienne, plus à l'écoute de ses soucis, de ses joies, de ses chagrins ?

Quand leur mésentente s'était accentuée, il avait tenté de réagir mais il était déjà trop tard et il avait dû se résigner à la voir lui échapper.

— Cela ne doit plus se reproduire, déclara Vanessa d'une voix vibrante.

Après s'être imaginé qu'elle regrettait leur divorce, il finit par comprendre qu'elle faisait allusion à leur étreinte récente.

— Nous nous sommes comportés comme des collégiens ! insista-t-elle.

Exaspéré, il se dressa sur ses coudes et la regarda.

— Que veux-tu que je te dise ! Que je suis désolé d'avoir refait l'amour avec toi ?

— Exactement !

Il esquissa un sourire.

— Eh bien, non, désolé ! Je suis incapable de te garantir que tu ne m'inspireras plus jamais de désir.

L'air outragé, elle s'enroula dans le drap puis, une fois levée, elle entreprit de ramasser ses dessous éparpillés sur la moquette.

— Quand comprendras-tu que nous sommes di-vor-cés ! martela-t-elle.

Son sourire s'accentua.

— Nous sommes peut-être divorcés mais, que tu le veuilles ou non, nous venons bel et bien de passer deux heures délicieuses ensemble, dit-il en faisant un geste vers le lit défait.

— Une erreur de parcours !

— Ne sois pas stupide ! Nous n'avons rien fait de mal et ça ne serait pas la première fois que des ex-époux succomberaient à un retour de flamme.

— Soit, mais que ça ne se reproduise plus jamais ! répondit-elle en se tortillant sous le drap pour enfiler sa culotte.

— Tu ne devrais pas réagir ainsi, insista-t-il. En ce qui me concerne, je t'ai retrouvée aussi fougueuse qu'autrefois.

Elle le fixa au fond des yeux.

— Aurais-tu oublié nos disputes du temps où nous étions mariés ?

— Je n'ai rien oublié mais je crois que tu exagères leur importance, Vanessa.

Elle haussa les épaules sans pour autant lâcher le drap qui couvrait ses seins.

— Si je t'ai quitté et si j'ai insisté pour divorcer, c'était parce que tu me témoignais de l'indifférence et que je ne pouvais plus le supporter. J'ai même eu le sentiment, à la fin, que tu me haïssais...

— Moi, te haïr ? répliqua-t-il, au comble de l'étonnement.

Elle lâcha par inadvertance un coin du drap et, durant une fraction de seconde, il put admirer le galbe de son sein droit.

— Oui, me haïr ! répéta-t-elle en rajustant le drap sur sa poitrine. D'ailleurs, n'as-tu pas aujourd'hui toutes les raisons de m'en vouloir puisque je ne t'ai rien dit de ma grossesse ou de la naissance de Danny ?

— A ta place, j'éviterais ce sujet de discussion, dit-il.

Tout à l'heure, quand il l'avait serrée dans ses bras, embrassée et caressée, il avait été heureux d'oublier ses griefs pour mieux se consacrer au plaisir de redécouvrir la force du désir qui crépitait entre eux et il n'avait aucune envie de sentir renaître sa colère envers elle.

— En toute logique tu devrais me haïr ! insista-t-elle en se contorsionnant sous le drap pour enfiler son soutien-gorge.

Lui tournant le dos, elle laissa choir le drap et agrafa son soutien-gorge sans se douter qu'elle lui offrait alors le plus charmant des spectacles.

Aussitôt, il sentit se ranimer son désir et il dut lutter contre l'envie de l'enlacer. Presque aussitôt, un soupçon naquit dans son esprit.

Faisait-elle exprès de souffler le chaud et le froid, de se montrer tendre, amoureuse, puis soudain revêche et injuste pour, quelque temps après, se lever et offrir son corps à moitié nu à ses regards ?

En lui cédant tout à l'heure, elle savait peut-être fort bien ce qu'elle faisait et à présent, en jouant les vierges effarouchées, peut-être avait-elle une idée derrière la tête ?

Vanessa cherchait-elle à le manipuler en jouant sur l'attraction qu'elle exerçait sur lui ?

Sans doute redoutait-elle qu'il la traîne devant les tribunaux où il aurait toutes ses chances d'obtenir du juge la garde de Danny ? Peut-être même craignait-elle qu'il lui prenne Danny tout de suite et le ramène avec lui à Pittsburgh ?

Elle savait sans doute que jamais elle ne gagnerait s'ils se retrouvaient devant un tribunal et c'était peut-être pourquoi elle avait décidé de lui céder ce soir en se donnant à lui.

A l'évidence, elle désirait qu'il reparte de Summerville au plus vite et elle avait compris qu'en se montrant trop intransigeante à son égard, ou en attisant le ressentiment qu'il pouvait éprouver pour elle, tout ce qu'elle obtiendrait serait qu'il s'incruste.

Il se leva et, sans se soucier de sa nudité, se mit à ramasser ses propres vêtements tandis que Vanessa le regardait avec une mine effarouchée.

— Je ne te déteste pas, dit-il en enfilant sa chemise, mais il suffirait d'une étincelle pour que ma colère explose, alors prends garde.

— Si j'avais su que j'étais enceinte quand nous avons divorcé, tu sais bien que je t'aurais immédiatement mis au courant, tenta-t-elle de se justifier.

— Tu n'aurais jamais dû me cacher ta grossesse puis accoucher de Danny sans me prévenir. Aujourd'hui, j'ai l'intention de jouer un rôle actif dans la vie de notre fils et rien ni personne ne pourra m'en empêcher.

Vanessa plaqua pudiquement sa robe rouge sur ses seins.

— Est-ce une menace ? demanda-t-elle d'une voix sourde.

— Que tu le veuilles ou non, je fais désormais partie de ton existence et de celle de Danny. Le plus tôt tu l'admettras, le mieux ça sera, insista-t-il.

Le regard de Vanessa exprima tour à tour la peur, la rage, la confusion.

— Si tu continues sur ce ton, j'aurai vraiment toutes les raisons de te haïr.

Il plissa les yeux.

— Je ne le veux pas, mais désormais, nos destins sont liés.

— Pourquoi donc ?

— Tu m'as bien dit tout à l'heure avoir renoncé à prendre la pilule pendant que tu allaitais Danny ?

— En effet.

— Dans ce cas, puisque nous avons fait l'amour sans préservatif, il y a une chance pour que tu sois de nouveau enceinte !

9

Vanessa se sentit atteinte de plein fouet par les paroles de Marcus.

Que lui était-il donc passé par la tête ? Non seulement elle venait de refaire l'amour avec son ex-mari, mais en plus, elle n'avait pas pris la moindre précaution ?

Dire que, à aucun moment, elle n'avait eu la présence d'esprit d'exiger qu'il mette un préservatif.

Elle fouilla sa mémoire d'éventuelles informations sur les chances de fertilité des femmes allaitant leur enfant mais ne se souvint plus si ces dernières étaient plus ou moins exposées que les autres mères au risque de tomber enceinte.

Dans la situation où elle se trouvait, assumer une nouvelle grossesse était la dernière chose qu'elle souhaitait et elle décida de positiver.

— Je ne peux pas être enceinte ! dit-elle fermement.

Marcus lui lança un regard ironique.

— Et qu'est-ce qui te rend donc si affirmative ?

— Je le sais, voilà tout ! s'exclama-t-elle en enfilant sa robe avec des mouvements brusques.

La robe bâillait dans son dos mais elle aurait préféré déambuler dans cette tenue en pleine rue plutôt que de demander à Marcus de venir remonter la glissière pour elle.

Tout en chaussant l'un de ses escarpins, elle darda un regard furibond sur l'homme avec lequel elle venait bien imprudemment de lier une fois de plus sa destinée.

— Pourquoi ne m'as-tu pas mise en garde quand il en était temps ? demanda-t-elle d'un ton véhément.

Marcus haussa les épaules.

— Après cette longue séparation, je n'ai pensé à rien d'autre qu'à la joie que me causaient nos retrouvailles, dit-il avec sincérité.

Alors qu'elle s'apprêtait à chausser son autre escarpin, elle suspendit son geste et leva la tête vers lui.

— De la part d'un homme aussi méticuleux et prévoyant que tu l'es, ton oubli est suspect.

— Est-ce ma faute si tu es aussi désirable ? répondit-il avec impassibilité.

Elle ne répondit rien, de plus en plus inquiète par la tournure que prenait la situation. Que ferait-telle s'il s'avérait qu'elle était bien enceinte de lui ? Elle ne voulait pas d'un nouvel enfant si tôt après la naissance de Danny.

Bien sûr, elle rêvait d'un autre bébé, et elle l'aimerait avec autant d'amour qu'elle aimait Danny, sans faire la moindre différence entre eux, mais pour le moment il lui était difficile de chasser l'angoisse qui l'étreignait.

Ses relations avec Marcus étaient suffisamment compliquées comme ça pour qu'elle n'envisage pas sans effroi que se tisse un lien supplémentaire entre eux.

Têtu comme il l'était, il n'hésiterait pas, la sachant de nouveau enceinte, à s'installer à Summerville et à ne plus la lâcher d'une semelle.

Effondrée, elle l'imagina multipliant les allées et venues entre Pittsburgh et le *Sugar Shack*, ne la laissant plus un instant en paix et, pourquoi pas, décidant peut-être même de venir s'installer définitivement auprès d'elle.

Aurait-il le culot de lui proposer un remariage et elle, de son côté, aurait-elle la folie d'accepter ?

Non... De ça au moins, elle était sûre car si elle redevenait sa femme, Marcus la ramènerait à Pittsburgh et son calvaire recommencerait comme autrefois.

Tout plutôt qu'un tel cauchemar.

— Je pars et, surtout, n'essaie pas de me retenir ! dit-elle en jetant un regard à la ronde pour s'assurer qu'elle n'avait rien oublié.

— Ne te mets pas dans tous tes états, déclara-t-il d'un ton qui, de toute évidence, se voulait conciliant. Après tout, nous avons passé deux heures délicieuses dans les bras l'un de l'autre et je ne vois pas pourquoi tu aurais à te plaindre.

Furieuse, elle lui jeta un regard noir.

— Quel cynique tu fais !

— Tu es très belle et tu exerces une fascination sur les hommes, insista Marcus. En faisant l'amour, nous n'avons rien fait de honteux, encore moins de mal, et tu n'as aucune raison de t'énerver ainsi.

Bien décidée à ne pas répondre, elle se dirigea vers la porte en serrant sa pochette en cuir contre sa poitrine.

— Attends ! lui intima Marcus d'une voix forte alors qu'elle s'apprêtait à tourner la poignée.

Suspendant son geste, elle se tourna vers lui.

— Que veux-tu ?

— Te dire que je te verrai demain matin, à 8 heures précises, au *Sugar Shack*. Et n'oublie pas d'amener Danny.

— Très bien !

Marcus hocha la tête.

— Ne t'avise pas de prendre la fuite comme la dernière fois, Vanessa. Si jamais le destin voulait que, d'ici à neuf mois, notre Danny ait un petit frère ou une petite sœur, j'aimerais bien ne pas avoir à sillonner les Etats-Unis pour vous retrouver !

Le lendemain, à 5 heures du matin, Vanessa et Helen se dirigèrent comme à leur habitude vers le *Sugar Shack*.

Se lever tôt afin d'avoir le temps d'allumer les fours et de préparer les pâtisseries qu'elles serviraient encore chaudes à leurs premiers clients était devenu pour les deux femmes une seconde nature et s'il leur arrivait de regretter leur lit bien chaud, elles ne se plaignaient jamais car elles adoraient leur métier. Il était gratifiant.

Arrivée devant la porte de la pâtisserie, Vanessa jeta des regards furtifs à droite et à gauche.

— Ouf ! *Il* n'est pas encore arrivé ! s'exclama-t-elle en serrant tendrement Danny entre ses bras.

Elle faisait bien sûr allusion à Marcus, ce qui incita Helen à hausser les épaules.

— Vous avez rendez-vous à 8 heures, non ?

— En effet.

— Alors, tu ne t'attendais quand même pas à ce que ce trouble-fête se lève aux aurores pour avoir le plaisir de te retrouver plus vite ?

— Non, bien sûr ! Mais pourquoi l'appelles-tu « trouble-fête » ?

— Parce que je le considère comme un homme dangereux venu ici pour semer la zizanie dans ta vie, dans la mienne et dans celle de Danny.

Après son divorce, Vanessa avait été contente que sa tante la recueille et elle comprenait fort bien que la vieille dame se montre méfiante envers Marcus.

— Je sais que je me suis parfois plainte de la façon dont il m'avait traitée, mais aujourd'hui, je te demande de te montrer un peu plus aimable avec lui.

— Je te promets de surveiller mon langage la prochaine fois que j'aurai l'occasion de lui parler.

— Merci !

— Et maintenant, ajouta la vieille dame en se dirigeant vers le premier four, occupe-toi de Danny pendant que j'assure la mise en route.

Une fois seule avec son fils, Vanessa ne put s'empêcher de réfléchir à ce qui s'était passé la veille.

Comment avait-elle pu se laisser aller ainsi à refaire l'amour avec un homme qui représentait une réelle menace pour son avenir ?

Elle avait désespérément besoin de faire le point et elle entendait mettre à profit les trois heures dont elle disposait pour décider d'une ligne de conduite envers son ex-mari.

D'un geste tendre, elle caressa le front de Danny et, après l'avoir délicatement installé dans son siège pour bébé, elle passa son tablier puis alla aider sa tante qui s'activait déjà devant les fours.

Tout en étalant de la pâte sur une planche farinée, elle se demanda une fois de plus par quel prodige elle en était arrivée à se fourrer dans cette impasse, elle qui aspirait pourtant à une vie paisible.

Peu après 6 heures, les premiers habitués poussèrent la porte du *Sugar Shack* et vinrent s'asseoir à leurs places habituelles.

Certains clients burent leur café sur le pouce et s'empressèrent de partir travailler en grignotant un croissant. D'autres, moins pressés, prirent le temps de savourer leur thé chinois en l'accompagnant d'un beignet fleurant bon le beurre chaud.

Tout en assurant son service, Vanessa ne put s'empêcher de jeter des regards anxieux à la pendule murale. Il n'était pas encore 8 heures mais sa nervosité était à son comble et elle ne quitta plus la porte des yeux tant elle redoutait le moment où elle verrait apparaître l'élégante silhouette de Marcus.

A 8 heures et quart, ce dernier brillait toujours par son absence et elle n'en pouvait plus de se ronger les sangs.

A 8 heures et demie, elle était plus inquiète que jamais. Marcus avait-il eu un accident ? Mais elle s'efforça de ne pas céder à la panique. Le plus vraisemblable était qu'il avait reçu un appel urgent lui enjoignant de regagner Pittsburgh au plus vite.

Mais, dans cette hypothèse, ne lui aurait-il pas téléphoné pour la prévenir, d'autant plus qu'il avait insisté hier soir pour faire le point avec elle concernant l'avenir de Danny ?

Son anxiété ne fit que croître et ce fut machinalement qu'elle encaissa le prix de quatre cafés et un paquet de petits pains aux raisins.

Quand elle se retrouva seule, elle s'empressa de jeter un nouveau coup d'œil à la pendule.

Quelle drôle de femme elle faisait. Rien ne l'angoissait davantage que ce rendez-vous matinal avec Marcus et voilà qu'à présent, elle ne cessait de s'inquiéter pour lui.

A 9 h 30, elle se dirigea vers le téléphone, bien décidée à appeler l'hôtel de Marcus.

Alors qu'elle composait le numéro de l'hôtel, le carillon caractéristique du *Sugar Shack* retentit et, quelques instants plus tard, Marcus s'approcha d'elle, un sourire aux lèvres.

Il avait troqué son costume strict et sa cravate pour un jean marron et une chemise à col ouvert aux manches retroussées sur ses avant-bras musclés.

Ceux qui ne le connaissaient pas l'auraient sans doute pris pour un client ordinaire mais, à y regarder de plus près, il portait à son poignet une Rolex en or et était chaussé de mocassins Ferragamo à sept cents dollars la paire.

— Bonjour, Vanessa, dit-il d'une voix chaude.

— Je croyais que nous avions rendez-vous à 8 heures et il est 9 h 30 passées, dit-elle, agacée par son apparente décontraction.

— Excuse mon retard mais j'avais quelques affaires à régler.

Alors qu'elle brûlait de connaître la nature de ces fameuses « affaires », elle préféra ne pas le questionner, surtout devant sa clientèle.

— Si j'avais pu imaginer que tu t'inquiéterais autant, je t'aurais téléphoné, déclara Marcus.

Mortifiée, elle se sentit rougir jusqu'aux oreilles. Elle avait horreur de laisser paraître sa vulnérabilité et n'ignorait pas qu'en montrant à Marcus à quel point elle s'était fait du souci pour lui, elle lui offrait sur un plateau le moyen de faire pression sur elle.

— Oh ! Ça n'est rien ! dit-elle en s'efforçant de prendre un ton insouciant.

— Vraiment ?

— Mais oui, je t'assure ! répondit-elle, énervée.

— Tant mieux. Figure-toi que j'ai quelque chose à te montrer, dit-il.

— Où ça ?

— De l'autre côté de la cuisine.

Plus intriguée que jamais, elle s'assura que tous ses clients étaient servis puis elle sortit de derrière le comptoir.

— Allons-y, dit-elle en l'entraînant vers la cuisine.

En apercevant Marcus, Helen ne put s'empêcher d'afficher sa désapprobation par un froncement de sourcils.

— Qui va servir les clients ? demanda-t-elle à sa nièce d'un ton revêche.

— Toi, si tu veux bien, répondit Vanessa. Marcus doit me montrer quelque chose.

— Comme tu voudras ! répondit Helen, résignée, en dénouant déjà son tablier.

Elle se dirigea vers la salle sans oublier de jeter, au passage, un regard désobligeant à Marcus.

— Ne t'en fais pas, tout ira bien pour moi, déclara Vanessa à sa tante alors que celle-ci poussait la porte à double battant.

Tout à l'heure, en prenant le petit déjeuner avec Helen, Vanessa avait brossé un tableau très édulcoré de sa soirée avec Marcus.

Elle s'était bien gardée d'avouer que Marcus l'avait attirée dans sa chambre et qu'ils avaient fait l'amour sans aucune précaution.

Connaissant sa tante, il n'y avait pas le moindre doute qu'elle aurait pris définitivement Marcus en grippe, elle qui ne l'aimait déjà pas beaucoup.

Depuis un an qu'elles cohabitaient, Helen la couvait d'un œil vigilant et lui répétait sans cesse qu'elle avait le devoir de s'occuper exclusivement de son fils.

Au début, Vanessa avait d'autant moins protesté qu'elle pensait exactement comme sa tante mais, depuis quelques mois, elle se sentait redevenir une femme à part entière et la compagnie d'un homme commençait à lui manquer.

Helen s'en était offusquée et lui avait adressé des reproches alors même que Vanessa n'avait pas eu la moindre liaison, la moindre aventure, depuis son divorce.

Les deux femmes en étaient arrivées à se disputer et, aux arguments d'Helen qui lui conseillait d'oublier les hommes et de se consacrer à Danny et à son commerce, elle avait rétorqué qu'elle était bien trop jeune pour s'enterrer vivante.

Si bonne et dévouée qu'elle fût, Helen ne comprenait pas qu'elle veuille s'émanciper et reprendre sa vie de femme et Vanessa jugeait le moment venu d'affirmer son indépendance et de reprendre en partie sa liberté.

Comme pour compliquer encore un peu plus les choses, Marcus et elle avaient refait l'amour sans avoir pris la moindre précaution.

Désormais, il ne lui restait plus qu'à chercher un compris avec son ex-mari.

— Eh bien ! Que veux-tu me montrer ? demanda-t-elle en se tournant vers Marcus.

— Suis-moi ! dit-il en lui prenant le bras.

Elle se retourna vivement pour s'assurer que sa tante était déjà sortie de la cuisine.

— Lâche mon bras, voyons !

— Nous ne faisons rien de mal surtout après ce qui s'est passé entre nous hier soir.

Elle préféra ne pas insister.

— Où m'emmènes-tu ? demanda-t-elle.

— Tu le verras bientôt, dit-il en la guidant vers le local attenant dont elle lui avait déjà parlé et qu'elle espérait louer pour agrandir sa boutique.

Des idées folles traversèrent son esprit.

Allait-il lui annoncer qu'il emmenait Danny à Pittsburgh dès aujourd'hui ?

Avait-il décidé de la traîner devant les tribunaux pour la punir de lui avoir caché l'existence de son fils ?

Une fois devant la porte vitrée du local à louer, Marcus l'interrogea du regard.

— As-tu la clé ?

— Oui, le propriétaire me l'a donnée car il sait que j'y entrepose parfois des marchandises. En échange, j'ai promis de faire visiter le local aux futurs locataires.

— Parfait, alors ouvre la porte.

Elle s'exécuta et ils entrèrent dans le local aux murs nus.

— Vas-tu m'expliquer à quoi tout ça rime ? demanda-t-elle en se tournant vers lui.

Il lui montra la porte qui donnait sur la rue.

— Une équipe d'ouvriers attendent déjà dehors, dit-il en tirant les verrous de la porte extérieure et en l'ouvrant en grand.

Plusieurs pick-up chargés de matériaux divers étaient en

effet garés en file indienne le long du trottoir et une dizaine d'hommes en jean et chemise à carreaux patientaient devant un amoncellement de boîtes à outils, de tréteaux, de planches et de scies électriques.

— Je ne comprends pas ! s'exclama-t-elle.

— Ils vont t'installer étagères, rayonnages et plans de travail, comme tu le désirais.

— Mais...

— Tu n'as pas oublié ton projet d'agrandissement et de vente par correspondance ?

Elle lui lança un regard de stupéfaction.

— Je n'ai jamais engagé personne et je ne veux pas entreprendre des travaux d'agrandissement tant que le bail n'aura pas été signé avec le propriétaire ! Tu sais très bien que, pour le moment, je n'ai pas les moyens financiers d'assumer cette location.

— Pourquoi crois-tu que je sois ici, mis à part le fait que je veux connaître mon fils ? Aurais-tu déjà oublié notre petite conversation d'hier soir ?

Elle ne put s'empêcher de rougir en évoquant le dîner de la veille, leur discussion portant sur l'agrandissement de sa boutique... et le reste !

Marcus avait omis de se protéger au moment de lui faire l'amour, elle ne prenait pas la pilule et il ne faudrait pas qu'elle s'étonne si son prochain test de grossesse s'avérait positif.

Quant à leur fougueux corps à corps, le moment et le lieu étaient mal choisis pour qu'elle l'évoque dans ses détails les plus crus car, déjà, l'un des ouvriers – le contremaître si elle en jugeait à son air assuré – s'approchait de Marcus.

— Ecoutez, je n'ai pas toute la journée et...

— Ça ne sera plus très long ! le coupa Marcus avec autorité.

Dompté, l'homme retourna attendre sur le trottoir avec ses collègues et, par discrétion, Marcus referma la porte donnant sur la rue avant de se tourner vers elle.

— Le propriétaire a accepté de me louer le local.

Elle ne put s'empêcher de laisser transparaître son étonnnement.

— Tu t'es déjà arrangé avec le propriétaire, M. Parsons ?

— Je l'ai fait appeler hier soir par Brian et mon offre lui a convenu. Le bail sera établi à ton nom et, à l'heure qu'il est, Brian devrait être en train de rédiger le contrat.

Quand elle prit conscience que ce local tant convoité était enfin à elle, elle ne put s'empêcher de frémir.

— Toi et ton argent ! Tu débarques ici – sans crier gare – et tu crois que tu peux tout acheter d'un simple claquement des doigts !

— Disons plutôt d'une signature au bas d'un chèque ! répondit-il avec ironie.

— Tu me fais peur !

Il lui fit face, poings sur les hanches.

— Quel mal ai-je fait en te permettant d'agrandir ta boutique ? En quoi suis-je coupable ? demanda-t-il.

Elle ne sut quoi lui répondre ou, plutôt, elle se garda bien de lui dire ce qu'elle avait sur le cœur.

Grâce à son argent et à son influence, Marcus lui retirait une sérieuse épine du pied mais, dans le fond, elle aurait mille fois préféré se débrouiller seule, quitte à revoir à la baisse ses ambitions commerciales.

Au début de leur mariage, le luxueux train de vie et la richesse de Marcus l'avaient impressionnée mais, très vite, elle s'était rendu compte que les biens matériels ne comptaient pas vraiment pour elle.

Depuis son plus jeune âge, elle avait l'habitude de surmonter seule les difficultés qu'elle trouvait sur sa route et elle entendait bien garder son autonomie coûte que coûte.

— Je ne veux pas t'être redevable, en aucune façon, dit-elle enfin. Je ne veux pas vivre avec le sentiment que tu me contrôles sous prétexte que tu as investi ton argent dans mon entreprise.

— Mais il n'est pas question que je te contrôle !

— Bien sûr que si ! Savoir que c'est grâce à ton argent que je peux m'agrandir et me lancer dans la vente par correspondance est déjà pour moi un sacré fil à la patte.

— Tu exagères !

— Mais non ! Si, comme je l'espère, mon entreprise prospère, il y aura toujours des gens pour me rappeler que, sans l'aide du richissime Marcus Keller, je serais restée une simple vendeuse de croissants et de biscuits.

— En quoi l'opinion d'autrui a-t-elle la moindre importance ? Ce qui compte est que, grâce à mon argent, tu peux t'agrandir et espérer décupler ton chiffre d'affaires dans les prochaines années.

Elle lui lança un regard désolé.

— Tu ne comprends pas ! Je veux réussir par mes propres mérites et non parce que mon ex-mari aura débarqué un beau jour à Summerville en brandissant son chéquier.

— Ce que je fais, je le fais pour toi, pour Danny, mais aussi parce que je crois dans l'avenir de ton commerce, répondit Marcus.

Elle haussa les épaules.

— Tu me mets dans une position très délicate car si la nouvelle formule du *Sugar Shack* a du succès, ça sera autant grâce à toi qu'à moi.

— Et alors ?

— Alors, j'aurai l'impression d'être dépossédée de ce que j'ai créé de toutes pièces avec Helen. Le *Sugar Shack* ne sera plus seulement mon affaire mais aussi celle de M. Marcus Keller.

Cette fois, il semblait avoir un peu perdu de son arrogance et il poussa un profond soupir avant de lui répondre :

— Réfléchis un peu, Vanessa ! Tu as demandé à Brian Blake de te trouver un investisseur et, sans doute espérais-tu que ce financier providentiel se contenterait de signer les chèques sans te demander des comptes ? Eh bien, réjouis-toi, car je serai, à quelques détails près, cet investisseur discret dont tu rêvais.

— A quelques détails prêts ? répliqua-t-elle d'un ton un peu trop agressif. Tu veux me faire croire que, si nous nous associons, je serai libre de faire ce que bon me semble entre mes murs ?

— Je t'assure que ma proposition n'a rien d'un piège et que je ne songe qu'à t'aider !

Elle posa sur lui un regard triste.

— Au début de notre mariage, c'est vrai, j'ai apprécié de pouvoir vivre dans le luxe grâce à ta fortune. J'ai aimé les belles robes que tu m'offrais et j'ai adoré les réceptions huppées que tu organisais en mon honneur.

— Vanessa !

— Attends, laisse-moi finir. Je viens d'un milieu modeste et toute ma vie j'ai tiré le diable par la queue et travaillé comme une damnée pour un maigre salaire. Quand nous nous sommes connus, j'étais simple serveuse et la perspective de devenir Mme Marcus Keller avait tout pour me séduire.

— Et alors ?

— J'ignorais à cette époque qu'être ta femme impliquerait pour moi de vivre au manoir des Keller, où je n'ai jamais eu ma place.

— Tu exagères !

— Pas du tout ! Ton entourage ne m'a jamais acceptée et ma vie là-bas a été un véritable enfer, argent ou pas argent !

Marcus fronça les sourcils.

— Comment oses-tu dire que mon entourage ne t'a jamais acceptée ? Par ton mariage avec moi, tu es entrée dans la famille puisque tu portais légalement le nom des Keller !

— Je m'appelais peut-être Vanessa Keller pour l'état civil mais je n'ai jamais eu ma place parmi les tiens, rétorqua-t-elle, la tête bourdonnant encore des humiliations que lui avait fait subir Eleanor à l'époque.

La mère de Marcus ne s'était-elle pas ingéniée à l'humilier et à la traiter comme elle l'aurait fait d'une domestique préposée au balayage ?

Marcus parut contrarié soudain, par ce qu'impliquent les révélations qu'elle était en train de lui faire.

— Pourquoi ne pas m'avoir dit plus tôt et plus clairement ce que tu ressentais, là-bas ? Tu sais, mon intention n'a jamais été de te rendre malheureuse, conclut-il en effleurant tendrement sa joue d'une caresse.

Elle était touchée de l'attitude de Marcus, mais se sentait aussi un peu coupable, car il n'y était pour rien. C'était sa mère, l'odieuse Eleanor, qui lui avait rendu la vie impossible.

Alors qu'elle s'apprêtait à lui présenter des excuses, le contremaître tambourina contre la porte vitrée.

— J'arrive ! s'exclama Marcus avec un geste de la main signifiant qu'il n'en avait plus pour longtemps.

Il se tourna vers elle.

— Nous aurons d'autres occasions de parler du passé. Veux-tu, oui ou non, entreprendre ces travaux ?

Elle poussa un long soupir.

Pour une fois qu'ils avaient enfin une vraie conversation et qu'elle allait lui expliquer pourquoi elle avait choisi de partir du manoir et donc, de le quitter, il avait fallu que le contremaître vienne les interrompre.

— J'aimerais encore réfléchir ! répondit-elle.

Elle vit que Marcus avait du mal à contenir son exaspération.

— Réfléchir, mais pourquoi donc ? Les ouvriers sont là, prêts à entreprendre les travaux. Ne laisse pas passer cette chance !

Elle comprenait son agacement, mais elle avait de bonnes raisons de douter. Elle se revit faisant son entrée au manoir des Keller, persuadée qu'elle venait de décrocher le bonheur.

Comme elle se trompait alors.

Elle se reprocha de ne pas avoir mis plus tôt Marcus au courant des mauvais traitements qu'elle subissait de la part d'Eleanor.

Après tout, il n'avait pas le don de lire dans ses pensées et puisqu'elle n'avait jamais osé lui parler franchement, elle ne devait pas s'étonner du naufrage de leur mariage.

Combien de fois avait-elle attendu en vain qu'il l'emmène passer un week-end à la campagne, loin d'Eleanor et des domestiques, mais lui ne songeait qu'au chiffre d'affaires de son entreprise et passait ses soirées au bureau, à travailler à ses bilans.

Sa déception la plus cuisante avait été l'annulation de leurs vacances aux Antilles, trois mois avant leur divorce. Pour elle, ces vacances représentaient leur ultime chance de sauver leur couple et elle se réjouissait d'avoir enfin pu convaincre Marcus qu'ils devaient s'accorder du temps ensemble, loin de l'œil inquisiteur d'Eleanor.

Elle s'était réjouie de partir avec lui et avait acheté des tenues d'été, des maillots échancrés, des sels de bain et des bougies avec l'intention de transformer leur suite en un nid d'amour romantique et sensuel.

Mais Marcus avait annulé leur voyage deux heures avant le

départ en lui expliquant qu'il devait présider un conseil d'administration très important pour l'avenir de l'entreprise.

Mais le pire de toute cette histoire, c'est que quelques jours après, en surprenant une conversation entre Trevor Storch, le bras droit de Marcus, et Eleanor, elle avait compris que la date de tenue du conseil d'administration avait été avancée par leurs soins pour empêcher Marcus de l'emmener en vacances.

La situation était d'autant plus horrible qu'elle avait conscience de son impuissante. Les accusations qu'elle portait contre Storch et Eleanor étaient graves, Marcus l'aurait-il crue ?

Dans le doute, elle avait choisi de se taire et elle le regrettait aujourd'hui.

— Eh bien, s'impatienta Marcus. Acceptes-tu que je donne la clé du local aux ouvriers afin qu'ils puissent commencer leurs travaux ?

— Très bien, donne-leur la clé, dit-elle, fataliste.

10

— Oh ! Cette perceuse électrique ! Son bruit me rend à moitié folle ! s'exclama Helen en glissant une plaque garnie de baklavas dans l'un des fours.

Tout en disposant des raisins secs sur une fournée de petits pains, Vanessa lança à sa tante un regard compréhensif.

Depuis que les travaux avaient commencé, elle avait pris soin de disposer dans le salon de thé plusieurs affichettes demandant à la clientèle d'excuser le bruit et la poussière que le chantier en cours occasionnait.

Grâce à cette précaution et aux efforts méritoires des ouvriers pour se faire discrets, les habitués n'avaient pas déserté le *Sugar Shack*.

— Ne t'énerve pas et calme-toi ! Tu sais bien que l'aménagement de notre nouveau local ne peut pas se faire en silence.

— Me calmer ? C'est ce que tu me répètes depuis des jours ! ronchonna Helen en claquant la porte de son four.

Vanessa soupira.

— D'après le contremaître, les travaux ne devraient plus durer très longtemps, annonça-t-elle.

Même si elle n'avait qu'une confiance limitée dans les promesses de ce dernier, le local prenait forme et d'ici une ou deux semaines, elle avait bon espoir que tout serait terminé.

— Reconnais au moins que Marcus fait tout ce qu'il peut pour que je sois satisfaite du résultat, dit-elle dans l'espoir d'amadouer sa tante.

Helen la gratifia d'une moue sceptique.

— Si Marcus fait tout ce qu'il peut, comme tu dis, ça n'est pas pour tes beaux yeux ou pour son fils, mais bien parce qu'il veut rentabiliser son investissement.

— Tu es injuste !

Depuis qu'il s'était installé à l'hôtel de Summerville, Marcus avait pris l'habitude de passer chaque jour à la maison d'Helen et il avait désormais son rond de serviette à leur table.

Vanessa le connaissait assez pour savoir que s'il ne négligeait pas l'aspect financier de leur association, il s'attachait chaque jour un peu plus à ce fils qui lui était tombé du ciel.

Elle avait patiemment montré à Marcus comment il fallait s'y prendre pour le nourrir, pour lui faire prendre son bain, pour le mettre au lit et l'aider à s'endormir et, à sa surprise, il s'en était plutôt bien sorti.

Il avait même insisté pour changer les couches de Danny et, depuis lors, il mettait un point d'honneur à partager cette corvée avec elle.

Chaque dimanche, il emmenait Danny dans le parc municipal et elle devait admettre que voir ensemble le père et le fils la touchait énormément.

Elle n'en demeurait pas moins vigilante car elle soupçonnait toujours Marcus d'être capable de lui disputer la garde de l'enfant.

Ne déciderait-il pas un beau matin de lui arracher Danny et de le ramener à Pittsburgh sous prétexte que cet enfant méritait d'avoir sa place chez les Keller ?

En dépit de ses craintes, elle s'habituait pourtant à la présence de Marcus à ses côtés. Parfois même elle se surprenait à imaginer que Marcus s'installe définitivement à Summerville. Quand il le voulait, il pouvait se montrer drôle et prévenant, incroyablement séduisant et, dans ces moments-là, il lui semblait que le désir qu'elle éprouvait pour lui était aussi fort, sinon plus, que lors de leurs premiers rendez-vous.

Aucun autre que lui n'avait le pouvoir de la faire rire aux larmes comme il le faisait en lui racontant des histoires drôles ou en puisant dans le quotidien pour se moquer sans méchanceté des travers d'autrui.

Quand ils allaient dîner au restaurant, à Summerville ou dans les environs, il se montrait galant avec elle, lui tenant ouverte la portière de la voiture et s'effaçant pour la laisser passer devant lui.

A la maison, il était toujours volontaire pour débarrasser la table afin qu'elle puisse se reposer après ses douze heures de labeur à la boutique.

Enfin, il avait le chic pour la faire fondre sous ses regards enflammés ou pour effleurer sa joue comme par inadvertance en embrasant ses sens.

Quand il lui arrivait de poser la main sur sa hanche, elle avait la sensation qu'en dépit de la barrière de sa robe, ses doigts imprimaient leur marque sur sa peau nue...

Un jour, alors qu'elle remettait en place une mèche de ses cheveux, Marcus lui avait touché la joue dans son empressement à l'aider et elle n'avait pu s'empêcher de frissonner de tout son être.

Ces caresses étaient devenues une obsession chez elle. Chaque matin, à son réveil, elle se demandait si, durant la journée, il trouverait un prétexte pour l'effleurer, la toucher comme par inadvertance, et cette pensée lancinante déclenchait chez elle de brusques bouffées de désir.

Alors qu'elle se remémorait avec volupté certains épisodes brûlants de leur mariage, Marcus entra en trombe dans la cuisine et, de surprise, elle faillit lâcher sa cuillère remplie à ras bord de raisins secs.

— Tu m'as fait peur ! dit-elle en rougissant, une fine transpiration perlant sur son front.

— Ça n'était pas mon intention mais, dis-moi, il fait plutôt chaud ici ?

— J'ai oublié de mettre la climatisation en route, dit-elle en bafouillant.

Il la regarda en fronçant les sourcils.

— Tu es toute rouge ! Tu ne devrais pas t'épuiser au travail comme tu le fais car tu risques de tomber malade.

Elle se félicita de travailler devant un four allumé car, sinon, elle n'aurait jamais osé lui dire que si elle était rouge, c'était parce qu'elle était en train de penser à la façon dont il savait si bien lui faire l'amour !

— Oh ! Je tiendrai le coup ! répondit-elle en relevant une mèche cuivrée qui s'obstinait à retomber sur son front.

Marcus alla brancher le climatiseur puis il revint auprès d'elle.

— Quand tu auras une minute, j'aimerais que tu viennes jeter un coup d'œil sur le chantier. Les ouvriers ont presque terminé d'aménager le local et le contremaître voudrait s'assurer que le résultat te satisfera.

A une ou deux occasions, elle était allée se rendre compte de l'avancement des travaux mais les ouvriers lui avaient vite fait comprendre que sa présence les gênait.

— Très bien, répondit-elle.

Elle mourait d'impatience de voir si le local avait été aménagé conformément à ses directives et, à la pensée que sa boutique aurait presque doublé de surface d'ici à quelques jours, elle éprouva une profonde reconnaissance à l'égard de Marcus sans qui rien n'aurait été possible.

Si son nouveau commerce rencontrait le succès escompté, il lui faudrait engager du personnel pour emballer et affranchir les paquets de pâtisserie pendant que Helen et elle-même s'affaireraient dans la cuisine.

Après avoir posé sa cuillère, elle s'essuya les mains à l'aide d'un torchon propre et se tourna vers sa tante qui, ostensiblement, s'ingéniait à ignorer la présence de Marcus.

— Je vais visiter le nouveau local, dit-elle en se sentant un peu coupable de laisser la vieille dame travailler seule. Je ne serai pas longue.

Tout en enfournant une plaque de biscuits dans l'un des fours, Helen lui lança un regard attendri.

— Va, ma chérie. Et ne t'inquiète pas pour tes petits pains, je m'en occupe.

— Merci ! répondit Vanessa.

Elle suivit Marcus et au fur et à mesure qu'ils approchaient du local en travaux, les coups de marteau et le crissement des scies redoublèrent d'intensité.

Marcus souleva la toile plastifiée suspendue entre la cuisine et l'entrée du local et s'effaça pour laisser passer Vanessa.

Quand elle découvrit le local flambant neuf, elle ne put retenir un cri de surprise.

Tout avait été fait selon ses vœux, depuis les murs peints en blanc jusqu'aux moulures reproduisant à l'identique celles de la boutique et de la cuisine.

Comme elle l'avait souhaité, des étagères de tailles diverses étaient fixées le long des murs et au-dessus des plans de travail.

— Eh bien ? interrogea Marcus.

— C'est... C'est magnifique ! répondit-elle, incapable de contrôler son émotion.

Ces travaux avaient dû coûter une fortune et, désormais, elle était encore plus redevable à Marcus de sa générosité. Elle le connaissait assez pour savoir qu'il exigerait des contreparties mais pour le temps présent, elle n'avait nullement l'intention de se montrer ingrate.

Le regard brillant, elle s'approcha de lui.

— Je ne sais pas comment te remercier, murmura-t-elle à son oreille.

Cédant à une impulsion, elle l'embrassa sur la joue.

— Vanessa ! s'exclama Marcus, surpris.

Avant qu'elle ait pu réagir, il l'enlaça par la taille et l'embrassa sur le front.

Un charme étrange et sensuel s'établit entre eux et, pendant quelques secondes magiques, ni l'un ni l'autre ne put dire un mot.

Mais l'arrivée du contremaître mit un terme brutal à cet instant.

— A ce que je vois, la petite dame semble satisfaite, claironna-t-il en souriant à Marcus.

Gênée et un peu honteuse, elle s'empressa de reculer de plusieurs pas.

— C'est tout à fait ce que je désirais ! dit-elle après s'être éclairci la voix.

— Votre équipe a fait du bon travail, renchérit Marcus.

Le contremaître sourit d'un air béat.

— Si vous souhaitez des modifications, nous sommes encore ici jusqu'à 16 heures et nous ferons l'impossible pour vous satisfaire.

— Entendu ! déclara Vanessa.

Pendant que Marcus et le contremaître parlaient devis et modalités de paiement, elle en profita pour inspecter du regard les étagères bien alignées, les plans de travail, les armoires rutilantes. Elle se voyait déjà dirigeant une petite équipe d'employés chargés d'emballer et d'affranchir les pâtisseries commandées sur internet qu'un transporteur livrerait ensuite dans tous les Etats-Unis.

Son enthousiasme ne lui fit pas oublier qu'en acceptant un partenariat avec Marcus, elle avait abdiqué une part de son indépendance et que le *Sugar Shack* ne lui appartenait plus tout à fait.

Certes, elle aurait pu refuser net l'aide de Marcus et rechercher un autre investisseur que lui, peut-être même s'adresser à une banque afin d'obtenir un prêt, mais dans tous les cas le résultat n'aurait pas été aussi concluant.

Alors qu'elle imaginait pour elle et Helen un avenir radieux, elle entendit des pas dans son dos, puis la voix de Marcus :

— Vanessa ?

— Oui, dit-elle en se tournant vers lui et en s'efforçant de faire bonne figure.

— Les ouvriers auront bientôt fini et, dans quelques heures, tout sera nettoyé, expliqua-t-il. Dès demain, tu recevras le matériel informatique que tu désirais et tu pourras commencer à travailler.

Elle dut se faire violence pour ne pas laisser éclater sa joie.

— C'est formidable ! J'espère avoir de nombreuses commandes dès que j'aurai créé mon site internet.

Marcus lui adressa un sourire rassurant.

— Je sais que tu te lances un vrai défi qui va te demander un effort accru et c'est pourquoi, avant que tu sois plongée dans tes préparatifs, je voudrais que nous parlions d'une chose qui me tient à cœur.

Un peu inquiète, elle hocha la tête, mais tout en se promettant que, quelles que soient les intentions de Marcus à son égard, elle ne renoncerait pas à son idée de vente par correspondance et encore moins à la direction du *Sugar Shack*.

— Je t'écoute.

— J'ai reçu un appel de mon frère Adam et je dois rentrer aujourd'hui à Pittsburgh pour m'occuper avec lui de boucler quelques dossiers urgents.

— Ah !

— En tout état de cause, je ne devrais pas être absent plus que quelques jours.

La violence de la déception qu'elle éprouva soudain la surprit et elle fit tout son possible pour la masquer. La vérité, c'était que Marcus faisait désormais partie de sa vie et l'idée de le voir s'éloigner d'elle et de Danny l'inquiétait.

Au fil des jours et des semaines, ils s'étaient rapprochés l'un de l'autre et comme Marcus venait dîner à la maison chaque soir, ils avaient l'occasion de parler de l'avenir commercial du *Sugar Shack*.

Il lui donnait de nombreux conseils utiles qu'elle s'efforçait de prendre en considération.

Ils en étaient presque venus à reformer un couple comme par le passé, à la seule exception qu'ils ne faisaient pas l'amour.

— Très bien, dit-elle d'une voix qui manquait d'assurance. Je comprends que tu aies des choses à régler là-bas et comme tu as déjà beaucoup accompli pour moi ici, je ne vais pas te reprocher de partir.

Elle faillit le remercier pour tout ce qu'il avait fait pour elle mais elle se ravisa car, après tout, il n'agissait pas bénévolement et il espérait que son investissement lui rapporterait bientôt des dividendes.

Marcus pencha la tête sur le côté et lui jeta un regard intrigué.

— Regretterais-tu de me voir partir ?

Elle faillit répondre par l'affirmative et lui demander de rester ou, du moins, de différer son départ, et puis elle songea qu'en restant à Summerville, Marcus n'aurait pas manqué de lui rappeler qu'elle lui était redevable et qu'en échange du temps passé à diriger ces travaux et à investir dans son commerce, elle devait lui témoigner sa reconnaissance.

Qui pouvait dire alors comment évoluerait leur relation ?

Après avoir admiré une dernière fois le local refait à neuf, elle se tourna vers lui.

— Je sais que tu diriges une grosse société et que tu ne peux pas passer ta vie à Summerville. Ce qui a pu être accompli ici grâce à toi est tout simplement merveilleux et nous pourrons désormais, ma tante et moi, aller de l'avant.

Il darda sur elle un regard malicieux.

— Je suis persuadé que, avec l'aide d'Helen, tu auras bientôt doublé le chiffre d'affaires de ta boutique et en attendant, je désire que vous m'accompagniez à Pittsburgh, Danny et toi.

Voilà, ce qu'elle redoutait était enfin arrivé. Sous le choc de cette annonce, elle sentit son cœur s'emballer et elle eut du mal à trouver les mots qui pourtant se bousculaient dans son esprit.

— Mais...

— Il est grand temps que je présente mon fils à ma famille, ajouta-t-il sans lui laisser le temps de protester.

11

Si Marcus ne s'était pas attendu à des cris de joie, la violence de la réaction de Vanessa l'étonnait. En effet, celle-ci se tenait devant lui, visiblement furieuse et le foudroyait du regard.

— Si tu crois que je vais te laisser emmener Danny à Pittsburgh, tu te trompes ! déclara-t-elle d'un ton indigné.

Puis, sans même attendre sa réponse, elle tourna les talons et quitta précipitamment la pièce. Il la suivit des yeux en hochant pensivement la tête.

Il se doutait bien qu'elle ne serait pas ravie mais de là à penser qu'elle se montrerait aussi hostile à son initiative, il y avait un pas à franchir.

Pourquoi donc ne voulait-elle pas admettre que, désormais, elle devrait compter avec lui pour tout ce qui touchait à l'éducation de leur fils ?

Avec un soupir résigné, il partit à sa recherche.

Où pouvait-elle bien être allée ?

Il eut l'intuition qu'elle se trouvait peut-être dans la cuisine mais alors qu'il en poussait la porte il se retrouva nez à nez avec Helen qui, après lui avoir lancé un regard surpris, fit un écart et poursuivit sa route d'un pas allègre jusque dans le salon de thé.

Décidément, la tante de Vanessa ne le portait pas dans son cœur !

Il aperçut tout de suite Vanessa. Elle était en train d'étaler de la pâte sur une plaque à l'aide d'un rouleau de pâtissier et, à voir ses gestes saccadés, il comprit qu'elle bouillait encore de colère.

— Vanessa ? dit-il en s'avançant vers elle.

— Va-t'en !

Avant qu'il ait pu s'expliquer, elle frappa de toutes ses forces le plan de travail avec son rouleau. Le bruit fut assourdissant.

— Si tu t'imagines que je vais te laisser emmener Danny à Pittsburgh, tu te trompes ! ajouta-t-elle en serrant le manche du rouleau, si fort que ses phalanges blanchirent.

— Calme-toi ! s'exclama Marcus. Je n'ai jamais eu l'intention de t'arracher Danny et si tu veux venir avec nous, tu es la bienvenue.

Elle le foudroya de nouveau du regard.

— Je ne retournerai pas à Pittsburgh avec toi ! Pas question que je m'enterre de nouveau dans ce manoir où ta mère se ferait un plaisir de me jeter son mépris au visage.

— Vanessa !

— Non, laisse-moi continuer ! Quand elle saura que j'ai eu un enfant en dehors des liens du mariage, je suis sûre que ta mère sera bien contente de m'abreuver de ses sarcasmes et de ses reproches.

— Que ça lui plaise ou non, Danny est mon fils.

— Crois-tu que ça l'empêchera de me critiquer ?

— Ecoute, je ne peux pas savoir à l'avance de quelle façon réagira ma mère mais, dans tous les cas, je serai là pour te défendre.

Elle haussa les épaules avec fatalisme.

— Ta mère m'accusera d'avoir divorcé de toi avant la naissance de Danny. Elle me reprochera de t'avoir privé de ton fils pendant un an et de l'avoir aussi privée, elle, du plaisir d'annoncer au monde entier que la dynastie des Keller s'enorgueillissait désormais d'un nouvel héritier mâle.

— Ce sont des spéculations, Vanessa, rien de plus, dit-il en essayant de la raisonner.

Visiblement un peu calmée, elle reposa son rouleau sur le plan de travail et s'efforça de contrôler sa respiration.

— Telle que je la connais, elle serait capable d'insinuer que l'enfant n'est pas de toi puisque, s'il faut en croire toutes les gentillesses qu'elle m'a servies durant mon séjour chez elle, je ne vaux guère plus qu'une traînée de bas étage.

Cette fois, elle allait trop loin et il ne put s'empêcher de s'insurger.

— Tu ne crois pas que tu exagères un peu !

— Oh non ! Et je t'assure que lorsque nous vivions là-bas, elle ne m'a pas ménagée. Elle serait très capable de t'inciter à renoncer à tes droits paternels sur Danny sous prétexte que notre enfant est né hors mariage.

— Et si nous attendions avant de l'accuser de tous les maux ? plaida-t-il.

Les yeux de Vanessa flamboyèrent.

— Je ne retournerai pas à Pittsburgh pour me jeter entre les griffes de ta mère et je lui laisserai encore moins l'occasion de faire du mal à mon fils.

— Danny est aussi *mon* fils, lui rappela-t-il.

— Oui, et c'est pourquoi tu dois le protéger, dit-elle avec le regard d'une tigresse aux abois.

— Rassure-toi ! Je serai là moi aussi pour protéger notre enfant.

Elle se campa devant lui.

— Danny est tout pour moi et je ne laisserai personne, pas même ta mère, tenter de me le prendre.

Il secoua tristement la tête.

— Pour que tu détestes autant ma mère, il a vraiment fallu qu'elle te blesse profondément.

Il avait lancé cette phrase un peu au hasard, n'y croyant pas vraiment lui-même, mais l'expression de Vanessa le glaça. Un désarroi presque insoutenable se peignait sur ses traits.

— Si tu savais comment elle s'est conduite avec moi ! Chaque jour, elle n'oubliait pas de me faire sentir que j'étais une intruse et, à cause d'elle, ma vie est devenue un enfer.

Choqué, il ne sut plus quoi dire.

Eleanor s'était-elle conduite aussi mal que le prétendait Vanessa ou bien s'agissait-il d'une exagération de sa part ?

Certes, sa mère n'était pas d'une nature chaleureuse, y compris à l'égard de ses propres enfants, mais de là à admettre qu'elle avait tyrannisé et humilié Vanessa de la façon la plus cruelle qui soit, il y avait de la marge.

— Ce que tu m'apprends me désole mais il faut quand même

que je retourne à Pittsburgh. Je ne devrais pas rester absent plus d'une semaine et j'aimerais emmener Danny avec moi, déclara-t-il.

En voyant la mine furibonde de Vanessa, il s'empressa de prendre les devants.

— Pendant un an, tu t'es bien gardée de me dire que j'avais un fils et j'estime qu'à présent, tu n'as pas le droit de me reprocher de vouloir présenter Danny à ma famille.

Il fit une pause.

— Du reste, tu ne peux pas t'opposer à ce qu'il vienne avec moi.

— Est-ce une menace ? gronda-t-elle.

— Ai-je besoin de menacer quiconque pour être entendu ? rétorqua-t-il.

Les lèvres pincées de colère, elle le fixa avec une hargne non dissimulée.

— Il est hors de question que je vienne avec toi à Pittsburgh !

— Dans ce cas, Danny et moi irons là-bas seuls mais, rassure-toi, notre séjour n'excédera pas quelques jours, dit-il d'un ton conciliant.

— Salaud !

— Si tu veux être du voyage, tu es la bienvenue, lui rappela-t-il sans perdre son calme.

Elle était visiblement hors d'elle et il la vit passer sa langue sur ses lèvres, comme si elles étaient trop sèches.

— Tu veux donc me forcer la main !

— Non, c'est à toi de décider de la meilleure conduite à tenir.

Alors qu'elle tardait à répondre, il en profita pour se persuader qu'il était dans son bon droit en agissant comme il le faisait.

Vanessa estimait sans doute qu'il ne lui laissait pas le choix mais il ne se sentait pas la force de repartir à Pittsburgh sans emmener avec lui ce fils dont il ignorait encore l'existence quelques semaines plus tôt.

Danny n'était pas seul en cause et il devait admettre que, depuis qu'il avait retrouvé Vanessa, il avait pris conscience de la place qu'elle occupait dans sa vie.

Au moment de leur divorce, il s'était efforcé par fierté de lui cacher sa souffrance et il ne voulait pas prendre le risque de repartir seul pour Pittsburgh tant que la situation entre eux ne serait pas éclaircie.

Il n'avait pas oublié qu'après leur divorce, elle avait disparu de la circulation sans songer un seul instant à lui donner signe de vie et il la connaissait assez pour savoir qu'elle aurait la force morale de recommencer, y compris si elle se trouvait de nouveau enceinte de lui.

Puisqu'il n'était pas question qu'il garde en permanence un œil sur Danny et sur Vanessa, il estimait qu'en emmenant leur fils avec lui, il la dissuaderait de quitter Summerville durant son absence et c'était bien pour lui le but recherché.

— Ce que tu fais ressemble fort à du chantage, dit-elle avec une expression butée sur son beau visage.

— Disons que j'exerce une autorité paternelle dont tu m'as privé pendant un an en me cachant l'existence de Danny, rétorqua-t-il, incapable de tempérer plus longtemps sa rancune envers Vanessa.

— Si tu emmènes Danny, alors je viens aussi, martela-t-elle.

Il eut du mal à dissimuler sa satisfaction.

— Très bien ! Puisque tu te décides à être raisonnable, nous partirons demain à midi.

— Je ne sais pas si je serai prête pour midi, dit-elle avec une moue boudeuse.

— Dans ce cas, disons 13 heures !

Vanessa n'avait nulle envie de renoncer à sa vie tranquille pour réintégrer cette fosse aux lions que représentait pour elle le manoir des Keller.

Chaque seconde passée sous le même toit qu'Eleanor Keller serait une seconde de trop mais avait-elle un autre choix que d'aller là-bas ?

Après avoir fait le point avec sa tante et s'être assurée que les deux intérimaires chargées de la remplacer au *Sugar Shack* donneraient satisfaction, elle commença à préparer sans aucun enthousiasme ses bagages et ceux de Danny.

Elle mit Marcus à contribution, le chargeant de rassembler

quelques jouets pour Danny puis des couches, des lingettes, une quantité de petits pots et de jus de fruits.

Quand, perdant patience, il lui reprochait d'emporter trop d'affaires, elle ne manquait jamais de lui rappeler que l'idée de ce voyage était la sienne, ce qui avait le don de le réduire au silence.

Elle eut beau traîner des pieds et prier pour que Marcus revienne sur sa décision, le miracle attendu ne se produisit pas et le lendemain, à 13 heures précises, ils furent prêts à partir.

Pendant que Marcus allait et venait sur le trottoir faisant face au *Sugar Shack* en masquant mal son impatience, Danny, confortablement installé sur son siège pour enfant, à l'arrière de la Mercedes, jetait des regards intrigués autour de lui tout en jouant avec un gros trousseau de clés en plastique.

Une fois assurée que son fils ne manquait de rien, Vanessa s'approcha de sa tante pour lui faire ses adieux.

— Tu es sûre que tu veux t'en aller ? demanda Helen en étreignant les mains de sa nièce.

— Oui, ne t'en fais pas, je reviendrai bientôt, répondit Vanessa en s'efforçant de dissimuler au mieux son anxiété.

Depuis un an, c'était la première fois que les deux femmes se quittaient et elles étaient très émues.

— Je me fais du souci pour toi et Danny, insista Helen.

— Mais non ! Marcus veut présenter son fils à sa famille, régler quelques affaires au siège de sa société et puis ensuite, nous rentrerons à Summerville.

Helen eut une moue dubitative.

— Ne te laisse plus malmener par ces Keller, ma chérie. Souviens-toi de l'état dans lequel ils t'ont mise la dernière fois !

Vanessa sentit sa gorge se serrer et elle dut faire un gros effort pour refouler ses larmes.

— Je ferai attention, dit-elle en embrassant sa tante.

Elle s'arracha à contrecœur à l'étreinte de sa tante pour rejoindre Marcus.

Ce dernier la dévisagea sans aménité.

— Prête ? demanda-t-il d'un ton sec.

Trop bouleversée pour parler, elle se contenta de hocher la tête.

Après l'avoir aidée à s'installer, Marcus démarra.

La Mercedes était spacieuse et confortable mais elle ne s'en trouvait pas moins assise à quelques centimètres de l'homme qui, pour l'instant du moins, mobilisait son ressentiment.

Alors que Marcus tournait la clé de contact, elle observa Danny dans le miroir du pare-soleil et puisa dans le visage souriant de son fils un courage qui lui faisait défaut.

Certes, elle se sentait coupable de ne pas avoir averti en temps voulu Marcus de sa grossesse mais lui, de son côté, ne lui avait-il pas opposé une fin de non-recevoir par l'intermédiaire de Storch quand elle avait appelé son bureau pour l'informer qu'il serait bientôt père ?

Aujourd'hui, elle estimait qu'après avoir accouché seule puis refait sa vie ailleurs, elle méritait de pouvoir vivre en paix avec son fils.

Marcus se tourna vers elle.

— Tu sembles préoccupée ? Ne me dis pas qu'avec la tonne de bagages que nous emportons avec nous, tu as oublié quelque chose chez ta tante !

— Non, de ce côté-là, tout va bien, dit-elle d'une voix morne.

Marcus soupira.

— Je sais que tu rechignes à aller à Pittsburgh, dit-il en dardant sur elle l'éclat de ses yeux verts, mais tu verras que tout se passera très bien.

— Tu crois ? demanda-t-elle en le regardant sans aucun enthousiasme.

— J'en suis sûr ! Ma mère et ma famille seront ravies de faire la connaissance de Danny et, aussi, de te revoir.

Elle hocha la tête, mais sans conviction.

Plus elle y réfléchissait et plus elle avait la conviction que ce séjour à Pittsburgh se conclurait par un désastre.

12

Tandis qu'ils remontaient l'allée bordée de chênes conduisant au manoir à colonnades des Keller, Vanessa dut faire appel à toute sa volonté pour ne pas se laisser submerger par l'anxiété qui couvait en elle depuis le départ de Summerville.

Après avoir engagé la Mercedes sous une porte cochère, Marcus se gara dans la cour d'honneur du manoir et un jeune employé en veste rouge aux armes de la famille Keller accourut pour ouvrir les portières du véhicule.

— Vous monterez nos bagages dans ma suite, déclara Marcus en tendant les clés du coffre de la Mercedes à l'employé.

Elle réprima un sursaut de surprise.

A part une valise légère qui appartenait à Marcus, les autres bagages étaient à elle et à Danny et n'avaient donc rien à faire dans sa suite.

Elle s'apprêtait à protester quand Marcus l'entraîna à l'écart.

— J'ai oublié de te le dire mais toi et Danny, vous habiterez avec moi tant que nous serons ici.

Alors qu'elle s'apprêtait à protester avec véhémence, il l'embrassa sur la bouche et son haleine mentholée eut le don de l'apaiser.

— Fais-moi confiance, murmura-t-il à son oreille.

Depuis leur divorce, elle se défiait de lui et de ses belles paroles mais il y avait dans le ton de sa voix un accent de sincérité qui la rasséréna.

S'il agissait comme il venait de le faire, c'était sûrement à bon escient et, à tout prendre, elle préférait encore être sous sa protection plutôt que de se retrouver dans une aile lointaine du manoir, à la merci des intrigues d'Eleanor.

Emue, elle repensa au jour où ils s'étaient mariés en grande pompe.

Après le repas de noces, Marcus l'avait emmenée dans sa suite luxueuse et ils avaient fait l'amour avec passion.

Aujourd'hui encore, chaque détail de leur fiévreux corps à corps restait gravé dans sa mémoire.

Comme si la scène avait eu lieu hier, elle se souvenait de chaque meuble, de chaque bibelot, de chaque tableau qui composaient le décor d'alors, et elle ne put s'empêcher de se sentir submergée par la nostalgie.

Certes, Marcus et elle étaient à présent divorcés mais elle ne reniait pas les moments de bonheur qu'ils avaient partagés, pas plus du reste que ces nuits d'amour brûlantes qui les laissaient pantelants de plaisir, quand l'aube se levait.

— Je ferai ce que tu veux, dit-elle.

— Parfait ! Et maintenant, si tu me laissais porter Danny ?

Elle lui tendit l'enfant qui se lova en souriant contre l'épaule de son père.

Guilleret, Marcus lui prit la main et l'entraîna à sa suite.

— Allons présenter notre fils au reste de la famille ! déclara-t-il en gravissant l'escalier en pierre conduisant à l'entrée principale du manoir.

Au contact de ses doigts brûlants sur les siens, elle sentit son anxiété se dissiper et ce fut d'un cœur plus léger qu'elle suivit Marcus.

Un maître d'hôtel stylé les attendait devant les deux battants de la porte d'entrée.

— Bonjour, Robert ! déclara Marcus en souriant.

— Bonjour, monsieur. Monsieur a-t-il fait bon voyage ? répondit le maître d'hôtel en s'inclinant légèrement.

— Excellent.

— Madame aussi, j'espère ? demanda le maître d'hôtel en souriant à Vanessa.

— Oui, et je suis heureuse de vous revoir, Robert, dit-elle en se souvenant que le majordome lui avait toujours manifesté de la sympathie.

— Moi aussi, madame, répondit Robert en s'effaçant pour les laisser passer.

Avec son lustre en cristal, son parquet en chêne poli et son double escalier, le manoir lui rappelait toujours autant la maison de Scarlett O'Hara dans le film *Autant En Emporte Le Vent*.

Tout comme Scarlett, Eleanor Keller menait ses domestiques à la baguette et cela expliquait que la plupart d'entre eux démissionnaient après quelques mois.

Elle ne s'était jamais autorisée à critiquer l'attitude d'Eleanor mais, à sa place, elle savait bien qu'elle aurait traité ces employés avec humanité.

A la vue du grand vase fleuri posé sur la table de marbre, au beau milieu de l'entrée, sa gorge se serra car le personnel avait ordre de renouveler les fleurs chaque jour et, à l'époque où elle vivait encore ici, Vanessa aurait été ravie d'accomplir cette besogne.

Quand elle avait demandé à sa belle-mère la permission de le faire, celle-ci n'avait pas caché son indignation.

— Vous n'êtes pas une domestique, ma petite Vanessa, mais l'épouse d'un Keller ! avait déclaré Eleanor d'un ton qui n'admettait aucune réplique.

Revoir cette table au même endroit, ce bouquet composé des mêmes fleurs, lui rappela à bon escient que son ex-belle-mère aimait manifester son autorité par tous les moyens dont elle disposait et que vivre sous son toit serait aussi pénible aujourd'hui qu'hier.

— Si Monsieur le permet, je vais aller prévenir Madame de l'arrivée de Monsieur, déclara Robert de son ton compassé.

— Faites, faites ! déclara joyeusement Marcus. Je me doute que ma chère mère est impatiente de nous revoir !

Quelques minutes plus tard, Eleanor sortit du petit salon rose au rez-de-chaussée, un lieu où elle aimait lire et réfléchir avant le dîner.

Impeccablement coiffée comme à son habitude, vêtue d'un

élégant tailleur beige, elle portait un collier de diamants et semblait plus hautaine que jamais.

— Marcus, mon chéri ! s'exclama-t-elle en pressant le pas vers son fils et en ignorant ostensiblement Vanessa.

Cette voix élégante et autoritaire, Vanessa l'aurait reconnue entre mille !

— Mère, comment vas-tu ! répondit Marcus en embrassant Eleanor du bout des lèvres, seule familiarité qu'elle lui tolérât.

— Bien, mon chéri. Alors comme ça, il paraît que nous avons un nouvel héritier ?

Marcus regarda Danny avec amour.

— Oui, mère. J'ai la joie de te présenter ton nouveau petit-fils qui se prénomme Daniel Marcus, dit-il fièrement.

Eleanor esquissa un sourire qui aurait pu passer pour une moue dédaigneuse.

— Il est mignon, se contenta-t-elle de dire sans esquisser le moindre geste de tendresse vers le bébé.

Alors que Vanessa frémissait de voir le peu de cas qu'Eleanor faisait de Danny, son ex-belle-mère se tourna enfin vers elle et la dévisagea d'un œil glacial.

— Quand je pense que vous n'avez rien dit à Marcus ! Vous auriez dû l'avertir dès le moment où vous avez été enceinte !

— Mais, je...

— Vous n'aviez aucun droit de cacher aux Keller l'existence d'un nouvel héritier ! insista-t-elle d'une voix tranchante.

— Mère, ça suffit ! intervint Marcus.

Vanessa réprima un sursaut de surprise car, jusqu'alors, jamais Marcus n'avait parlé sur ce ton à sa mère.

— L'autre jour, au téléphone, poursuivit-il, je t'ai dit que les circonstances de la naissance de Danny ne concernaient que Vanessa et moi, alors essaie au moins de te montrer aimable avec elle.

Eleanor pinça ses lèvres.

— Il en sera comme tu le désires, siffla-t-elle entre ses dents. Le dîner est servi à 18 heures. Le port du smoking et de la robe de soirée est recommandé. Maintenant, je vous laisse.

Après avoir jeté un regard dédaigneux au pantalon et chandail léger que portait Vanessa, Eleanor Keller s'éloigna dans un cliquetis de talons.

Une fois seule, Vanessa se tourna vers Marcus.

— Charmant accueil !

— Tu connais Eleanor aussi bien que moi. Viens, allons défaire nos bagages, dit-il en se dirigeant vers l'escalier.

Résignée, elle lui emboîta le pas non sans caresser tendrement les boucles blondes de leur fils qui sommeillait dans les bras de son père.

— Il ne semble pas très fatigué, dit-elle.

— Oh ! Ne t'y fie pas, déclara Marcus. Je suis sûr qu'en le couchant maintenant, il finirait par s'endormir.

— Tu oublies qu'il a déjà beaucoup dormi dans la voiture, fit-elle remarquer.

Marcus se tourna vers elle et la sonda de son regard où brillait la flamme du désir.

— Je ne risquais rien à tenter ma chance ! répondit-il avec un sourire en coin. Pour tout t'avouer, j'avais envie de me reposer un peu avant le dîner.

— Vraiment ?

— Oui, mais pas seul...

Elle ne put s'empêcher de rire, soulagée de retrouver le Marcus d'antan, celui qui venait faire la fête avec ses amis, dans le restaurant où elle était serveuse, celui qui savait la dérider avec ses plaisanteries, l'émouvoir de ses mots tendres, la combler d'attentions et de cadeaux.

Le Marcus Keller beau et séduisant, drôle et intelligent, qui avait su conquérir son cœur et qu'elle avait accepté d'épouser.

Quand il lui prit la main, elle ne protesta pas et tandis qu'elle gravissait à sa suite les marches de l'escalier, elle serra ses doigts brûlants dans les siens et sentit son cœur battre plus fort.

Un fulgurant désir incendia ses veines comme aux jours heureux, quand Marcus et elle venaient de se marier et qu'elle s'était juré que leur bonheur durerait éternellement.

Qui aurait cru alors que leur si belle union finirait par un divorce ?

Depuis, ils avaient emprunté des chemins différents et, si le hasard ne les avait pas remis en présence l'un de l'autre, chez Brian Blake, peut-être ne se seraient-ils jamais revus.

Cette simple idée lui serra le cœur et elle préféra refouler ces tristes pensées pour se concentrer sur les bagages et la sieste de Danny.

Coucher Danny dans le berceau préparé à son intention par le personnel d'Eleanor ne fut l'affaire que de quelques minutes.

— Regarde comme il est beau ! s'exclama Marcus en observant le visage épanoui de son fils qui caressait, du bout de ses doigts minuscules, les oiseaux en peluche du mobile fixé au-dessus de sa tête.

— Je dois dire que je l'ai bien réussi ! répliqua-t-elle en riant. Crois-tu qu'il va s'endormir ou bien qu'il va se mettre à pleurer si nous le laissons seul ?

— Oh ! Je crois qu'il finira par somnoler même s'il a déjà dormi dans la voiture. A son âge, un trajet de trois heures fatigue quand même.

Et Marcus n'avait pas tort car, après quelques minutes, Danny ferma ses paupières, ce qui les autorisa à se retirer sur la pointe des pieds.

Tout en déballant leurs affaires, Vanessa se tourna vers Marcus.

— Je n'ai rien de vraiment habillé à me mettre pour dîner et tu sais combien ta mère attache d'importance au protocole ! dit-elle avec un certain dépit.

— Oui, je sais, répondit ce dernier sans parvenir à détacher ses yeux de la silhouette aguichante de Vanessa.

Une fois de plus, il se demanda comment ils en étaient arrivés à se séparer et, avec le recul, leur divorce précipité lui paraissait plus hors de propos que jamais.

Vanessa lui avait beaucoup manqué et il ne cessait de se languir d'elle, regrettant l'époque où ses produits de beauté envahissaient la tablette de la salle de bains, ses robes la penderie, et son parfum troublant la literie de leur chambre.

Plus il la regardait aller et venir dans la suite, rangeant ses dessous dans le tiroir de la commode et suspendant ses chemisiers sur les cintres de la penderie, et plus il avait l'impression de revivre ces jours merveilleux où tous deux formaient encore un couple uni.

— Si tu n'y vois pas d'inconvénient, je vais aller me refaire une beauté ! lui annonça-t-elle avec une petite moue espiègle.

— Fais comme chez toi.

Dix minutes plus tard, il eut la surprise de la voir revenir vers lui maquillée, coiffée et parfumée.

— Ne me dis pas que..., commença-t-il, en proie à une vive émotion.

Elle lui sourit.

— Si ! J'ai retrouvé dans le dressing le flacon de parfum que tu m'avais offert pour l'un de mes anniversaires. Je l'ai certainement oublié lors de mon départ.

Ce parfum, il le lui avait en effet offert pour son anniversaire et il l'avait conservé en souvenir d'elle et de leur bonheur enfui.

Oserait-il lui avouer qu'il lui arrivait de déboucher le précieux petit flacon et de humer la fragrance de ce parfum chic pour mieux penser à elle ?

— Tu n'es pas fâché ? demanda-t-elle, brusquement inquiète.

— Oh non, bien au contraire, répondit-il en s'approchant d'elle et en lui caressant la joue.

Le fait qu'elle utilise ce parfum si longtemps après leur divorce le remplissait même d'une espérance nouvelle.

— Tant mieux ! Au fait, comment me trouves-tu ? demanda-t-elle en pivotant sur ses talons pour s'offrir à ses regards.

Il admira ses cheveux ondulant sur sa nuque, ses rondeurs élégamment drapées dans une robe légère toute simple et ses pieds chaussés de sandales en cuir.

— Tu es très belle, convint-il.

Depuis qu'ils avaient refait l'amour l'autre soir, à son hôtel, Vanessa l'obsédait et il sentit une fois de plus le désir pulser dans ses veines.

Sans la quitter des yeux, il se passa la langue sur les lèvres en imaginant que c'était les siennes, si douces, qu'il était en train d'embrasser.

Avec un sourire sensuel, elle lissa sa robe sur ses hanches puis elle lui lança une œillade complice.

— Je ne sais pas si ta mère appréciera beaucoup de me voir vêtue ainsi !

— Ma mère te prendra telle que tu es, un point c'est tout, répondit-il d'un ton sans réplique.

— Peut-être, mais elle tient à ses dîners habillés et je n'ai pas emporté de robe de soirée, dit-elle d'un ton d'excuse.

— Je t'assure qu'elle se fera une raison.

Manifestement intriguée, Vanessa le regarda avec plus d'attention.

— Qu'y a-t-il ? On dirait que tu es contrarié ?

— Mais non, c'est la fatigue du voyage !

Elle hocha la tête avec scepticisme.

— Il me semblait bien avoir laissé ici, en plus du parfum que tu m'avais offert, deux ou trois robes de soirée…

Il s'éclaircit la voix.

— En effet, parvint-il à articuler.

— Ah, j'avais raison ! Et, où sont-elles, à ton avis ?

— Je n'ose pas te le dire.

Elle fronça les sourcils.

— Qu'as-tu donc fait de si terrible ?

— Il ne s'agit pas de moi mais de ma mère.

— Ah !

De plus en plus gêné, il s'épongea le front.

— Après ton départ, elle a tenu à jeter tout ce qui pouvait encore t'appartenir, y compris ces fameuses robes, et comme je n'avais pas la moindre idée que tu reviendrais un jour ici, je n'ai pas songé à l'en empêcher.

La façon dont Vanessa l'avait quitté lui était restée en travers de la gorge et quand sa mère avait insisté pour débarrasser le manoir des quelques affaires oubliées par la jeune femme, il avait approuvé son initiative, ne gardant d'elle que ce flacon de parfum.

Aujourd'hui, il se rendait compte qu'il aurait dû tout faire pour retrouver la trace de Vanessa afin de lui rendre les fameuses robes qui, après tout, étaient à elle.

— Je suis désolé, dit-il en la prenant par les épaules.

Elle esquissa un sourire et se rapprocha de lui.

— N'y pensons plus, c'est du passé.

— Tu ne m'en veux pas trop ?

— Non ! répondit-elle dans un souffle, son regard soudé au sien.

Il mourait d'envie de déboutonner son chemisier et de glisser sa paume brûlante sur ses seins, puis de l'étreindre avec fougue et de presser son sexe déjà durci de désir contre son ventre, mais il parvint à se contenir.

Vanessa comptait trop à ses yeux pour qu'il coure le risque de la perdre en agissant de façon trop précipitée.

Réfrénant son impatience, il se contenta d'un léger baiser sur ses lèvres.

— Que dirais-tu si nous déclarions forfait pour le dîner ? suggéra-t-il.

— L'idée n'est pas mauvaise mais je pense à la tête que ferait ta chère mère, répondit-elle d'une voix rauque.

En la regardant, il comprit que Vanessa avait autant envie que lui de faire l'amour.

— Je me fiche complètement de ce que ma mère peut penser.

Elle poussa un soupir.

— Non, Marcus, mieux vaut respecter les traditions familiales. Mes relations avec Eleanor sont déjà assez compliquées comme ça et je ne vois aucune raison de les envenimer davantage.

Il allait lui répondre qu'il se moquait des traditions familiales lorsque quelques coups légers frappés à la porte lui firent dresser l'oreille.

— Ma mère a sûrement décidé de nous envoyer du renfort pour s'occuper de Danny durant l'heure du dîner. J'espère que tu n'y vois pas d'inconvénient ?

— Comment le saurais-je puisque je ne sais encore pas de qui il s'agit ? Le mieux est d'aller ouvrir !

Marcus approuva d'un signe de tête.

— Si l'employée que nous envoie ma mère ne donne pas satisfaction, nous engagerons une nounou expérimentée que tu choisiras toi-même, expliqua-t-il en lui prenant la main et en se dirigeant d'un pas décidé vers la porte.

— Décidément, tu as réponse à tout ! observa-t-elle avec une pointe d'agacement.

Alors qu'il posait la main sur la poignée cuivrée, il ne résista pas à l'envie de se retourner et de poser ses lèvres sur la bouche de Vanessa.

— Tu es fou ! murmura-t-elle quand elle put reprendre son souffle.

Les tempes bourdonnantes, il trouva la force de se détacher d'elle.

— Fou de toi, oui ! dit-il en replaçant délicatement une boucle de cheveux cuivrés derrière l'oreille de la jeune femme.

13

Comme toujours chez les Keller, le dîner fut délicieux et, comme toujours aussi, Eleanor Keller ne se priva pas de faire preuve d'arrogance.

Fort heureusement, Adam – le frère de Marcus – et sa femme Clarissa, égayèrent le repas par leur présence et Vanessa profita de chaque occasion qui lui était offerte pour bavarder avec eux.

S'ils étaient nés eux aussi avec une cuillère d'argent dans la bouche, au moins lui avaient-ils toujours témoigné une gentillesse qui faisait cruellement défaut à son ex-belle-mère.

Après son mariage avec Marcus, Adam et Clarissa l'avaient accueillie chaleureusement au manoir sans jamais lui faire sentir qu'elle n'était qu'une pièce rapportée.

Quand elle avait divorcé, tous deux lui avaient fait part de leurs regrets sincères.

Ce soir, alors qu'ils étaient vraisemblablement au courant des circonstances motivant son retour au manoir, ils s'abstinrent de faire la moindre allusion à sa grossesse ou à la naissance de Danny, et ils s'évertuèrent avec tact à la mettre à son aise.

Grâce à eux, elle parvint à juguler son appréhension et même à oublier les regards venimeux que lui lançait Eleanor.

Au temps de son mariage, elle avait été l'objet d'attaques incessantes de la part de sa belle-mère qui avait l'art et la manière d'enrober ses piques de fiel et de les lui décocher quand Marcus n'était pas là.

Comme si elle s'était retenue pendant tout le repas, ce fut au moment du dessert qu'Eleanor déclencha réellement les hostilités, se lançant dans un festival d'allusions et de perfidies où la cruauté le disputait à la mauvaise foi.

Au grand étonnement de Vanessa qui n'en espérait pas tant, Marcus sortit de sa réserve et prit sa défense, répondant du tac au tac à chacune des attaques que sa mère dirigeait contre elle et faisant preuve, dans l'art des sous-entendus, d'une cruauté au moins égale à la sienne.

Visiblement surprise par la réaction de son fils, Eleanor sembla hésiter sur la conduite à tenir et, après avoir froncé les sourcils, elle jeta à Vanessa un regard qui exprimait mieux que des mots toute la haine qu'elle lui inspirait.

Vanessa ne se troubla pas et soutint son regard, ce qui, de toute évidence, eut le don d'exaspérer Eleanor.

— Au fait, chère Vanessa, j'aurais deux ou trois questions à vous poser, commença-t-elle d'une voix mielleuse sans quitter son ex-belle-fille des yeux.

— Nous sommes fatigués, mère, décréta alors Marcus en se levant et en aidant Vanessa à en faire autant.

— Déjà ? Mais j'ai des tas de choses à demander à Vanessa ! insista Eleanor d'une voix suave.

— Eh bien, tu la questionneras demain, quand elle sera reposée, répondit Marcus d'un ton sans réplique.

Vanessa à son bras, il fit le tour de la table pour prendre congé de chacun des convives puis il l'entraîna vers l'escalier.

Tout en gravissant les marches aux côtés de Marcus, Vanessa exulta à l'idée que, pour une fois dans sa vie, Eleanor était tombée sur quelqu'un d'assez courageux pour la remettre à sa place.

Tandis que Marcus pressait sa main dans la sienne, elle eut l'impression de revenir au temps béni de leurs premières sorties, quand ils flânaient encore en amoureux, loin du manoir des Keller et des perfidies de sa future belle-mère.

Ils arrivèrent légèrement essoufflés en haut des marches et Marcus s'arrêta devant la porte de la suite.

— Je meurs d'envie de t'embrasser ! dit-il en se tournant vers Vanessa.

— Moi aussi !

— Alors, qu'attendons-nous ? dit-il en posant ses lèvres sur les siennes.

Après cette brève étreinte, ils s'écartèrent l'un de l'autre et, les yeux encore brillants, elle ne put s'empêcher de pousser un petit cri de joie.

— Chut ! murmura Marcus, amusé.

— Qu'y puis-je si je me sens heureuse ! répondit-elle.

Elle fit néanmoins un effort pour se contenir pendant que Marcus ouvrait la porte et l'entraînait à l'intérieur de la suite.

La jeune employée chargée par Eleanor de surveiller Danny s'était à moitié assoupie sur une chaise, un magazine ouvert sur ses genoux.

A leur approche, elle se réveilla en sursaut et se mit debout.

— Oh ! Je suis désolée ! Je... J'étais un peu fatiguée.

Vanessa n'en fut pas surprise car le personnel travaillant sous les ordres d'Eleanor ne connaissait aucun répit.

— Danny ne vous a pas donné de fil à retordre ? interrogea Marcus.

— Oh, non, c'est un adorable petit garçon et puis il a dormi presque tout le temps ! répondit l'employée avec un sourire.

— Ça signifie qu'il se réveillera au beau milieu de la nuit ! dit Vanessa avec une moue.

Elle se tourna vers Marcus.

— J'ai bien peur que tu n'aies pas l'occasion de dormir beaucoup, ce soir.

— Qui te dit que c'était mon intention ? répondit-il en lui lançant un regard plein de sous-entendus.

Elle laissa Marcus raccompagner l'employée à la porte et lui donner un généreux pourboire.

Lorsqu'il vint la rejoindre, elle était penchée sur le berceau de Danny et il en profita pour lui caresser les hanches.

— Tu ne trouves pas que notre fils est beau ? demanda-t-elle sans protester contre cette caresse.

Marcus s'enhardit et ses doigts se refermèrent sur ses hanches.

— Si, très beau.

Elle ne put s'empêcher d'être émue à la pensée de les savoir réunis autour du berceau de leur enfant comme n'importe quel couple.

— Je ne crois pas qu'il ait de la fièvre, dit-elle en posant sa main sur le front du garçonnet, mais il pourrait quand même couver quelque chose. Ça ne lui ressemble pas de dormir autant !

— Si tu venais de faire un aussi long voyage à son âge, toi aussi tu serais fatiguée, déclara Marcus.

— Oui, tu as raison ! Danny n'a pas l'habitude de passer autant de temps dans une voiture et c'est sûrement ça qui l'a épuisé.

— Tu vois bien que tu n'as pas à t'inquiéter, renchérit-il en l'entraînant hors de la chambre.

Elle se jeta dans ses bras dès qu'il eut refermé la porte derrière eux.

— J'ai envie de toi ! s'exclama-t-elle avec fougue.

— Moi aussi ! dit-il en la serrant avidement contre lui.

Pendant de longues minutes, ils s'embrassèrent à en perdre haleine. Elle avait l'impression que jamais elle ne serait rassasiée de lui. Et pourtant, elle savait aussi qu'entre eux rien n'était réglé et que ce qu'ils s'apprêtaient à faire était une terrible erreur.

— Nous n'aurions pas dû ! s'exclama-t-elle quand Marcus desserra son étreinte.

— Je t'assure que j'ignorais encore comment nous réagirions quand nous serions en tête à tête, répondit-il en mordillant le lobe de son oreille.

— Oh ! Tu t'en doutais quand même un peu, non ?

— Pas du tout !

— Alors, pourquoi as-tu insisté pour que Danny et moi partagions ta suite ?

— Parce que je voulais donner le change à ma mère en lui faisant croire que nous étions de nouveau ensemble.

Elle écarquilla les yeux.

— Comment ça, ensemble ?

— Depuis que tu m'as rapporté les misères qu'elle t'avait fait subir, quand nous étions mariés, je me méfie d'elle. En te gardant près de moi, je l'empêche de te nuire ou de nuire à Danny.

Plus émue encore qu'elle voulait le laisser paraître, elle vint se blottir contre l'épaule rassurante de Marcus.

— Tu as bien fait de nous loger chez toi, dit-elle.

— En tout bien tout honneur ! dit-il en posant sur elle un regard empreint de douceur. Et si tu le désires, je dormirai dans le fauteuil.

Après l'avoir embrassée dans le cou, il fit remonter ses lèvres le long de son épaule et elle frissonna de désir.

— Pas question que tu dormes de ton côté ! dit-elle en riant. Cette nuit, nous partagerons le même lit.

— Accordé !

Une main passée sous ses reins, l'autre autour de ses épaules, il la souleva et l'emporta vers la chambre à coucher.

— Et voilà ! dit-il en la déposant sur le lit puis en se couchant voluptueusement à ses côtés.

Quand il prit ses lèvres, elle ne protesta pas et elle lui rendit son baiser avec ferveur.

S'enhardissant, il fit aller et venir ses mains sur ses épaules puis ses hanches, lui arrachant de temps à autre un gémissement de plaisir quand sa caresse se faisait plus intense.

Il défit le cordon qui tenait sa robe fermée et dévoila ses deux seins.

— Tu n'as jamais été aussi belle ! déclara-t-il, la bouche sèche.

Elle le laissa s'emparer une nouvelle fois de ses lèvres, et lorsqu'il passa ses pouces sur les mamelons, elle sentit ses pointes se durcir et une vague de chaleur l'envahir jusqu'au plus profond de son être. Marcus était le seul homme à savoir la toucher, à connaître ce qui lui faisait plaisir.

— J'adore ce que tu me fais ! murmura-t-elle.

Visiblement encouragé par ses paroles, il redoubla ses caresses et puis, après l'avoir fait mettre debout, il tira sur la fermeture de sa robe qui glissa sur ses cuisses formant bientôt, à ses pieds, une corolle chatoyante.

Après s'être agenouillé pour lui ôter ses sandales, il fit un pas en arrière. Tout juste vêtue de sa minuscule culotte de dentelle bleue, elle s'offrit à son regard. Dans les yeux de Marcus elle ne se sentait pas impudique, elle se sentait belle, désirable, féminine...

— Tu es la plus sexy des femmes ! s'exclama-t-il en la regardant avec des yeux brillants.

Elle eut du mal à maîtriser les battements de son cœur tant la flamme qu'elle voyait brûler dans le regard de Marcus attisait son désir.

Pour la première fois de sa vie, elle eut conscience de sa force de séduction et elle en tira un certain orgueil.

Au début de leur mariage, Marcus avait toujours eu envie d'elle, ce qui, en soi, n'avait rien d'extraordinaire.

Elle s'était attendue à ce que son intérêt s'émousse – n'est-ce pas ce que tout le monde dit de la vie de couple ? – mais, à sa grande surprise, Marcus avait continué de la désirer y compris quand ils étaient déjà sur le point de divorcer.

Voir qu'aujourd'hui, après un an de séparation, il la désirait toujours autant et peut-être même encore davantage qu'à l'époque où ils étaient mariés, la remplissait de joie.

D'un geste adroit, Marcus glissa ses doigts sous l'élastique de sa culotte et la fit glisser le long de ses cuisses.

Non seulement elle ne lui opposa pas la moindre résistance mais elle l'aida de son mieux en ondulant des hanches.

Une fois qu'elle fut intégralement nue, elle laissa à Marcus le loisir de l'admirer pendant quelques secondes puis, après l'avoir attiré à elle, elle chercha sa bouche en quête d'un de leurs longs et fougueux baisers.

Avec un gémissement rauque, Marcus se pressa contre son ventre palpitant et elle sentit son érection pulser entre ses cuisses.

— Tu es si viril ! dit-elle.

Les quelques petits mots murmurés par Vanessa firent à Marcus l'effet d'un électrochoc. Il darda sur elle, sur son corps nu, son regard de braise, et soudain, comme une vague surgie du passé, il prit conscience des erreurs qu'il avait commises vis-à-vis de Vanessa.

Au début de leur union, persuadé qu'elle lui serait à jamais acquise, il l'avait peu à peu négligée pour se consacrer presque exclusivement à ses affaires.

Dans son esprit, elle avait tout pour être heureuse dans ce vaste manoir disposant de deux piscines, d'un parc immense, d'un court de tennis et d'un personnel stylé.

Aveuglé comme il l'était alors, il avait voulu croire que le fait d'avoir épousé un homme aussi fortuné que lui suffirait à la rendre heureuse.

Ne disposait-elle pas d'un crédit illimité et n'était-il pas toujours prêt à satisfaire ses moindres caprices ?

Son erreur avait été de croire que l'argent suffirait à protéger leur mariage, ce qui n'avait pas été le cas.

Quand Vanessa avait souhaité divorcer, il avait été plus que surpris par sa décision et comme il n'avait aucun goût pour l'introspection ou le décryptage des pensées d'autrui, il s'était trouvé dans l'incapacité de trouver une solution efficace.

Ces quelques semaines passées à Summerville l'avaient aidé à mieux comprendre qui était Vanessa et, aujourd'hui, il savait qu'elle n'était attirée ni par le luxe, ni par la richesse, et que s'il voulait la reconquérir, il devrait faire l'effort de se mettre vraiment à son écoute, de tenir compte de ses sentiments.

Pouvaient-ils envisager de revivre ensemble et de se reconstruire un avenir ensemble ? Il l'ignorait et, sans chercher à se cacher la peur que lui inspirait l'idée de prendre un tel risque, ce qu'il éprouvait pour elle ressemblait tant à de l'amour qu'il se sentait prêt à tenter le coup.

— A quoi penses-tu ? A l'une de tes maîtresses, peut-être ? le taquina-t-elle entre deux caresses.

— Il n'y a eu personne dans ma vie depuis notre divorce, lui répondit-il.

— J'espère bien ! répliqua-t-elle avant de l'embrasser à pleine bouche.

Il s'abandonna un instant à la fougue de Vanessa, ravi de la retrouver si pleine d'audace et d'ardeur. Lorsqu'il se sentit sur le point de perdre la maîtrise, il se libéra de son étreinte pour retirer ses vêtements.

Quand il fut nu, elle ne lui laissa pas le temps de prendre la moindre initiative, avec un sourire sensuel, elle le força à s'allonger sur le lit et vint s'assoir à califourchon sur lui.

Pendant qu'elle se penchait pour l'embrasser, il en profita pour caresser son dos, ses reins et ses fesses avec des gestes toujours plus sensuels.

Avec sa peau d'albâtre et ses formes sculpturales, Vanessa était sans conteste l'une des plus belles femmes qu'il ait jamais connues et il ne s'imaginait plus vivant sans elle.

Après leur divorce, il s'était rendu compte que Vanessa lui manquait bien plus encore qu'il ne l'avait cru.

Les occasions de rencontrer d'autres femmes ne lui avaient pas manqué mais, en définitive, aucune des inconnues qu'il aurait pu séduire n'avait trouvé grâce à ses yeux.

Alors il s'était jeté à corps perdu dans la gestion de son entreprise et il s'était dit que, le moment venu, il serait toujours temps pour lui de songer à refaire sa vie.

— Dire que je pensais ne jamais plus te revoir ! murmura-t-il à l'oreille de Vanessa.

Après l'avoir enlacée avec ferveur, il l'attira contre lui, heureux de sentir ses seins se presser contre son torse.

D'un geste tendre, elle lui massa la nuque puis elle s'empara de son sexe érigé qu'elle guida sensuellement en elle.

Les yeux mi-clos et le cœur battant, il s'abandonna au lent va-et-vient de Vanessa. Empoignant avec vigueur les fesses de la jeune femme, il la serra contre lui pour mieux la sentir frémir sous ses coups de reins.

— Oh oui ! gémit-elle d'une voix haletante.

Sans lui laisser le temps de reprendre son souffle, il l'embrassa puis, reprenant le contrôle des opérations, il la souleva par les hanches et la fit aller et venir sur son sexe en érection, d'abord avec lenteur puis plus vite au fur et à mesure que leur plaisir gagnait en intensité.

Alors que le désir l'envahissait, il s'efforça de maîtriser une furieuse envie de se libérer sans plus attendre en elle mais l'envie de la voir prendre son plaisir en premier fut plus forte que tout.

Depuis qu'elle s'était donnée à lui, l'autre soir, à Summerville, pas un jour ou une nuit ne s'étaient écoulés sans qu'il pense à elle et il se réjouissait à l'idée de les voir de nouveau réunis.

Il caressa fiévreusement ses seins qui palpitaient sous ses paumes puis il laissa glisser ses mains sur son ventre plat, effleurant ses cuisses entrouvertes, sa toison cuivrée et, plus bas, les replis humides de son sexe.

— Marcus ! cria-t-elle quand il effleura du bout des doigts l'endroit le plus sensible de sa féminité.

Alors qu'il lui distillait des caresses toujours plus érotiques, toujours plus savantes, elle fut saisie de spasmes et poussa des gémissements rauques.

— Oui, ma chérie ! Laisse-toi aller ! Viens avec moi ! murmura-t-il à son oreille en collant son bassin au sien afin de la pénétrer plus profondément encore.

Stimulée par sa caresse intense et par les va-et-vient de ses assauts, elle frémit de tout son être et se laissa enfin emporter par une vague de jouissance.

— Je t'aime ! lui cria-t-elle en cherchant son regard.

— Moi aussi ! s'exclama-t-il en laissant finalement jaillir son plaisir.

Depuis qu'elle avait donné à Maud [illegible] ne passait pas un jour qu'il ne [illegible] et les [illegible] réunis.

[illegible]

— Marcus [illegible] quand il [illegible] le plus sensible de sa féminité.

Alors qu'il [illegible] plus [illegible] sans [illegible].

— [illegible] plus [illegible].

[illegible] amants, [illegible] de tout son [illegible].

— Je t'aime [illegible].

[illegible] jardin [illegible].

14

Vanessa s'étira voluptueusement dans le lit aux draps froissés.

Elle aurait dû être comblée puisque Marcus et elle avaient fait l'amour trois fois durant la nuit et pourtant, contre toute attente, elle ne se sentait toujours pas rassasiée de lui !

Constatant qu'elle était seule dans le lit, elle en déduisit qu'il s'était levé en prenant soin de ne pas la réveiller, et elle lui en fut reconnaissante.

La pendulette de la table de chevet indiquait 10 heures, aussitôt la panique l'envahit et elle se précipita hors du lit.

Comment avait-elle pu dormir si tard !

Il lui sembla incompréhensible que Danny ne l'ait pas déjà tirée de son sommeil en réclamant son biberon, lui qui se montrait si glouton au réveil.

Alors qu'elle se levait, une lettre posée sur l'oreiller de Marcus attira son attention.

Rédigée en phrases brèves et de cette écriture élégante qu'elle aurait reconnue entre mille.

Suis au bureau.
Marguerite s'occupe de Danny.
Serai de retour pour le dîner.
Je t'aime.
M.

Elle lut et relut la lettre en se mordant nerveusement la lèvre tant elle avait encore du mal à croire qu'il avait osé écrire : « Je t'aime. »

Le pensait-il vraiment ou bien s'était-il laissé emporter par la fougue de leurs retrouvailles ?

Avec un pincement au cœur, elle choisit de rester dans l'expectative et, après avoir enfilé un pantalon en toile et un top orange, elle sortit de la suite et se mit en quête de Danny.

Elle le trouva dans la bibliothèque, jouant à même une couverture étalée sur le tapis avec Marguerite, la jeune employée qui s'était déjà occupée de lui la veille.

Vanessa prit mentalement note de lui donner un pourboire royal en récompense de ses bons et loyaux services.

— Madame Keller ! murmura la jeune femme en l'apercevant.

Elle se releva d'un bond et croisa nerveusement les bras dans son dos.

— Bonjour, Marguerite, déclara Vanessa en souriant. Avant toute chose, sachez que je m'appelle Mme Mason et qu'il n'y a plus de Mme Keller.

— Oh ! Je suis confuse ! s'excusa Marguerite.

— N'en parlons plus, déclara Vanessa en s'accroupissant et en prenant Danny dans ses bras.

D'un geste espiègle, Danny s'empara d'une mèche de ses cheveux, ce qui la fit rire et l'incita à déposer un nouveau baiser sur le visage joufflu de son bébé.

— Merci de vous être aussi bien occupée de mon fils, Marguerite, dit-elle en se mettant debout, Danny serré sur son cœur, et en allant s'asseoir avec lui sur le canapé.

— Oh ! J'ai été heureuse de rendre service, madame Mason ! Danny est un petit garçon adorable et M. Keller a dit que je pouvais lui donner le biberon et des céréales s'il avait faim.

— Parfait ! A-t-il été changé ?

— Je m'en suis occupée, répondit l'employée. Vous pouvez avoir toute confiance en moi, madame Mason, car j'aime beaucoup les enfants.

Vanessa n'en doutait pas une seconde mais elle ne pouvait s'empêcher d'éprouver une gêne à la pensée qu'une autre qu'elle veillait sur Danny, ce fils qu'elle adorait et sur lequel elle était seule à veiller depuis sa naissance.

Décidément, elle ne se ferait jamais au style de vie des Keller, à ce recours aux domestiques qui non seulement devaient nettoyer et ranger, cuisiner et servir à table, mais encore suppléer le cas échéant une mère célibataire trop fatiguée pour s'être levée de bonne heure.

D'un autre côté, la gentillesse et le dévouement de Marguerite lui allaient droit au cœur et, sachant combien Eleanor pouvait se montrer dure et tyrannique avec son personnel, elle se doutait bien que l'employée préférait veiller sur Danny plutôt que d'accomplir son lot de tâches quotidiennes.

— Dois-je partir à présent, madame Mason ? demanda timidement Marguerite.

Après avoir embrassé une dernière fois Danny sur le front, Vanessa reposa son fils sur la couverture et se tourna vers la jeune femme.

— Pas tout de suite. Auriez-vous l'amabilité de surveiller Danny encore un petit peu afin que je puisse prendre mon petit déjeuner ?

Le visage de Marguerite s'illumina.

— Oh ! Volontiers, madame Mason !

Après avoir envisagé un instant de s'attabler dans la salle à manger pour s'y faire servir son petit déjeuner, Vanessa avait finalement préféré aller s'installer dans la cuisine, où elle se sentait nettement plus à l'aise.

Plusieurs employées rangeaient la vaisselle du matin dans les placards et d'autres s'activaient à préparer le déjeuner.

— Madame Keller ! s'exclama, en la voyant, une femme aux cheveux grisonnants.

Après une hésitation, Vanessa renonça à expliquer aux membres du personnel du manoir qu'elle n'était plus une Keller mais une Mason.

— Bonjour, Glenna, je suis heureuse de vous revoir.

— Moi aussi, madame Keller, déclara l'employée avec un sourire chaleureux. Que puis-je faire pour vous ?

— Je me suis levée tard et je n'ai pas encore pris mon petit déjeuner. Croyez-vous que je pourrais avoir un toast et un verre de jus d'orange ? demanda-t-elle.

— Mais naturellement, madame Keller ! s'empressa de répondre Glenna.

Vanessa se jucha sur un tabouret.

Avec une rapidité stupéfiante, l'employée posa bientôt devant elle un plateau garni de mets appétissants.

— Mais c'est un festin ! s'exclama Vanessa en humant la délicieuse odeur de ses œufs brouillés.

— Pendant votre séjour ici, vous aurez besoin de reprendre des forces, déclara Glenna d'un ton sentencieux.

Tout en réprimant un sourire, Vanessa dégusta ses œufs brouillés ainsi que deux toasts croustillants.

Glenna faisait-elle allusion aux manières de sa patronne et à la nécessité pour Vanessa de se protéger contre ses perfidies ? Dans tous les cas, elle appréciait la façon dont Glenna prenait sa défense et lui manifestait de la sympathie.

Une fois repue, elle s'essuya la bouche et se leva à regret.

— Merci, Glenna, c'était délicieux, dit-elle en se sentant ragaillardie.

Quand elle poussa quelques minutes plus tard la porte de la bibliothèque, Marguerite était accroupie sur la couverture et jouait avec un Danny visiblement aux anges.

— Oh ! Vous m'avez fait peur, madame Mason ! s'exclama l'employée en rougissant.

— Désolée ! La prochaine fois, je frapperai avant d'entrer.

Après un instant d'hésitation, elle prit le parti d'engager la conversation avec cette jeune femme aux manières douces.

— Etes-vous ici depuis longtemps ? demanda-t-elle.

— Oh non ! Je travaille ici comme extra depuis deux mois, pour payer mes études universitaires, expliqua Marguerite.

Parce qu'elle aussi avait dû travailler pour payer ses études, Vanessa se sentit solidaire de la jeune femme.

Soudain rêveuse, elle repensa à sa première rencontre avec Marcus, quand elle était une simple serveuse dans ce restaurant fréquenté par les étudiants du campus.

Qui aurait alors cru que ce riche et séduisant inconnu s'intéresserait à elle ?

Riche, il l'était assurément si elle en jugeait par ses tenues raffinées et par la façon désinvolte dont il réglait l'addition.

Sunny, l'une de ses collègues, n'avait pas tardé à lui révéler qu'il s'agissait de Marcus Keller, héritier d'une entreprise pesant des millions de dollars.

« Tu as de la chance de lui avoir tapé dans l'œil ! » lui avait-elle déclaré avec une moue envieuse.

A aucun moment, pourtant, elle n'avait pensé tirer parti du fait qu'elle plaisait tant à cet étudiant fortuné et même, elle en était venue à souhaiter que leur relation ne dépasse pas le simple flirt.

Quand Marcus lui avait fait des avances plus poussées et l'avait invitée à sortir un dimanche, elle avait eu du mal à se confier à lui.

« Je... Je suis une fille simple », avait-elle fini par lui dire en baissant les yeux.

Loin de se moquer de sa franchise, Marcus l'avait attirée entre ses bras et avait embrassé son front, ses joues, tendrement.

« Tant mieux, alors, car j'ai horreur des filles compliquées, des profiteuses et des snobs », avait-il déclaré d'une traite.

Sa franchise avait suffi à rompre la glace entre eux et elle s'était laissée aller contre son torse viril avec la certitude qu'elle venait de rencontrer le prince charmant.

Une voix sèche et autoritaire la fit sursauter alors qu'elle égrenait ses tendres souvenirs.

— Eh bien, eh bien... Quel joli petit tableau vous faites, toutes les deux ! s'exclama Eleanor d'un ton doucereux.

Le rouge au front, Marguerite s'empressa de se lever.

— Que Madame veuille bien m'excuser !

Eleanor lui montra la porte.

— Retournez à vos tâches habituelles, dit-elle d'un ton sans réplique.

— Bien, madame, répondit Marguerite en s'empressant d'obéir.

— Vous ne devriez pas parler à cette jeune femme avec tant de rudesse, déclara Vanessa en continuant de jouer avec Danny, comme si de rien n'était.

— Je vous ai dit mille fois qu'il n'était pas convenable de se laisser aller à des familiarités avec les domestiques, rétorqua sèchement Eleanor.

— Marguerite est une gentille fille et nous étions en train de bavarder agréablement toutes les deux, sans faire aucun mal, insista Vanessa.

Eleanor eut un haut-le-corps.

— Vous n'êtes qu'une insolente ! Et puis, regardez-moi au moins quand vous me parlez !

Vanessa continua pourtant de tourner le dos à son ex-belle-mère.

— J'ai bien peur de ne plus avoir la patience d'accepter vos règles désuètes et stupides, chère Eleanor !

— Pardon ?

— Au cas où vous l'auriez oublié, j'ai moi aussi dû gagner ma vie en travaillant pour les autres et je trouve que votre comportement à l'égard de vos employés est indigne d'une personne de votre rang. A la place de ces malheureux que vous menez à la baguette, il y a longtemps que je vous aurais remis ma démission.

Eleanor renifla avec dédain.

— Comment osez-vous me donner des leçons, sous mon propre toit ?

— Eh bien, j'ose parce que vous le méritez !

— Insolente ! Jamais mon fils n'aurait dû commettre la sottise de vous épouser.

— S'il n'avait tenu qu'à moi, chère Eleanor, nous aurions attendu avant de nous marier mais Marcus tenait à officialiser notre amour, rétorqua Vanessa en continuant à aider Danny à empiler des cubes.

— En tout cas, ne vous imaginez pas qu'après lui avoir caché la naissance de son fils, il vous suffira de claquer dans vos doigts pour revenir vivre au manoir des Keller, répondit Eleanor, narquoise.

Sans cesser de cajoler Danny, Vanessa se retourna pour fusiller Eleanor du regard.

— Contrairement à ce que vous semblez croire, je n'ai aucune envie de revenir vivre dans cette cage dorée pour y être la cible de vos stupides préjugés.

— Vous vous oubliez, Vanessa !

— Je dis ce que je pense. Vous n'avez pas la moindre compassion pour autrui et ce manoir sans chaleur reflète bien la noirceur de votre caractère.

Elle se leva tout en serrant tendrement Danny contre sa poitrine, puis elle s'approcha d'Eleanor.

— Croyez-le ou non, mais je n'ai jamais eu l'intention d'accaparer Marcus ou de lui extorquer un centime. Je l'aimais et j'avais envie de vivre heureuse avec lui sans souci de nos origines sociales respectives mais ça, bien sûr, vous ne pouviez pas l'accepter.

— Comment osez-vous ! répondit Eleanor en pâlissant.

Vanessa plissa les yeux.

— Il y a longtemps que l'envie me brûle de vous dire ce que je pense de vous, Eleanor, et si la pensée que votre fils chéri puisse s'amouracher d'une fille comme moi vous a toujours été insupportable, eh bien, je n'y puis rien ! Ah, si Marcus avait choisi une princesse ou l'héritière d'une dynastie de la finance, alors là, oui, vous auriez su accueillir votre bru avec tous les égards.

Elle s'interrompit, le visage empourpré par l'émotion, tant les mots qu'elle venait de prononcer émanaient du plus profond de son âme.

Il y avait longtemps qu'elle les portait en elle, longtemps qu'elle rêvait de dire son fait à cette femme hautaine et méprisante qui, du temps où elle vivait ici, lui avait imposé un véritable enfer.

En exprimant à voix haute ce qu'elle pensait tout bas, elle venait de se libérer d'un poids qui l'étouffait et elle se sentait à la fois soulagée et plus forte qu'elle l'avait jamais été.

— Espèce de petite insolente ! rugit Eleanor.

En voyant ce visage déjà ridé se marbrer d'indignation, Vanessa en vint à regretter de ne pas avoir fait preuve d'autant d'audace à l'époque où elle vivait ici.

Qui sait si en remettant Eleanor à sa place quand il en était encore temps, elle n'aurait pas sauvé son mariage, s'épargnant ainsi bien des larmes et bien des souffrances ?

— Jamais, vous entendez, jamais personne n'a osé me parler sur ce ton ! fulmina Eleanor.

Loin d'être intimidée, Vanessa sentit sa détermination se raffermir.

— Vos grands airs ne m'impressionnent plus et je déteste cette façon que vous avez de mépriser ceux qui n'appartiennent pas à votre monde. Si Marcus avait su de quelle façon vous me traitiez quand nous vivions sous votre toit, il n'aurait sûrement pas été content.

— Eh bien, il fallait le lui dire ! persifla Eleanor.

— Contrairement à vous, je ne suis ni méchante ni cruelle et j'ai préféré ne pas ternir l'image qu'il avait de vous.

— Sortez de chez moi !

— Voyons, calmez-vous ! répondit Vanessa qui soudain craignait de voir son ex-belle-mère terrassée par une crise cardiaque.

Eleanor pointa son doigt orné d'une bague en diamant vers la porte.

— Sortez d'ici immédiatement et ne remettez jamais plus les pieds chez moi, déclara-t-elle d'une voix furibonde.

— Oh ! Mais je ne demande pas mieux ! rétorqua Vanessa.

Et, après avoir ramassé la couverture ainsi que les jouets de Danny, elle passa, la tête haute, devant son ex-belle-mère.

Marcus était en avance sur son horaire habituel lorsqu'il se gara dans la cour d'honneur du manoir.

Le matin, en partant pour Pittsburgh, il avait négligé d'emporter un dossier crucial pour sa réunion de fin d'après-midi, et c'était ce qui justifiait son retour anticipé.

Il ne put retenir un sourire en évoquant la façon dont Vanessa et lui avaient fait l'amour, la nuit dernière.

Vanessa !

Depuis leurs retrouvailles, la gestion de l'entreprise l'intéressait beaucoup moins que par le passé.

D'un coup d'œil à sa montre, il s'assura qu'il pourrait lui consacrer quelques minutes avant d'avoir à regagner son bureau, au cœur de Pittsburgh, et ce fut avec un cœur débordant d'allégresse qu'il se dirigea vers le manoir.

Un taxi garé dans la cour d'honneur retint son attention et, tout en commençant à gravir les marches de l'escalier, il se demanda les raisons de sa présence au manoir, à cette heure-ci de la journée.

Sa mère avait-elle reçu de la visite ?

L'hypothèse ne lui parut pas plausible car les riches amies que fréquentait Eleanor se déplaçaient dans des limousines avec chauffeur particulier.

A l'intérieur du manoir, la première chose qu'il aperçut fut une montagne de bagages, de sacs de jouets et de couches pour bébés posés au beau milieu de l'entrée.

Mais que se passait-il donc ?

Sa surprise ne connut plus de bornes quand il vit Vanessa, suivie par deux employées aux mains chargées de valises, descendre les marches de l'escalier avec Danny dans ses bras.

— Vas-tu m'expliquer à quoi rime cette comédie ? lui demanda-t-il en s'approchant d'elle.

— Oh ! C'est toi ! s'exclama-t-elle d'un ton coupable.

— Eh oui ! J'avais oublié un dossier important et c'est pourquoi je suis rentré plus tôt, expliqua-t-il avec un froncement de sourcils.

Tandis que les deux employées s'empressaient de poursuivre leur chemin, Marcus jeta un regard accusateur à Vanessa.

— Tu voulais de nouveau disparaître sans le moindre mot ? interrogea-t-il d'un ton où perçait le dépit.

Dire qu'il était décidé à lui faire confiance, à croire en un possible avenir pour eux.

Il ne lui avait pourtant pas demandé l'impossible, juste de bien vouloir passer quelques jours au manoir avec lui et avec sa famille, une concession apparemment encore trop lourde car déjà il la retrouvait prête à grimper avec armes et bagages dans un taxi.

— Je ne fuyais pas, se justifia Vanessa en passant nerveusement sa langue sur ses lèvres.

— Vraiment ?

— Je t'ai laissé un mot dans notre chambre pour t'expliquer ma décision.

Il lui adressa un regard sarcastique.

— Quel genre d'excuse as-tu inventé pour justifier ton départ et celui de Danny ?

Elle secoua tristement la tête.

— Je n'avais pas l'intention de te mettre devant le fait accompli, encore moins de te priver de ton fils. Dans le mot que je t'ai laissé, je t'explique que je pars m'installer dans un hôtel de Pittsburgh jusqu'à ce que nous ayons eu une occasion de nous voir et de discuter de la situation.

Marcus se sentit partagé entre la colère et l'envie d'en savoir plus.

— Mais de quelle situation parles-tu ?

— Ta mère m'a mise à la porte.

— Quoi ?

— Eleanor m'a demandé de partir, martela-t-elle d'une voix vibrante.

— Pour quelles raisons ma mère t'aurait-elle demandé de quitter le manoir ? s'étonna Marcus en fronçant les sourcils.

— Pour les mêmes raisons qui l'ont poussée à me pourrir l'existence quand nous vivions ici, tout simplement parce qu'elle me déteste. Ou, du moins, parce qu'elle n'aime pas qui je suis.

— Comment ça ?

— Ta mère considère que je ne suis pas assez bien pour toi et elle a profité de ce que je lui disais ses quatre vérités pour me renvoyer comme une domestique.

— Tu t'es disputée avec elle ? s'étonna-t-il.

— J'en avais assez de me laisser malmener par elle ou de jouer les éternelles soumises sous prétexte que j'étais et serais toujours, à ses yeux, indigne d'entrer dans sa famille.

— Tu exagères ! Ma mère n'a pas pu s'abaisser à te faire des reproches aussi injustifiés !

— Mais c'est la stricte vérité, Marcus ! Ta mère aurait souhaité que tu épouses une femme de ton milieu et non que tu te fourvoies avec quelqu'un comme moi.

Assommé par cette révélation, il écarta les bras en signe d'impuissance.

— Il s'agit sûrement d'un malentendu car si ma mère peut se montrer distante, je suis sûr qu'elle était folle de joie à l'idée de faire la connaissance de Danny.

Il avança vers Vanessa mais, quand il posa sa main sur son épaule, celle-ci recula.

— Il ne s'agit pas d'un malentendu, Marcus. Loin de moi l'idée de gâcher la relation que tu entretiens avec ta mère et encore moins de semer la discorde au sein de votre famille mais, même si je t'aime, je t'assure que je n'avais pas d'autre choix que de partir d'ici au plus vite.

Marcus sentit les battements de son cœur s'accélérer.

— Tu dis que tu m'aimes mais, dès que j'ai le dos tourné, tu en profites pour plier bagages. Quand je pense que tu étais en train de fuir pour aller te cacher Dieu seul sait où avec Danny et, qui sait, l'enfant que tu portes peut-être déjà dans ton ventre et dont je suis le père !

En la voyant blêmir, il sut qu'il venait de toucher un point sensible.

— Tu n'avais pas le droit de me parler ainsi, murmura-t-elle en serrant Danny contre son sein.

— Il n'y a que la vérité qui blesse, rétorqua-t-il. Tu savais bien que tu étais enceinte quand tu as signé les papiers du divorce et, pourtant, ça ne t'a pas empêchée de partir !

Vanessa s'obligea à baisser la voix pour éviter d'inquiéter Danny.

— J'ai tenu ma grossesse secrète parce que, le jour où j'ai essayé de te joindre pour tout t'expliquer, tu n'as pas daigné me répondre, expliqua-t-elle à Marcus.

— Comment ? Moi, j'aurais refusé de te parler ?

— Oui, toi !

— Si tel était le cas, je m'en souviendrais.

Elle poussa un long soupir.

— J'ai appelé ton bureau dès que j'ai su que j'étais enceinte mais ton bras droit m'a répondu que tu n'étais pas disponible et qu'aucun de mes propos n'était susceptible de t'intéresser.

Sous le choc, il serra les poings.

— Je n'ai jamais chargé Storch de te faire cette réponse, je te le jure ! Il avait pour consigne de me prévenir dès que tu serais en ligne !

— Dans ce cas, tu contrôles mal ton personnel car je t'assure qu'il a fait barrage.

— Storch ? Trevor Storch ?

— Oui, Trevor Storch. Il m'a fait savoir que tu ne voulais rien avoir à faire avec moi.

Il sortit son téléphone portable et composa le numéro de Trevor Storch, qui décrocha à la première sonnerie.

— Monsieur Keller, que puis-je faire pour vous ? déclara Storch d'un ton onctueux.

— Je suis au manoir. Je vous y attends sans faute dans un quart d'heure.

— J'arrive, monsieur Keller !

Il imagina sans peine son collaborateur bondissant hors de sa chaise et filant vers le parking où était garée sa voiture.

Il se tourna en soupirant vers Vanessa.

— Storch sera ici sous peu et je ne le lâcherai pas avant de connaître le fin mot de cette sombre histoire.

15

Au fur et à mesure que les minutes s'écoulaient, Vanessa sentit croître son inquiétude.

Qu'allait-il sortir de cette confrontation entre Storch et Marcus ? Storch aurait-il le culot de prétendre qu'elle ne l'avait jamais appelé ?

Connaissant l'esprit retors du bras droit de Marcus, elle savait bien que, de sa part, tout était possible.

— Tu dois être fatiguée ! déclara Marcus en s'approchant d'elle. Laisse-moi tenir un peu Danny.

Soudain paniquée à l'idée qu'il pourrait ne pas lui rendre l'enfant si elle obtempérait, elle eut la tentation de fuir le manoir sans plus attendre mais elle se ravisa à temps.

— Tiens ! dit-elle en lui tendant Danny.

En fuyant, ne donnerait-elle pas raison à Eleanor qui s'évertuait depuis toujours à la peindre sous les traits les plus noirs ?

— Il me semble que Danny a forci ! déclara Marcus en soupesant le garçonnet avec une satisfaction visible.

— En tout cas, je peux te dire qu'il a bon appétit, expliqua-t-elle, le visage éclairé d'un sourire comme chaque fois qu'elle parlait de leur fils.

— Storch ne devrait plus tarder à présent, déclara Marcus. Nous allons pouvoir nous expliquer et tirer cette affaire au clair.

Plus inquiète que jamais, elle voulut lui suggérer d'aller attendre Storch dans le salon où ils pourraient au moins s'asseoir quand elle entendit crisser des freins de voiture à l'extérieur du manoir.

Quelques secondes plus tard, un homme brun, dégingandé et légèrement voûté, fit une entrée fracassante.

— Me voici, monsieur Keller, toujours à votre disposition ! dit le nouveau venu d'un ton essoufflé.

Après avoir confié Danny à Vanessa, Marcus s'approcha de son collaborateur en le fixant droit dans les yeux.

— C'est bien, Trevor. A présent, je vais vous poser une question et que Dieu vous vienne en aide si vous osez me mentir.

Trevor Storch pâlit.

— Ou... i, monsieur ! bégaya-t-il en s'efforçant de masquer son trouble.

— Est-ce que Vanessa a appelé mon bureau, l'an dernier, juste après notre divorce, pour demander à me parler ?

Le bras droit de Marcus jeta un regard éperdu à Vanessa puis fit face à son patron.

— A-t-elle oui ou non appelé ? insista Marcus.

— Ou... i, monsieur, autant que je me souvienne, Mme Mason a appelé votre bureau, répondit Storch.

— Lui avez-vous dit qu'aucun de ses propos n'était susceptible de m'intéresser ? Réfléchissez bien avant de me répondre.

Storch déglutit péniblement.

— Je... J'ai...

Etriqué dans son costume trop cintré, il passa sa langue sur ses lèvres.

— Oui, monsieur, c'est bien ce que je lui ai répondu, admit-il.

Elle vit Marcus tressaillir puis froncer les sourcils.

— Pourquoi avoir agi ainsi, Storch ? demanda-t-il d'un ton où perçait la colère.

Storch ouvrit et ferma la bouche sans parvenir à proférer un son et deux points rouges colorèrent ses joues blafardes.

— C'est que... Je...

— Il l'a fait parce que je le lui ai ordonné ! trancha Eleanor en sortant du salon de lecture et en s'avançant vers eux.

Le premier moment de surprise passé, Vanessa s'efforça de calmer Danny qui commençait à s'agiter dans ses bras.

Comment Eleanor avait-elle pu se rendre coupable d'un tel

acte ? Vanessa avait beau tourner et retourner cette question dans sa tête, elle ne parvenait pas à en trouver la réponse.

— Mère, voudrais-tu répéter ce que tu viens de dire ? demanda Marcus, aussi incrédule que l'était Vanessa.

Eleanor approcha dans un cliquetis de talons.

— Après votre séparation, j'ai donné pour instruction à M. Storch d'intercepter les appels de Vanessa et de lui faire répondre que tu ne désirais plus jamais avoir de ses nouvelles, confirma-t-elle en jetant à l'intéressée un regard hautain et méprisant.

Comme s'il voulait se persuader d'avoir bien entendu, Marcus regarda alternativement sa mère, puis Storch, puis de nouveau sa mère.

De son côté, Vanessa n'en menait pas large et, eût-elle voulu parler qu'elle n'aurait pu le faire, tant sa gorge était serrée.

A l'époque, quand elle avait appelé le bureau de Marcus pour lui annoncer sa grossesse et que Storch l'avait éconduite, elle avait été persuadée que l'employé appliquait les consignes données par son patron et il ne lui serait alors pas venu à l'esprit de soupçonner Eleanor !

Avec la complicité de Trevor Storch, Eleanor les avait bel et bien manipulés, elle, Marcus et, par ricochet, Danny.

Elle s'en voulut d'avoir éprouvé tant de colère et de ressentiment envers Marcus qui, de toute évidence, s'avérait être innocent.

Si seulement elle avait su que Storch agissait à l'insu de son patron, elle n'aurait jamais gardé secrète la naissance de Danny et elle aurait écrit à Marcus une lettre pour l'informer qu'il avait un fils et pour l'assurer qu'elle ne l'empêcherait jamais de voir ce dernier.

Marcus posa sur sa mère un regard flamboyant de colère.

— Pourquoi avoir agi d'une façon aussi retorse ?

— J'ai toujours estimé que tu faisais une sottise en épousant Vanessa et je me suis dit que, plus vite elle sortirait de ta vie, mieux ça vaudrait pour toi.

— Comment as-tu osé te mêler de ma vie privée ?

— En tant que mère, mon devoir était de veiller sur ton bonheur et, donc, de m'assurer que cette petite intrigante n'allait pas te remettre le grappin dessus.

Marcus foudroya sa mère du regard.

— Et tu t'es arrangée pour que mon assistant empêche Vanessa de me contacter, c'est bien ça ?

— J'étais déterminée à tout faire pour te protéger de la mauvaise influence de cette aventurière, répondit Eleanor avec sa morgue coutumière.

— Cette aventurière, comme tu dis, est la mère de mon fils et elle s'appelle Vanessa. J'exige que tu lui montres du respect !

— Tu n'as rien à exiger, Marcus, et je suis ici chez moi !

— Ah, vraiment ?

— Oui, je ne retire rien de ce que j'ai dit concernant ton ex-femme.

— Puisque c'est ainsi, je ne resterai pas une seconde de plus dans ce manoir, déclara Marcus.

Après avoir adressé un sourire rassurant à Vanessa, il lui reprit Danny, lui fit signe de le suivre et se dirigea à grands pas vers la porte du manoir.

— Monsieur, je..., bafouilla Storch.

Arrivé à la hauteur de son collaborateur, Marcus jeta sur ce dernier un regard chargé de mépris.

— Vous êtes renvoyé, Storch, et je vous donne une heure pour vider les tiroirs de votre bureau. Libre à vous de travailler pour ma mère mais je ne veux plus jamais vous revoir dans l'entreprise, compris ?

Vanessa crut voir briller des larmes dans les yeux de l'employé.

— Oui, monsieur Keller, j'ai bien compris, répondit Storch d'une voix presque inaudible.

Avant de sortir, Marcus jeta un dernier regard à sa mère.

— Dire que j'ai mis en doute la parole de Vanessa quand elle me rapportait la façon dont tu la maltraitais derrière mon dos ! Aujourd'hui, je sais qu'elle n'exagérait pas en te dépeignant sous les traits d'une mégère sournoise et cruelle. Storch et toi, vous êtes faits pour vous entendre et tu ne vaux guère mieux que lui.

— Je ne te permets pas ! répliqua Eleanor.

— Tu ne nous reverras jamais ici et j'enverrai quelqu'un prendre mes affaires, poursuivit Marcus. Quant à l'entreprise, elle est ma propriété et celle de mon frère Adam et, à compter de cette minute, tu ne fais plus partie du conseil d'administration de la *Keller Corporation*.

Une expression de peur se peignit sur le visage altier d'Eleanor Keller.

— Tu... Tu ne peux pas faire ça !

— C'est ce qu'on verra ! rétorqua Marcus en franchissant, main dans la main avec Vanessa, le seuil de l'entrée du manoir.

Les deux domestiques aux bras chargés de bagages les suivirent en cherchant à se faire aussi discrets que possible.

— Mettez les affaires de Vanessa dans ma voiture, leur dit Marcus tout en rendant Danny à sa mère.

Il se tourna vers Vanessa.

— Je vais aller dire au chauffeur de taxi de repartir. Je ne serai pas long.

— Très bien ! Danny et moi, nous t'attendons ici.

L'enfant manifesta sa joie par une série de rires et de mimiques irrésistibles.

— Ne t'inquiète pas, papa va prendre soin de nous ! lui glissa-t-elle à l'oreille en suivant Marcus des yeux.

Vanessa ne put s'empêcher de songer aux événements récents qui venaient une fois de plus de bouleverser le cours de son existence.

Qui aurait seulement cru, la veille encore, que Marcus en viendrait à régler des comptes avec sa propre mère, lui qui, jusqu'à présent, semblait la considérer comme une sainte ?

Elle avait trop bon cœur pour se réjouir de la défaite de son ex-belle-mère et elle se promit d'œuvrer pour que Marcus et Eleanor fassent un jour la paix.

Et puis, qu'elle le veuille ou non, Eleanor était la grand-mère de Danny et Vanessa n'avait pas l'intention de faire barrage entre son fils et sa grand-mère.

Quand Marcus revint vers elle, elle ne put s'empêcher d'éprouver un pincement au cœur.

— Que faisons-nous, à présent ? l'interrogea-t-elle.

— Nous allons nous installer à l'hôtel le temps pour moi de clarifier notre situation. Ensuite, nous regagnerons Summerville.

— Mais...

— Pas de « mais », dit-il d'une voix douce. Je suis désolé de ne pas t'avoir crue quand tu évoquais les mauvais traitements d'Eleanor à ton égard car, dans mon esprit, ma mère et ma famille étaient au-dessus de tout soupçon.

— Tu ne pouvais pas savoir.

— Si seulement j'avais compris plus tôt, je n'aurais jamais accepté que notre mariage parte à vau-l'eau, déclara-t-il avec une force et une sincérité qui lui allèrent droit au cœur.

— Marcus !

— Oui, ma chérie, je suis là, avec toi et avec Danny. Tu n'as plus à avoir peur !

— Je sais ! Je n'ai plus peur !

Après la façon courageuse dont il l'avait défendue face à Eleanor, n'hésitant pas à s'opposer à sa propre mère et à partir en claquant la porte, elle ne pouvait qu'avoir une confiance absolue en lui.

— Marcus..., commença-t-elle d'une voix que l'émotion rendait presque inaudible.

Il lui sourit.

— Je t'aime, Vanessa, je t'ai toujours aimée même lorsque nous étions séparés et je m'en voudrai toute ma vie d'avoir été aussi stupide et aveugle. J'aurais dû comprendre plus tôt que ma mère désapprouvait notre mariage et ferait tout pour nous mettre des bâtons dans les roues.

— Moi aussi je t'aime mais vivre sous le même toit qu'Eleanor n'était plus possible.

— Je comprends et je ne t'en veux pas, répondit-il.

— Je n'ai jamais voulu te cacher l'existence de Danny, reprit-elle, mais après la façon dont Trevor m'avait éconduite, je n'avais pas d'autre solution que de quitter Pittsburgh.

Elle s'était sentie trahie, dévalorisée, détestée par Eleanor, cette femme hautaine qui portait son mépris en sautoir et c'était pourquoi elle avait décidé de disparaître et de ne plus donner de ses nouvelles.

Comme s'il devinait ses pensées, Marcus la serra entre ses bras.

— Je sais combien tu as souffert et je veillerai à ce que plus personne ne te fasse jamais le moindre mal.

Il regarda Danny avec fierté et amour.

— Nous nous sommes laissé manipuler par Eleanor !

— Je t'aiderai à oublier, Marcus, et puis tu verras qu'avec le temps, tu finiras par te rapprocher de ta mère et, qui sait, par lui pardonner.

— Tu crois ?

— J'en suis certaine. Que ta mère ne m'aime pas est une chose, que tu coupes les ponts avec elle en est une autre. En ce qui me concerne, je ne te cacherai plus jamais rien et quand quelque chose n'ira pas entre nous, je te promets de t'en parler aussitôt, dit-elle.

— J'y compte bien ! déclara-t-il, la mine grave. C'est parce que nous ne nous étions pas donné la peine de parler de nos difficultés, à l'époque où nous étions mariés, que le pire est arrivé.

— N'y pense plus !

Il se pencha sur sa bouche.

— Je t'aime !

— Moi aussi, répondit-elle en fermant les yeux et en lui tendant ses lèvres.

Il l'embrassa avec la même fougue que lors de leur premier rendez-vous.

Epilogue

Deux ans plus tard...

Dans la rue principale de Summerville où il déambulait en portant Danny dans ses bras, Marcus Keller salua les passants qui croisaient sa route et qui, au fil des mois, lui étaient devenus si familiers.

Il ne put s'empêcher de siffloter tant il se sentait joyeux et de bonne humeur.

A l'époque où il vivait encore à Pittsburgh, jamais il ne lui serait venu à l'idée de siffler en pleine rue et plus le temps passait, plus il appréciait le rythme paisible de cette bourgade provinciale.

Depuis que Vanessa était revenue dans son existence, il avait retrouvé le sourire et il se sentait chaque jour un peu plus amoureux de cette jolie rousse qu'il avait bien cru perdre à jamais.

— Papa ! s'exclama Danny.

S'il en jugeait par sa mine réjouie, son petit bonhomme appréciait ses talents de mélodiste improvisé.

Le garçonnet était habillé d'un jean portant le logo « Sugar Shack » et faisant partie d'une collection de vêtements spécialement dessinés par Vanessa.

Après le succès d'une collection d'été pour enfants, elle s'était lancée avec succès dans la création de vêtements pour adultes.

Des objets tels que des tasses, des assiettes et des porte-clés portant le logo «Sugar Shack» étaient eux aussi proposés à la clientèle.

Non seulement la vente de ces articles rapportait de l'argent mais ils assuraient aussi une excellente publicité aux gâteaux et aux biscuits de la boutique.

— Papa ! répéta Danny en gigotant dans les bras de Marcus.

Chaussé de deux bottines jaunes, il n'avait jamais été plus mignon, plus adorable.

— Oui, je suis ton papa ! déclara Marcus avec fierté.

Depuis quelque temps, Danny s'identifiait à son père et, tout comme lui, il portait un jean et une chemise à carreaux.

— Maman ! chantonna l'enfant avec un sourire espiègle.

— Oui, oui ! Tu vas bientôt revoir maman, murmura Marcus à l'oreille du petit garçon. Je parie qu'elle te donnera un bon biscuit si tu es sage.

— Biscuit ! s'écria Danny en battant des mains.

Marcus ne put s'empêcher de rire à la pensée de ce que dirait Vanessa si elle apprenait que, faisant fi des menus équilibrés qu'elle concoctait pour leur fils, il avait tendance à le nourrir de gâteaux à la crème !

Une fois devant le *Sugar Shack*, Marcus s'effaça pour laisser sortir une cliente âgée puis il entra dans le salon de thé.

Debout derrière son comptoir, Vanessa était vêtue d'un chemisier à manches courtes, d'un short et d'un tablier blanc portant le même logo « Sugar Shack » que celui brodé sur le jean de Danny.

Ses cheveux tirés sur sa nuque mettaient en valeur la finesse de ses traits et il se fit la réflexion qu'elle n'avait peut-être jamais été aussi belle.

— Vanessa ?

Elle leva la tête et ses yeux se mirent à briller.

— Ah, c'est vous !

— Tu nous manquais, expliqua Marcus.

— Vous aussi, vous me manquiez, répondit-elle, les yeux brillants.

— Biscuit ! s'écria Danny en regardant sa mère avec amour et en gigotant de plus belle.

Vanessa fronça les sourcils.

— Un biscuit à cette heure-ci ? dit-elle en interrogeant Marcus du regard. Ne me dis pas que tu lui as soufflé l'idée en cours de route.

— Je ne lui ai rien soufflé du tout et puis, songe donc qu'il pourrait réclamer une montagne de gâteaux au chocolat ou de tartes aux fraises, et non un simple petit biscuit.

Vanessa secoua la tête.

— Toi alors ! Et qui te dit que notre cher fils ne me les réclame pas déjà à cor et à cri ces gâteaux et ces tartes, quand tu as le dos tourné ?

— Vraiment ?

— Mais oui ! Heureusement que je sais encore dire « non » quand il le faut !

Marcus s'approcha de la jeune femme.

— Tu es très belle, répondit-il en se penchant sur sa bouche et en embrassant ses lèvres.

Danny se mit à gigoter et à leur distribuer des petites tapes jusqu'à ce qu'ils s'écartent l'un de l'autre.

— Nous ne devrions pas ! s'exclama Vanessa.

— Mais si, au contraire !

Il brûlait de désir pour elle et décida que, après le dîner, il ferait tout pour la persuader de monter se coucher plus tôt qu'à l'accoutumée.

Après avoir retiré son tablier, Vanessa prit sur une étagère une boîte de biscuits diététiques qu'elle fabriquait spécialement pour les enfants.

Elle contourna le comptoir et quand elle se pencha pour offrir le biscuit à Danny, Marcus jeta un regard attendri au ventre légèrement arrondi de la jeune femme qui était enceinte de quatre mois.

— Quand je pense que tu seras bientôt maman pour la deuxième fois ! dit-il en passant délicatement sa main sur le ventre de Vanessa.

— Et toi papa ! répondit-elle avec un sourire.

Deux ans auparavant, après leur départ du manoir familial, ils avaient vécu pendant quelques semaines dans un hôtel de Pittsburgh.

A l'époque, Vanessa se croyait enceinte de Marcus mais le gynécologue qu'elle avait consulté n'avait diagnostiqué aucune grossesse.

De retour à Summerville, ils avaient acheté une belle maison construite quelques années auparavant par un riche homme d'affaires qui était reparti pour Pittsburgh à la suite de son divorce.

Marcus et Vanessa avaient tenu à se remarier en grande pompe et tante Helen avait été leur témoin et aussi la demoiselle d'honneur de Vanessa.

Toujours alerte et jamais à court de reparties cinglantes, la vieille dame avait mis du temps à oublier ses préventions contre Marcus mais l'embellie était en vue et, en ce qui le concernait, Marcus faisait tous les efforts possibles pour lui prouver que sa présence dans la vie de sa nièce était bénéfique.

Pendant que Danny croquait son biscuit, Marcus tendit à Vanessa une enveloppe de format commercial qu'il venait de sortir de la poche arrière de son pantalon.

— De quoi s'agit-il ? demanda-t-elle, les yeux brillants.

— J'ai voulu te faire la surprise.

Elle ouvrit l'enveloppe et ne put retenir une exclamation en découvrant le nouveau catalogue répertoriant tous les biscuits, gâteaux et autres préparations vendues par le *Sugar Shack* et désormais disponibles sur internet et par correspondance.

— C'est magnifique ! Quand je pense que tu t'es donné tant de mal pour moi ! s'exclama Vanessa.

— Et à l'avenir, j'ai l'intention de te seconder encore davantage, répondit-il.

— Et ton travail ? L'entreprise ?

— Mon frère Adam présidera désormais aux destinées de la *Keller Corporation*.

Vanessa ne put cacher sa joie.

— Chic ! Alors nous serons encore plus souvent ensemble, toi et moi ?

— Exactement !

Marcus ne faisait plus que de rares incursions à Pittsburgh et, outre la mise au point et la fabrication de ce catalogue, il s'était occupé de créer le site internet *Sugar Shack* et avait persuadé Vanessa d'ouvrir d'autres magasins franchisés sur le territoire des Etats-Unis.

— J'ai une autre surprise pour toi ! dit-il en souriant.

— Laquelle ?

— Mon frère Adam est d'accord pour que nous implantions une de nos boutiques au rez-de-chaussée du siège social de la *Keller Corporation*, à Pittsburgh.

Il fut surpris de voir une soudaine inquiétude se peindre sur les traits délicats de Vanessa.

— Tu n'es pas contente ? s'inquiéta-t-il.

— Si...

— Je vois bien que quelque chose ne va pas, insista-t-il.

Elle poussa un long soupir.

— As-tu pensé à la réaction de ta mère ? Comme nous sommes à couteaux tirés, elle et moi, elle croira sûrement que je suis derrière cette opération et que je cherche à la narguer.

— Rassure-toi, ma mère est au courant.

Vanessa en resta bouche bée.

— Et d'après ce que m'a dit Adam, poursuivit-il, elle aurait demandé à plusieurs reprises de nos nouvelles.

— Vraiment ?

— Je t'assure. Il se pourrait même qu'elle vienne nous rendre visite prochainement tant elle a hâte de revoir son petit-fils.

Devant la mine dubitative de Vanessa, il ne put s'empêcher de rire.

— D'accord, elle ne sera jamais la grand-mère idéale mais laissons-lui une chance de se racheter. Après tout, de l'eau a coulé sous les ponts depuis que nous sommes partis et je suis sûr qu'elle ne mettra plus en doute l'amour que je te porte ni la place que tu occupes dans ma vie.

— Tu le crois vraiment ?

— En tout cas, je l'espère. Et je ne permettrai plus à quiconque de te faire du mal ou de venir semer la zizanie dans notre couple.

Vanessa s'efforça de retenir ses larmes.

— Je suis si touchée, Marcus ! dit-elle en posant sa joue contre sa poitrine.

— Touchée parce que je t'aime ?

— Oui, et aussi parce que tu as pris mon parti au risque de te fâcher avec ta famille, murmura-t-elle.

Marcus la regarda droit dans les yeux.

— Depuis que je vous ai retrouvés, toi et Danny, depuis que nous attendons la venue d'un deuxième enfant, je suis le plus heureux des hommes et vous seuls comptez pour moi. Oh ! Je n'irais pas jusqu'à dire que je ne pense jamais à ma mère mais elle appartient déjà à mon passé, tandis que vous trois, vous représentez mon avenir.

— Eleanor restera à jamais ta maman, tempéra Vanessa.

Il sourit.

— Je n'ai pas dit que je l'avais oubliée et, pour peu qu'elle consente à faire le premier pas, je suis décidé à lui pardonner.

Vanessa hocha la tête en souriant à son tour.

— Dans ce cas, tout va bien.

Il hocha la tête.

— Et maintenant, va montrer le nouveau catalogue à tante Helen pendant que je m'occupe de notre petit bonhomme.

— Bonne idée ! Je suis sûre qu'elle sera ravie de voir nos créations sur papier glacé.

— Moi aussi. Et tu pourrais profiter de ses bonnes dispositions pour lui demander de garder Danny, ce soir.

— Pourquoi pas ! Tu voudrais peut-être que nous faisions tranquillement la dînette avec des gâteaux à la crème ou ces nouveaux baklavas ? suggéra-t-elle avec malice en montrant le présentoir à pâtisserie.

— Je pensais plutôt à un tête-à-tête dans notre chambre, répondit-il en dévisageant la jeune femme avec un regard qui en disait long sur ses intentions.

Dénouant son tablier avec empressement, Vanessa contourna

le comptoir et vint enlacer Marcus sans se soucier des clients encore présents.

— Dans ce cas, je vais m'efforcer de te satisfaire au plus vite ! répondit-elle en se pressant contre Marcus et en l'embrassant sur la bouche.